无根芭蕉

薛媛媛◎著

中国文史出版社

目录

CONTENTS

湘绣旗袍

薛师傅的案板上云集一堆红红绿绿的布料，都是些真丝布料，这些真丝布料经过他的手，变成一件件女人旗袍。这些旗袍就像云彩一样，在大街小巷甚至全国各地飘。某些时候，这些旗袍还有它的特殊意义，或被展示在舞台上，或被展示在晚宴上，也有深陷在某大公司黑色的或红色的皮沙发里，像水一样润泽。

薛师傅戴上老花镜，想把案板上的面料分成两类。那些纯色的缎面真丝，质地柔软又不失挺括，是绣湘绣的好料子。一般是那种有品位的中年女人做的。也是这种女人最能穿出旗袍的韵味了。而那些花色真丝是不要绣湘绣的，一般是那些年轻女人做的。这种旗袍，无领无袖，露出整个背部和半个胸部，两侧又开得很高，按女儿薛蓝的话说，是一种新式旗袍。

什么是新式旗袍？活了大半辈子的薛师傅似乎没有真正弄懂。他只知道四十年代末流行的低领连袖圆摆的旗袍，古朴、典雅、清丽。与当下穿在年轻女子身上的敞胸露背，看见大腿根的旗袍有着天壤之别。在薛师傅眼里，做这样的旗袍容易多了，没有那些精致手艺。但旗袍的贵族气也就在这精致的手艺上，少了那种贵族气就少了旗袍的韵味。薛师傅做这类旗袍时有种成就感，但是他已经有三年没有做过这种类型的旗袍了。

薛蓝今天穿了件吊带旗袍，圆润肩部以及半个胸部端出来，腰部间夹了大块薄如蝉的雪纺，隐约看到肚脐和整个腰部。薛师傅鼓起眼睛看，火就要从眼睛里冒出来。薛蓝大声说，独特的花形，轻薄的雪纺，使人穿着舒适，飘然若仙。薛师傅从鼻子里哼了一声，埋头理案板上的布料。他准备把案板上的布料做完就给自己退休。他只能退休，他是越来越看不懂这些时尚了。

年轻女人模仿薛蓝的派头，薛蓝穿什么，她们做什么，这样一来，找薛蓝做旗袍的人越来越多，而他却成了摆设的古董。薛蓝无不骄傲地说，现在是旗袍的春天，也是她的春天了。

再过几天就是薛师傅的六十大寿，过完大寿就准备不碰针了，让薛蓝去做，她爱怎么做就怎么做。薛师傅虽然也对薛蓝能有这么好的生意感到欣慰，但薛蓝做旗袍的姿态又让他感到压抑和别扭。薛蓝做旗袍总是放音乐，放古典音乐也就罢了，偏偏放的是一些节奏感很强的摇滚，一副心不在焉的样子。有时，随着音乐摇头摆脑。做旗袍是全神贯注的事，哪有这样做的？他总觉得薛蓝的心还浮躁，难成大器。也难怪，年轻人嘛！她母亲年轻时不也是把别人的出国旗袍剪了一个洞？当初，也是剪了那个洞她才成了他的老婆。

门口站着一个女人，手里拿着一块翠绿色缎面真丝布料。说要找薛师傅。薛师傅取下眼镜望着她。

您就是薛师傅？

我就是。

我想请您做条湘绣旗袍，做那种低领连袖圆摆。

你还喜欢那种旗袍？薛师傅疑惑地看着女人，又说，可是我的眼睛有些不济了。

薛师傅有好几年没碰到做这种旗袍的女人了。薛师傅又看了女人一眼，这女人身材颀长，气韵好，是个能够把旗袍穿出韵味的女人。

女人把布料拿到薛师傅面前，边打开边问薛师傅，你看这种布料好吗？薛师傅正准备说好料子时，女儿薛蓝快嘴快舌地说，我父亲眼睛不好，做不好这种旗袍了，我给你做吧！

女人望了望薛蓝，几分狐疑。

不相信年轻人能做好你的旗袍？薛蓝心里想，我还不愿意做这种老式旗袍呢。

不是，不是！这件旗袍要求比较高，挺烦琐的。女人还有句话存在心里，做旗袍的就像医生看病，越老越精。

薛蓝见那女人瞧不起她，也不再理那女人，忙自己的活去了。女人见薛蓝不理她，也不恼，站在门边，微笑着看他们做旗袍。薛蓝没好气地说，你可以走了。女人倒沉着，没有走，只是她不再看薛蓝，专看薛师傅做旗袍。

薛师傅对女儿的生气有些悚，这种悚不是一两日了。他想撒手让女儿挑起做旗袍的大梁，总又觉得女儿在哪个地方未遂心愿。这样地，父女之间常生些龌龊。薛师傅越来越力不从心，女儿冲劲儿足，一天比一天自信。薛师傅说，不是我不做，我的眼睛怕把你的旗袍做坏。

女人说，我相信你会做好，我也是访问了许多人才找到你的，这条旗袍对我来说有种特殊的荣誉，意义重大。

“意义重大？”薛师傅又认真地看了女人一眼，心里咯噔一下。他这一辈子经历过许多意义重大的事。那时候在服装厂上班，市里的毛泽东思想宣传队要演出，赶制演出服；学生要学军，赶制军装；市里的干部要到北京开大会，赶制四个口袋的中山装；省里领导要出国，定做一批毛料西装；特别过瘾的是，湖南湘剧团到美国演出，定做一批旗袍。每当接到这些活的时候，厂长总要慎重地对他说，一定要做好，这些服装意义重大。后来，最能显示他手艺绝活的还是那些出国演出的湘绣旗袍。也是做了那批旗袍后，他的旗袍在长沙发扬光大。所以，对于意义重大的事，薛师傅向来也看得认真。于是他问，旗袍要得急吗？女人说有些急。女人又补一句，只要你做，我愿意出高价钱。薛师傅说不是钱的问题。

薛蓝犯倔了，又冒出硬邦邦的一句：现在不是服装厂了，你也用不着去完成那些意义重大的事了。

薛师傅瞪了一眼薛蓝，薛蓝不服地“切”了一声。薛师傅颤了一下，没有表态做还是不做，只是盯着女人手里的布料，好像女人手里的布料是一双柔软的手，正在触摸他心底里的某种东西。薛蓝很仔细地看着父亲，又说，她的荣誉与你有什么关系？

住嘴！

薛师傅怒了。他想起他的旗袍店。他的旗袍店能支撑到现在，就是靠了这些荣誉。他突然想明白了，女儿倚仗的是技术而不是艺德，这是手艺人最忌的，也是女儿这一代无法理解的，他必须让女儿明白，无德便无技。薛师傅站起来，要女人站到当亮的地方，自己眯一只眼，把女人从头到脚看了一眼说，把布料放在这里，你可以走了，七天后来取。

女人没有走。她觉得薛师傅没跟她量身！不量身做出来的衣怎么是她的？

女人以为他和其他裁缝一样，要用一支有星星点点的皮尺，在她身上量来量去，然后记在本本上。女人当然不可能知道，薛师傅的眼睛就是皮尺，只淡淡地瞄上两眼，就默记在心，就像熟悉自己身体给自己做衣服一样准确。

女人费解地看着薛师傅，可薛师傅又说一次，七天后来取。

薛师傅把女儿卧室的门卸下来，洗干净，搁到自己卧室的铜环床上。铜环床不同于席梦思床，它三侧有小圆柱支撑的床墙。门板搁到床墙上，正好成了个案桌。这是他和老婆共同的床。老婆一见床被盖了盖，就问，我怎么睡？他对老婆说，这是我做最后一条旗袍了，我要集中精力做，你就和薛蓝挤挤吧！说完，他一进门，就把自己关在门里，老婆关在门外了。老婆虽然一时转不过弯，也只好由他去。

卧室光线有些暗，薛师傅吩咐薛蓝到街上买只六十支光的灯泡换上，然后把薛蓝也关在门外，卧室这个小世界就完全属于他了。吃饭的时候，他也不出来。老婆对薛蓝说，你爸爸又开始不正常了，他是有胃病的，我真当心他再搞出什么毛病来。薛蓝说，随他吧！他饿了自然会出来的。

薛师傅开始裁剪旗袍，旗袍的领口不能歪也不能大，领口要像蛤蚧夹肉一样夹着脖子，脖子才衬托出修长而秀丽。旗袍的腰部要收好，这是关键。腰收到增一分肥减一分瘦的地步才能衬托出腰部的曲线来。下摆的两侧不能露出大腿。中年女人走路看见大腿，有失庄重，当然也不能开得过低，要看得见整个小腿，这样，女人走路，既能走出风采，又不失典雅。

旗袍的剪裁和针脚是要靠眼力的。特别那些针路，不是缝纫机一响，踩出来，而是靠手工一针一线缝出来。如果眼不好，手不匀，面子上就会浮出线头或“蜈蚣虫脚”。蜈蚣虫身子小脚很长，是湘绣的大忌。如果蜈蚣虫脚出现在他的旗袍上，就等于蜈蚣虫吞进他肚子般难受。

薛师傅在那个世界倒腾了几天，又打开了房门，拿出了他裁剪的旗袍。旗袍上还画了一只金凤凰的图案，凤凰的头从旗袍的胸部开始，到旗袍下摆正好是凤凰漂亮的凤尾，深红和黄黑颜色搭配，可说是世界上的绝配。他把老婆拉进房，然后又关上门。他要老婆坐在他跟前绣旗袍上这只凤凰。老婆在案前摆好布绷子，绷上绣伴。然后坐在他面前不用戴眼镜就捏起了绣花针。老婆捏针的样子，让他想起老婆年轻时，她的拇指和食指粉嫩粉嫩，捏着针，合成一个圆环，剔透得像枚玉佩。他再也看不到老婆那样的手了。老婆虽然没有了那样的手，但比自己年轻。成熟的男人找老婆是找能干聪明的老婆，不一定要漂亮，但要年轻。他就是找这样的老婆。可以说他的旗袍一半依赖了老婆的湘绣。如果没有老婆湘绣的好手艺，也出不了这么漂亮的旗袍。

薛师傅觉得这辈子运气好首先有个好师傅，然后是有个好老婆。记得他三十岁了还在挑老婆。他是桃花江美人窝里出来的男人，相貌堂堂不用说，但对那种找上门来又没有一点本事的漂亮女人，他一点不感兴趣。也是那次，厂里接到省湘剧团到国外演出的订单，演员一律穿湘绣旗袍。厂长把做旗袍的任务交给他，由他统一裁剪，再拿出湘绣。长沙有四大湘绣厂。沙坪湘绣厂是四大湘绣厂的发源地。他拿了布料去了沙坪湘绣厂。当时沙坪湘绣厂还只有个小厂房，接了业务就去找那些农村姑娘。那里的农村姑娘从小就绣花挑朵的，个个是湘绣能手。沙坪湘绣厂把业务分到姑娘手里，不到几天，一位姑娘跑到服装厂找薛师傅，说这条旗袍被她剪线时不小心剪了个洞，说完就哭起来了。薛师傅发现姑娘绣得非常不错，而且找上门赔礼道歉已很有责任感了，就重做了件旗袍给她绣。后来有了零散的旗袍业务就专门让她绣，一来二去，这个比他小十多岁的姑娘就成了他的老婆。

薛师傅在旗袍上打好的图样，在老婆眼里只是个轮廓，她要在轮廓上配线绣出层次。一根线劈成十六根，每根的颜色，从最深到最浅的分成十三种。将花线、绒线、丝线、织花线、桃花线、金银线分清楚后，老婆开始飞针走线。她要穿插地换着接掺针、拗掺针、挖掺针、直掺针、横掺针、排掺针、毛针、隐打、游针、盖针、花外、打子针、钩针、扎针、刻针。她绣得轻重徐疾，有板有眼。粗的细的各种颜色的丝线在她的手中飞舞着，两朵艳丽的蝴蝶结，翩跹在领口上，既起了点缀又起领导作用。那只凤凰，深红的凤头，红黑的凤身，金色的凤尾，活灵活现，就像随时能从绣屏上飞出来。

旗袍做好后，薛师傅将旗袍穿在迎门的一个模特身上，旗袍从上往下挂，像水一样滑下来。薛蓝很用心地给模特头上戴上一顶荷叶造型的绸缎阳帽，在脸前像个倒 S 形，一边遮住了一只眼睛，一边闪出晶亮的光芒。长发披在帽檐下，像是一朵荷花下垂着的穗。翠绿色的旗袍，就像出水的荷叶有一阵轻风吹过，闪烁而流动，泛出幽幽的色彩。在那些花花绿绿被视为土气的时候，在讲究格调的白领丽人沉迷于低调的、高级灰的世界里，这条旗袍忽如一夜春风，开着绚丽的花朵，引来翩跹的蝴蝶，一扫笼罩往日的灰色迷惘，为女人构筑了一道靓丽的风景线。

薛蓝在给模特装饰时，薛师傅的眼睛一直盯着薛蓝看。薛蓝今天穿了件红印花超短旗袍，比阿婆的短裤长不了多少。薛蓝带着几分得意地说，你不要这样看我，这是改良。传统的印花织布，标准的中国红中加入金色花纹，体现了浓浓的中国情结。黑色琵琶扣点缀，内配金色小吊带，硬朗中又不失女性的柔美。现代的尖角翻领与露背元素，中西合璧，性感妩媚。纵使薛蓝讲得天花乱坠，薛师傅也只能是越看越生气。可是越是生气越没有足够的理由说服薛蓝。他只好不去看薛蓝了，搬了条板凳坐在店门口，等女人来拿旗袍。

女人没来。女人没有来，他就盯着模特身上的旗袍看，越看越欣慰。他做了一辈子的旗袍，好像还没有这样认真看过。

薛师傅六十岁，做了四十多年旗袍。他觉得他比父亲幸运，他父亲想做旗袍，但没有做成。父亲十五岁从乡下到镇上学裁缝，学费是从乡下带几升白米，由于父亲好学，做了师傅的上门女婿。那时镇上不知道旗袍是怎么回事，但做裁缝的父亲还是知道旗袍的，希望自己学会做旗袍，师傅却说镇上没人穿旗袍，你学它做什么？师傅没有教父亲做旗袍，但父亲希望自己的儿子能做旗袍。就在薛师傅长到十五岁时，父亲把他送到了长沙拜师学做旗袍。父亲说，我从山沟里到了县城，你要从县城做到省城才叫有出息。我们的祖先薛仁贵也是走出去才干出大事的。父亲识字不多，喜欢县剧团演的古装戏《薛仁贵征西》。就这样，他带着父亲的愿望，来长沙拜师学旗袍了。师傅没有儿子，身体又不好，薛师傅就挑水劈柴洗衣样样都做。师傅离不开他，就认他做干儿子。合作化时，他以儿子的名义和师傅一块进了服装厂，吃起了长沙户口，师傅做旗袍是祖传，不久，师傅死了，他就成了一代名师。

每天一早，薛师傅就去挂旗袍。他将叠好的旗袍轻轻打开，往模特身上一穿，旗袍又像水一样滑落下来。他喜欢看这种水样滑落的感觉。一到晚上，他又把衣服取下来，折叠好，放到一个精致的四方盒里。薛师傅盯着盒子里的旗袍看，那个女人不断地在他眼前晃动。女人做旗袍是去参加一个盛大的宴会？还是和一个旧情人约会？女人是四十岁还是四十多岁？女人的年龄是看不准的。

燥热的夏天就在薛师傅的等待中过去了，女人还没有来。这时，薛师傅有些坐不稳了。薛蓝怕父亲急出什么病来，觉得父亲有些痴了，不满地说，爸，到里屋歇着吧！那女人来了我会叫你的。薛师傅固执地说，我为啥要到里屋歇着？然后直直地望着女儿。薛蓝一噘嘴：你也太认真了，不就是一件旗袍吗？你也不想想，或许那个女人犯了病，出了车祸呢？

你别在这里胡说八道，你怎么能咒人家？

本来嘛。她不来，还要我们打广告找她啊！你没见现在人的那德行，有钱神气到天上去了。说不定她早忘了她的旗袍呢？

我相信她会来的。

其实旗袍这种衣服，说看重就看重，说不看重，不过是女人衣橱里多件衣服罢了。再过段时间不知还有没有人穿这种旗袍，既烦琐又不适用。如果我有个好的工作，也不会把青春浪费在这一针一线上。

薛师傅身体里猛然扎了一下。他知道薛蓝从心底里没有真正地喜欢过旗袍。她能做，是靠了她一股子灵性。女儿要的只是旗袍外面的世界，而不是旗袍的内涵。喜欢旗袍只是自己的一厢情愿。薛蓝高中毕业那年没考上大学，在家待业，他发现自己很无能，他的旗袍做得再好也没人帮你把女儿招出去。他认命，老婆却不认命。老婆说，你跟市长夫人做旗袍，你去和市长夫人说说，给女儿找个合适的工作吧！薛师傅口里答应着，就是不行动。他认为女儿到一定的时候，也会认命的。现在女儿虽然认命，很不情愿地跟他学旗袍了，但要想让她死心塌地做好旗袍，还是差一段工夫的。

又过了一段时间，女人仍然没有来。

这时，坡子街要扩建，所有的旧房要拆。薛师傅的旗袍店和他以前的服装厂正在这条街上，都属于拆迁之内。薛蓝是个能干的姑娘，很快在另一条巷子找到了门面，准备在拆毁之前搬过去。这下薛师傅寝食不安了。他想女人来了怎么找旗袍店？他很不愿意搬。薛蓝说，我们在原地方钉块牌子，告诉我们的新地址。薛师傅搬到新门面后，他又不放心了。他说，那牌子起什么作用？我还是到那里去等吧！反正我不做旗袍了，有的是时间。薛蓝惊讶地望着他，老婆说让他去吧！你又不是不知道他固执得像牛。他要做的事，就是九头牛也拉不回。

薛师傅端了盒子里的旗袍，蹲在薛蓝钉的牌子旁，看他们拆屋。好端端的屋被一个个拆得乱七八糟了。当他看到服装厂“轰”一声巨响，成了一堆钢筋水泥时，他的老眼冒出了泪花。没了，彻底没了。服装厂刚成立时，他为厂里做过很长一段时间的旗袍。有一天，服装厂突然受到了冲击，那些漂亮的旗袍都被撕成了布条，说是过去地主太太穿的封资修的东西。在全厂都不做旗袍的时候，他偷偷给一个女人做过一条旗袍，那女人精致地穿在身上，走到河码头去看龙船的时候，被几个造反派盯住了，那女人一下河码头，她的旗袍被造反派撕成了条。那女人哭着往家走，薛师傅偷偷跟在她后头哭，一直哭到她回到家。后来，市面上又风行一种的确良的布料，手感挺滑，穿着不起皱，凉爽，是夏天做衬衣的好料子，也是一种很昂贵的布料。当时只有两种颜色，水红和纯白。水红是姑娘的专利，白色是男人和老年人的专利。后来市面上出现了花的确良，那女人意外地拿来花的确良面料，要薛师傅给她做棉衣罩衣。薛师傅很懂得这个女人，他在领口上用了做旗袍的那种领口，扣子也是按旗袍那种布纽扣去点缀。那女人穿出去后，姑娘们一窝蜂地请他做这种款式。他白天做不过来，就带回家，晚上在灯下做那些蝴蝶结、饺子形、菊花瓣的纽扣。再后来，长沙凭空冒出许多服饰公司和数不清的个体裁缝店，外省的名牌也源源不断打进长沙，服装厂就接不到业务了。老厂长退休后，新厂长把厂卖给一家服装公司。工厂卖了，断了工人的生路，工人跑到厂里骂娘。薛师傅没有骂娘，他拿了那笔可怜的买断金做了件大事。他把两室一厅的住宅进行了改造，先把当街的门改成双合页门，把横着的那间隔成小两间，做了他和女儿的两间卧室，再把外屋和里屋连着的两间打通，成了一间大房子，做了门面。门口挂了块“薛师傅旗袍店”的牌子。这时，街上那些丽人，在街上大大小小的旗袍店里挑来挑去，挑到薛师傅旗袍店的时候，就再也不想走了。

坡子街的旧房拆毁后，变成了一条空巷。薛师傅蹲在尘土飞扬的空巷里，每天如此，跟单位上下班人一样准时，那些民工不可思议地看着他，时间一长，把他看成了活路标。有人问地址了，就说那里有个卖旗袍的老人。于是，过路人劝他，这条街成了空巷，你蹲在这里卖给谁呀。开始他还和他们解释，发现他们那嘲笑的目光，就不作声了。

坡子街开始重建一栋栋新房，薛师傅蹲在那里，像是看景，又像在看人，眼睛却空洞地一直望到巷子的尽头，目光游离而迷惘。渐渐地，他饭也不想吃了，觉也睡不踏实了，话也不想说了。这天，他终于倒在了那块牌子前。

在医院，薛师傅被诊断晚期胃癌。

病床上，薛师傅还在问，女人来了没有？老婆急了，对薛蓝说，这件旗袍会把你爸爸活活折腾死的，快想个办法吧！薛蓝没作声，脑瓜子一转，第二天，她在晚报上登了一则领取旗袍的消息。她把这件事告诉薛师傅时，病得不成样子的薛师傅咧嘴笑了。

可是一个星期过去了，仍然没有人领旗袍。薛师傅只好又不断地追问薛蓝。薛蓝说，哪有那么快呀，再等等吧！

见父亲还是那么焦急，薛蓝心里也暗暗不安起来。这一天，她又找出那张报纸细看，突然看见，在她的那条消息旁边还有一条讣告：全国著名民族学学者、省政协委员夏玉珍女士因患白血病，半年来医治无效，于昨日去世，享年四十八岁。薛蓝第一次没看到这条讣告，现在看到了，心里就很不是滋味。讣告与认领旗袍的消息挨在一起，冥冥中是不是有一种什么联系？

这天中午，薛师傅接到了一个女人打来的电话，说她就是那个定做旗袍的女人的女儿，并解释说，当时因为妈妈所在的学院急于出国考察，把这事搁一边了。薛师傅听了说，我还以为你妈妈不要了呢，你妈妈什么时候来拿旗袍？电话里满口赔不是，又说，妈妈一年半载回不来，前不久她打电话过来，叫我抓紧拿了给她寄去，她等着穿。薛师傅在电话里约好在他原来的旗袍店见面。

薛师傅送走那件旗袍后，就像脱掉了一件被雨淋得透湿的旧棉袄，穿上了一件新棉衣，有种说不出的轻松和舒适。他兴奋了大半个晚上，才迷迷糊糊睡着。结果，这一睡，薛师傅就永远睡过去了。

薛蓝伤心至极，边哭边喊：父亲是我害死的，我这个主意馊啊！

原来，晚报登出消息后，还是无人问津，而父亲又把唯一的希望寄托在晚报上，薛蓝便突发奇想，找来自己的女友，扮成那个取旗袍女人的女儿。旗袍取走了，本想让父亲了却这桩心事，安度晚年，没料到反而加快了父亲的死亡。

火化父亲和父亲的遗物时，薛蓝拿着那件旗袍，泪汪汪地盯了半天。母亲说，这是你父亲一生做得最用心的一件旗袍。他走了，让你爸带走吧！女儿明白母亲要将旗袍烧掉。她急忙抱过来，对母亲说，我要留着它。

旗袍仍然挂在模特身上。这条旗袍就成了路人永远注意却无人领走的绝品。

原载《北京文学》2007 年第 5 期

德山大伯

德山大伯一年四季笑得像个弥勒佛。他随便走到哪里，总会带去一路的呵嗬喧天。可那年他突然得场大病，几乎快咽气了。大伯在村里人缘好，大家都为他惋惜。老人们摇头说，这是犯了土煞，没救了。但突然有一天，来二娘看见德山大伯又坐在自家门槛上了。她上去同他打招呼，才知道他眼睛瞎了。女人家的，双眼红红掉出了眼泪。他却说这世界是什么样子，又不是没见过。如今看不见了也还听得见哩！不久，一场车祸夺走他的老伴，老伴老伴，老来依傍，老年失伴，村里人也不知德山大伯是怎样从悲哀中走出来的。他又像以前一样，唱着山歌出门，穿着响板鞋上路，手里的那根棍子把路敲得天响。他还在对面路上走，这边老远就听见他的山歌声、板鞋声和棍子声。“德山大伯来了！”妇女站在自家门口高声喇叭似的喊上一两句。没上学的细伢子“轰”地一下拥出门，拉拉扯扯地围着他，央求他讲故事。可他只有在村西头的那家屋场前才肯停下来。坐下之后，又总要睁大只有白眼仁的眼睛，向村口望去。来二娘就在她家门口的大槐树下站着，手里忙着家务，眼睛却不时瞟着这快活的老头子。

德山大伯被细伢子缠住了，不讲上几个故事是不得脱身的。他下巴一摸，就摸出一个狐狸精，接着又摸出一个田螺姑娘。德山大伯弯弯肠子多，肚里装的故事多，于是在细伢子眼里德山大伯实在了不起。

他讲了一会儿故事，就听得来二娘家擂钵响了。德山大伯忍不住顿了一下，才接着讲故事。他知道等会儿来二娘就要招呼大家喝擂茶了。那擂茶，是将芝麻、花生米、绿豆、茶叶放进擂钵里擂，擂成汁才算是茶。这里哪家擂钵响，大伙往哪里跑。人多是一种热闹，主人也不厌客，多加一碗水就行了。

擂钵响了一阵，来二娘就过来，用那种听起来像是骂人的口气，对细伢子们说：“莫缠在这里听白话了，去喊你家大人来喝擂茶！”德山大伯嘿嘿一笑，就不讲故事了。细伢子们很是不舍，望望德山大伯，又望望来二娘，跑回家喊他们大人去了。德山大伯就笑着说：“就是没有人喊我喝茶哩！”

“谁喊你？”来二娘说着，就转身往屋里去。等到她搬出那张梨木靠背凳，德山大伯就站在她家门口了。她小心地把凳子放在德山大伯屁股后面，招呼他坐下，嘴里却没有一句好话：“好好坐着，别摔死了。”德山大伯会说：“死在你门前，我值得哩！”来二娘就骂他老没正经。

等会儿三三两两的人就来了。他们总会开德山大伯的玩笑：“德山大哥，又是你最先到？你天天守着来二妹子干什么？来二妹子人再长得好，你也看不见。”

“我可以想哩！”德山大伯说。

来二娘早红了脸，骂道：“喝人家的，还要说人家的，没有一个好东西！”

玩笑开惯了，大家也都当是玩笑。他们聚到来二娘家喝擂茶，大多是冲着德山大伯来的，而德山大伯喝擂茶是冲着来二娘来的。他们喜欢听德山大伯讲讲故事，说说笑话。都说，德山大伯比明眼人知道的事情多。

这天，他进来二娘家是掌灯时分。来二娘正就着一盏昏暗的油灯剁猪草，一大背篓猪草刚从菜园地扯回的，洗得干干净净，鲜嫩鲜嫩。她望了一眼正想进门的德山大伯：“谁叫你来的？”

“你不是在门边盼我吗？”

“谁盼你，我是在看天气。”

“今天是个多云天，你说是有晴（情）还是无晴（情）？”

“你这个鬼老头。”来二娘不说话了，埋下头剁猪草，把砧板剁得“嘭嘭”响。德山大伯睁着两只什么也看不见的眼睛，坐在她对面。灯火被风吹得一闪一闪，一会儿把他的影子拉得老长，一会儿又把他的影子缩得与来二娘重合在一起。

“你还不走？等一会要下雨的！”来二娘剁完两脚盆猪草，伸了个懒腰。话硬邦邦地出来，眼睛里却含着笑意。

“我是想走呀，不知怎么这凳子上有钉子，把我钉住了。”

来二娘把剁好的两大脚盆猪草倒进大铁锅里煮。猪娘下了一窝崽，来二娘像侍候月婆子一样侍候，把猪草煮出汁来。这时，德山大伯摸到灶门口，不声不响地给来二娘烧火。他夹了一把杉丫丢进灶里，灶膛里“叭叭”响起来。德山大伯装大着耳朵，他仿佛听到一阵爆竹响。那时候，他的眼睛能望见对门山上的鸟窝。一次，他正在田里犁田，忽然听见一阵爆竹声。满村人都在喊：“新娘子来了！”德山大伯手搭在额头上往远处一望，就见一队人马吹吹打打过来。“怎么不见新娘子？”有人问。德山大伯眼睛尖，早就看见新娘子了。新娘子走在人群中很显眼。德山大伯本来就是个从不错过热闹场合的角色，赶紧把牯牛放到塘里，打飞脚赶到村口去看新娘子。只见迎新的队伍把村路挤得窄窄的，乡亲们望着走在前头的新娘子，不停地“啧啧”称赞，说满伢子有福气。

那新娘子就是来二娘，好漂亮好漂亮，两个奶子像秤砣，脸红扑扑的，头发溜青青。来二娘嫁过来正是春插的时候，她也十分勤快，进门没三朝就下田了。德山大伯觉得自己也有福气，他的田和来二娘家的田只隔一条田塍，让他看了一个春插的来二娘。来二娘一口一个“德山大哥”，德山大伯听了甜到心里，有事无事就扯开喉咙喊山歌。他发现，他一唱情哥哥情妹妹，来二娘就忘记手中的事。那时他就唱得更起劲了。没承想，来二娘嫁过门不到十年，丈夫就病死了。可怜她拖着一对儿女，孤儿寡母地过着。

“你发什么呆，灶里的火接不上来了。”

德山大伯的手猛地抖了一下，低头抓一把柴火丢进灶里，火又旺起来了。

农村里很少有时间观念，事情做完了就上床。来二娘把一大锅猪食煮烂后，收拾一下场面，就准备睡觉，也是德山大伯回家的时候了。和往常一样，他站起来拍拍灰就去拿竹棍。来二娘把他按到灶门口坐下，说：“你再加把火吧！”她望着德山大伯，麻利地调好了一碗红薯粉，在锅里贴成饼，又切成条，打成一碗汤，然后煎两个荷包蛋盖在上面。德山大伯接过碗，吸吸鼻子，说了句：“还是来二娘心疼我。”

“谁心疼你，我是让你吃了赶快走。”来二娘又从橱里拿出自己酿的酒，倒了一小杯给他。“还有酒？”德山大伯接过酒杯，慢慢地抿，边喝边装出比做农活还吃力的样子，说：“世上要算喝酒的人最苦，酒是从喉咙里割下去的。”德山大伯故意喝得慢，来二娘好像也不急着睡觉了，索性拿出鞋底来纳。

德山大伯不出门的时候，就坐在木马上打草鞋。他把木马摆在堂屋当门，好像要就着外面的光亮。他腰里束着一根麻绳，将草鞋绊绳系在木马的小桩上，手指灵活地在绊绳间穿动。半个钟头，一双精致的草鞋就挂在木马旁。草鞋耳朵长长地伸着，像是和德山大伯一样听着外面的动静。德山大伯只要听到那熟悉的脚步声，他便离开木马，站到门口去。

德山大伯打草鞋的日子，是来二娘来他家磨米粉的日子。

德山大伯家有一间宽大的堂屋，堂屋正面立着一个神龛，放着祖宗牌位。角落里放着一些农具，中间放了一座大磨子。平常德山大伯很少用这磨子，自从来二娘开始喂猪娘后，总要三天两头挑着碎米来这里磨米粉给猪娘吃。这天，德山大伯刚把堂屋打扫干净，来二娘从田埂上来了。

“嗬！今天又出太阳了！”德山大伯大声说。

“出个鬼！”来二娘说着进了堂屋。

来二娘一来就是一个上午，她边磨米粉，边不急不慢和德山大伯拉家常，谈起寡妇门前的是非，谁个要占她的便宜，谁个半夜去撬她的门。德山大伯听了总黑着脸说，哪个再欺负你，你来找我。

来二娘问：“你怎么不去跟城里的儿子享福？”

“城里有什么好？”德山大伯咂咂嘴，摇摇头说，“城里住不惯。”

德山大伯在城里住过一阵，那时他的眼睛看得见，却享受不了那个福。虽然衣来伸手，饭来张口，但他不快乐。每天好容易盼到晚上，儿子媳妇和幼儿园的孙子回来。儿子有他的朋友来玩，媳妇有她的女友来聊天，孙子也去邻居小朋友家玩积木了。只有他没有说话的朋友，他一个人对着电视笑。串串门子吧，楼上楼下的人家一整天一整天把门封得铁紧铁紧，只在门当中安个电灯珠那样的镜子朝外望。有时，他好奇地从门外的那个小电灯珠朝里看，儿子说不要看，当心人家把你做贼抓。他常常感慨城里人不如乡下人那样自在，乡下人一年四季敞着大门，出门就是禾塘坪，过了禾塘坪便有大山大树，走在田塍上，悠悠晃晃一路子人便一路子歌。于是他在城里住了没多久，又回来了，仍旧跟着农村的儿子过。

德山大伯感觉来二娘的手在磨子上转晃转晃，额头的汗把那挂头发巴在嘴边，那秤砣一样耸起的乳房在胸前一蹿一蹿。他听着磨子转动的声音，就知道来二娘有点累了，便放下手边的活，将自己的手搭上磨把。

这时来二娘说："哟，坐在那里坐醒了，也晓得搭一把手！"

德山大伯就说："我给你帮忙，等于帮自己的倒忙！"

"何解咯？"来二娘明知故问。

"帮你三下两下磨完走人，不就剩下我一个人了？"德山大伯说这句话时表现出一片痴心。

来二娘不作声了，德山大伯也不说话。两只手握着一个磨把，米粉细细地从石磨缝里流出。米粉磨完了，来二娘要走了。来二娘走时不忘记带走德山大伯的脏衣服。

德山大伯穿着干净的衣服站在堂屋中间，早晨的阳光照在堂屋内，他一屁股墩在木马上，人显得格外精神。他打草鞋的稻草是精选过晒过的，金黄金黄的。打的时候将草洒些水，用锤子锤柔软，织时还掺一些麻。德山大伯打的草鞋又结实又好看。他把打好的草鞋提到小镇去卖，卖回的钱留给自己做零用。他每次都是打足二十双草鞋才一块提到小镇上去卖。

这天早上，他用一根绳子把二十双草鞋拴牢，搭在肩膀上，胸前十双，背上十双，拿着拐棍，唱着山歌，一步一步出村了。他的草鞋在小镇上卖得很快。一角钱一双，二十双两元钱。德山大伯买了酱油、盐和孙儿用的作业本，剩下的钱捏在手里。他想给来二娘买点东西，买点什么呢？在他的印象中，来二娘那头青发常常有一绺巴在嘴边，遮住她半边脸，要是出汗就巴在脸上了。来二娘总说要买一只发夹把头发夹到后面，总没有去买。他想就买个发夹吧！他走到百货摊边，问有发夹吗？他接过百货摊主递给他的一只蝴蝶夹，直觉告诉他这发夹很漂亮，价也没有还，付过钱，急急往村里赶。刚到村口，他就感到有一个人站在村口的田地里，他放慢了脚步，悠闲地喊起山歌：想姐想得血蹦心，抱起枕头把嘴亲……然后朝田边拐去，在田埂上坐下来。

"你怎么知道我在这里的？"来二娘也坐过来。

"我知道，你门前有一棵槐。"德山大伯又喊起来，"姐姐门前一棵槐，手把槐花望郎来……"

"老不正经！谁望你？我是来扯猪草的。"来二娘说着，埋头扯起猪草来。

德山大伯从口袋里拿出那只发夹，说："我今天在路上捡了一只发夹，你看。”

“路上有发夹捡？”来二娘接过发夹，很鬼地望他一眼。德山大伯不由笑了一笑。

“你笑什么？”

“我笑今天的天气好，我心里也格外舒服。”

“我不扯猪草了，回家去。”来二娘背着猪草走，德山大伯跟在后面。一进门，来二娘背篓一放，就从房里搬出那面打碎了又重新拼合的镜子，拿抹布擦擦，对着镜子夹那发夹。德山大伯在一边说：“来二娘，你那溜青的头发夹这发夹特别漂亮，真的，我看见了。”

来二娘不由脸一红，拉着他的手，去摸她那已花白的头发，叹口气说：“头发落得像癞子了，你还说漂亮。”

“不，你头发还是那么多那么黑。”德山大伯又说，“你脸蛋还是那么白白嫩嫩，鲜红鲜红的，我看到了！看到了！”

来二娘忍不住把手放在自己胸口，嘴里不停地说：“你真这么认为？”几滴清泪落下来。

“你怎么哭了？刚才还是好好的。”

“没有没有，我是高兴。你走吧！天要下雨了。”来二娘双手捧着脸。

德山大伯走到门外，伸出双手，望望天，见天并没有下雨。他想了想，还是走了。

来二娘倚在门边，没有说一句话，一直望着他拐过那条田埂，才轻轻关上门。

德山大伯心里装着来二娘，稻草就在他手里欢跳，草鞋就打得飞快。他想要多打些草鞋，多换些钱，给来二娘扯一块花布。他想象着来二娘穿着花衬衣，那丰满的身围，那秤砣一样耸起的乳房。

德山大伯感觉天色有些不对劲，一场雨就要来了。心想，如果下雨，来二娘不能来磨米粉了。想到这里，他勾着手指一算，来二娘有三天没来磨米粉了。这几天她家的母猪吃什么？她怎能不来呢？莫不是她出了什么事？德山大伯想着，豆大的雨点哗哗下来了。他不由打了一个冷战。他拴好这几天打好的二十双草鞋，拄着竹竿摸索着出门。出门不远，雨便瓢泼而下。这时，他小儿子从后面赶上来，喊道："什么急事？这么大的雨！赶快回去吧！"

德山大伯说不出什么缘由，只好跟着小儿子回家了。

第二天，雨没有按照他的愿望停下来，反而越下越大。头天淋了雨，德山大伯有些头昏，他没有在意，但坐在木马上一身疲软，草鞋有些打不动。

第三天雨仍是那么大，德山大伯感到什么事也做不成，他站在堂屋中间，望着村口的路，反反复复地想，来二娘怎么样了？

第四天了，雨把屋顶打得"叭叭"响。听儿子说村口涨大水了，他赶忙问，来二娘家怎么样了？儿子说不知道，还说你专门操些空心。德山大伯不说了，他知道任何人都明白不了他的心，他只能诅咒这该死的雨。

傍晚时分，他听到屋顶上"叭叭"声减弱，小儿子到田里放水去了，屋里空寂得可怕。他强撑着从床上爬起，摸了个斗笠戴着，跌跌撞撞往外走。路上很滑，又很泥泞，竹拐杖敲在路上没有感觉。德山大伯不晓得跌了几跤，跌倒了爬起来又走。他感觉现在应该快要望见来二娘家门口的槐树了。路被雨冲开了一个缺口，田里的水漫过路面。德山大伯一脚踏空，从高高的土坎上摔了下去。

德山大伯从昏迷中醒来，感到周围许多人围着他，有儿子媳妇孙儿，就是不见来二娘。医生说他醒了，吃了这些药会好的。医生走了。小儿子说："爹，你一直发高烧，昏迷不醒，吓死我了。好了，你想吃什么？"

"我什么都不想吃。"德山大伯说罢，又昏沉沉地睡过去。

德山大伯的病不知为什么没有好起来，在城里工作的儿子要接他去城里调养。这天中午，儿子从城里用小车来接他，小车不能进村路，只能停在小镇上。儿子说用自行车把他接出来。德山大伯不肯坐自行车，要儿子用土车驮着他出村。

这时太阳红艳艳地出来了，德山大伯站在坪里，双手拄着拐棍，望着村口。他全身就靠这根拐棍支撑，手一抖一抖的。儿子忙过去扶住他，扶他上了土车。中午的太阳正好从他头上射下来，他的影子在不断颤抖。土车经过村口，他叫儿子停一下，朝大树旁的房子张望。他感觉得出，来二娘没有像往常那样站在槐花树下。

来二娘在娘家服侍重病母亲二十多天。这天深夜，她突然觉得心里有什么事似的，慌得很，她对母亲说：“我要回去看看。”

来二娘不等天亮就出门了，赶到村口时正是大清早。远远地就听得谁家发丧的锣鼓唢呐声。她心里一沉，预感到出事了。果然，德山大伯的儿子和亲眷们披麻戴孝，一路哭号，簇拥着德山大伯的灵柩过来了。来二娘背靠着槐树，眼前只有纷乱的灵幡飘飘扬扬。

原载《钟山》1999 年第 3 期

无根芭蕉

岩香仲摘回一种叫染饭花的花，加水放锅里煮沸，水呈黄色后，掏出花，把糯米放进锅里浸泡四小时，米成金黄色，掏出米放进甑蒸，米蒸成饭后，倒入盆里搅拌，直到饭粒一颗颗晶莹剔透，盆里像盛开一盆菊花，花染饭就做成了。傣族饮食特点除“食酸”“食野”外，另一个显著特点“食花”。“食花”除了把攀枝花、白花、芭蕉花做成美味绝伦的佳肴外，最称奇的就是这个花染饭。花染饭一般在祭祖、节日或宴请贵客才做，花染饭和其他菜肴相配，色香味俱全，可增加节日喜庆。

岩香仲的花染饭是专门做给游客吃。

女儿咪么欢在客房换被单，她把一床床脏被单换下，铺上一床床干净被单。毛利多抱了脏被单去竹楼下去洗。

新一天又有新一批游客来傣族园。岩香仲家的竹楼在傣族园，傣族园由五个傣族古村寨组成，位于西双版纳橄榄坝，在澜沧江下游，与缅甸、老挝接壤。人们常说到了西双版纳不到傣族园，就等于没到西双版纳。如果说西双版纳美如孔雀，那么傣族园就是孔雀开屏的地方，傣族竹楼就是孔雀羽翼上的花絮。竹楼、寺庙、民族风情和傣族饮食吸引人们来傣族园旅游。

竹楼下来了一个五十多岁、戴宽边眼镜的男人。岩香仲带男人上楼，边上楼边介绍：单人房，包吃包住，五十元一天。男人有点惊讶地望着他，这个皮肤黝黑、嘴里含着烟斗、头上毛巾缠得像个塔的傣族老人，也能把汉语说得清清楚楚。

岩香仲带男人脱了鞋进客厅。客厅梁、柱、墙是竹子建的，墙壁贴着毛主席画像，中间一根柱子包着红布。岩香仲说，这是吉祥柱，你摸摸，能给你带好运回去，也接受傣家人的祝福。男人虔诚地摸了摸。客厅左边依次有六间房，最里头一间能看到澜沧江。男人在最里头这间房放下拖箱，掏出身份证说，我叫刘琪伟，怎么称呼您？我不会傣语。岩香仲说，我比你大，傣语叫岩龙[①]，就用汉语叫我大哥吧！

咪么欢端着一碗茶走到刘琪伟跟前，她身子稍往前倾，用一只手将裙稍稍拉起一角，低头敬上茶，说，欢迎您来竹楼做客。

刘琪伟感到咪么欢不但能说汉语，而且普通话说得非常标准。刘琪伟当然不会知道，岩香仲家后代进过双语学校，既会傣语又懂汉语。岩香仲懂一些医术，时有汉人找他看病，又因这个家庭小旅馆，跟儿女们学会一些汉语，能够同汉人简单交流。

您是第一次来？咪么欢又问。

刘琪伟脸色变了下，说，第一次来，也是最后一次来了。

刘琪伟喝了一会儿茶吃中餐，岩香仲往矮桌上摆烤鱼、青苔、竹蛆、酸蚂蚁，蕨菜、刺苞、一碟野菜佐料，一碗花染饭。刘琪伟端起花染饭就吃，感到香气扑鼻，松软可口；他夹一块烤鱼，蘸点佐料放到嘴里，鲜、微辣带点酸蛮好吃；他又把青苔蘸佐料吃，感到滑而爽。刘琪伟指着竹蛆说，这也能吃？岩香仲说，竹蛆是高蛋白，试试看。刘琪伟把一条竹蛆甩进嘴里嚼，酥而脆。这些都是他在城里吃不到的，他要吃的就是这个味。他埋头吃起来，吃得冒头是汗。

饭后，岩香仲递给他一颗槟榔，槟榔是绿色的新鲜槟榔，不是城里那种满身皱褶的黑色干槟榔，再看岩香仲嚼槟榔，嘴和牙齿血红，像血口在那里一张一合。刘琪伟放下槟榔，回房查字典。槟榔原名“赤口濮”，里面呈红色汁，是一种中药，有健胃功能，也是傣家的待客礼物。嚼得满口血红的槟榔还有健胃功能，是傣家待客礼物，刘琪伟不可思议地摇着头。

刘琪伟睡了个午觉，这一觉睡得挺沉，太阳开始西游了。他伸了伸手臂走到窗前，啊！澜沧江，在太阳照耀下像碎银闪动，鸟儿擦着碎银飞翔。刘琪伟从包里拿出相机，把相机伸出窗口，调远镜头，嚓嚓几下。他望着相机里图像说，一幅旖旎迷人画，来这一趟死也瞑目了。

---

① 岩龙：傣语里是大哥的意思。

到了我这里就不能说死。刘琪伟突然发现岩香仲站在门边。

到我这里的人都死不了。岩香仲又说。

刘琪伟笑了一下，笑得有些无奈。岩香仲没有笑，直到他带刘琪伟出来晚餐都没有笑。

晚餐新添五位游客，矮桌上有沙蛆、蜂蛹、酸竹笋、香茅草、酸橙、蝉，还有一坛甜米酒。岩香仲给每人倒一碗酒，说，请尝尝傣家人自酿的米酒巴。刘琪伟仰头喝下一口，甜酸甜酸，全身舒服。岩香仲又剖开一个竹筒，从竹筒里给大家掏饭。刘琪伟问，这饭怎么做的？岩香仲说，先把米浸透水，米然后装入竹筒用槛叶把竹筒口塞紧，再放到温火上烧，竹筒烧焦后就成了竹筒饭。竹筒饭糯糯的，有股清香味，刘琪伟连吃了两碗说，傣族的饮食文化值得我好好研究。

晚餐后，岩香仲带刘琪伟在傣族园散步。刘琪伟看到毛利多把衣服捆成一团，放到摩托上，骑车走了。

大哥，您儿子带上衣服去哪里？

他不是我儿子，我的儿子嫁出去了。他是准备嫁给我女儿的男人，他回家去准备嫁妆。傣家男方嫁到女方前，要为女方家做三年苦力，以感谢女方父母养育之恩。第一年砍柴做饭，第二年下地种田，第三年割橡胶。如果三年不到，女方家认为男方偷懒不合格，会被休。被休男方在村寨没有地位，只有做光棍了。男方如果做完三年苦力，女方家认为男孩不错，就可以回去准备嫁妆，男方嫁到女方，一般不用下地干活，在家做饭带孩子，农活女方做。年长的女人是一家之长，家里事由她说了算，需要用钱找她拿。

女娶男嫁，女人当家。刘琪伟看到一个活生生的母系社会。

路两旁矗立着椰子树、棕榈树穿插在路中间，芭蕉树摇曳着宽大叶子，铜钱叶的大榕树旁，一座座寺庙，雄伟壮丽；星罗棋布的竹楼，一家一幢，篱笆围绕，身着五彩筒裙的傣家姑娘，从一幢幢竹楼走出，袅袅娜娜，像一幅幅流动的画。

岩香仲带刘琪伟走进曼苏满寺，寺门屋顶向八个方向呈放射状，从下而上由大至小叠落，形成多座小屋顶组成的状若锦鳞的屋顶群，与佛殿一起，构成一个美丽的不对称图，夕阳下，宛如一朵初开的千瓣莲花。左边一个多折角十字形戒堂，里面十几个小和尚，穿着黄色袈裟，双手合十，拖着长长的童声诵读佛经。

一个小和尚从中跑到岩香仲面前，与岩香仲傣语交流几句，又回去念经。岩香仲说，我儿子的小孩岩光罕。

他这么小愿意离开父母？

他愿意。我们傣族信奉小乘佛教。

什么是小乘佛教？刘琪伟这才弄清，聚居云南西南部的傣族几乎每个村寨都有佛寺，男孩长到八九岁出家到寺庙当和尚，过一段脱离家庭的宗教生活，学习傣文和佛经，接受民族传统教育，也接受现代国民教育。男孩只有当过和尚才算是受过教化的人，才有结婚建立家庭的权利。没有当过和尚的人，视为未开化低人一等。小和尚十七岁可以出来，但必须到十八岁还俗后才可以结婚生子。

刘琪伟望着黄色袈裟，在烟雾缭绕中的小小身影，对岩香仲说，我想在您家住几天，做一点研究。岩香仲说，你就住下来吧！刘琪伟脸色突然变了下，窘迫不安地站住了。岩香仲慢慢靠过来，望着他说，您在我家有什么不满意的地方可以跟我说。刘琪伟像是鼓起很大勇气，说，我身上只剩一张机票钱了。

你就先住下来吧！

我叫家里人汇钱过来。刘琪伟拿出手机给家人拨电话，拨了几次占线，他把这里的情况编了个短信息发过去。

刘琪伟一早背着相机去寺庙，咪么欢望着他背影对岩香仲说，波[①]，他怎么还不走？他交的钱用完了。

他要在这里搞研究，看他那兴致，你忍心破坏吗？

现在游客多得没地方住，他没交钱，占着房子。

钱，他会汇过来，先让他住吧！

刘琪伟从寺庙回竹楼就埋头写东西，写了两天又出门，出门回来又埋头写，到吃饭时出来一下。

① 波：傣语里是爸的意思。

这天，刘琪伟吃饭都没有出来，岩香仲去他房喊吃饭，发现他桌上两个药瓶。

这两天有点感冒。刘琪伟慌忙把药瓶放进抽屉。

看病没有？

看了，无大碍。刘琪伟转移话题，问邮递员来了没有？有没有我的汇单？

没有。你就安心住吧！

汇单到这里一般要几天？

汇单到这里有时三五天，有时半个月，边境地区有些说不准。岩香仲望着刘琪伟脸说，您脸色怎么这么黑？刘琪伟说，可能晚上没睡好。岩香仲问，是不是肝有问题？刘琪伟惊愕地望着他。岩香仲走到他跟前，拉起他手探了一下脉，又用手按了按他脸两边，说，有些像肝腹水和肝硬化。刘琪伟脸有些藏不住，露出绝望的神色。岩香仲又说，我们傣药能治病根。刘琪伟摇了摇头，失声说，我不是一般的肝硬化和肝腹水。

用无根芭蕉熬成水，兑野牛胆喝，里面还放一点鸦片，能治最严重的肝病。

无根芭蕉？什么叫无根芭蕉？

小鸟吃了野芭蕉后，把野芭蕉籽排泄在树上，野芭蕉籽发芽后就长在树上，它没有根，也不沾地，所以叫无根芭蕉。无根芭蕉像个无爹的私生子，它只能躲到深山老林，附在大树上生长，我去深山老林找找看。

刘琪伟见岩香仲这么热心，不忍心扫他兴，点了点头说，死马当着活马医吧！

岩香仲来到深山老林，他发现深山老林的无根芭蕉稀有，很难找到。连着几天，他都在老林里转。终于，一棵大树上长了无根芭蕉，他要仰了头才能看到。岩香仲一阵欢喜，他像猴子上树，手脚并拢往上爬，爬了一半滚下来。唉！树太高了，要用绳子才能攀缘上去。

岩香仲决定回家拿绳子。

岩香仲想，无根芭蕉有着落了，野牛胆呢？到哪里去搞野牛胆？现在的西双版纳哪里还有野牛？即使有野牛又有哪个敢杀野牛？杀野生动物是要犯法的。岩香仲想起缅甸，当年他用野牛胆做药引也是从缅甸搞的，缅甸还有极少野牛，也有人杀野牛卖。云南境内有三千多公里的边防线，橄榄坝有个村的一条河与缅甸交界，只有两米宽，膝盖深，寨里偶尔有人偷渡出境。

岩香仲径直去寨子里，打听到山虎去缅甸才回家。

岩香仲从竹箱里拿出存折。咪么欢问，波，拿存折做什么？岩香仲说，山虎去缅甸，我取点钱叫他买野牛胆回来给刘琪伟做药方。咪么欢望着他，嘴惊讶得合不拢，说：波，您糊涂了吧！野牛胆要上万元才买到一小坨，他已欠十天住宿费，还吃野牛胆？波，赶快叫他走吧！要是他病倒这里就麻烦了。岩香仲瞪了她一眼，说，在我家不能赶走有病的人，说不定他吃了这个药方好了呢？

咪么欢拗不过他，眼睁睁望着岩香仲揣了存折出去。在这个家，以前是咩[①]当家，咩去世后，波见她年小，现在是波当这个家。

岩香仲把一万元钱交给山虎后，拿了绳索继续去深山。

刘琪伟从寺庙出来，看到竹楼下邮递员赶快走过去。邮递员向他摆了摆手走了。怎么还没有汇单？刘琪伟望着邮递员背影，上竹楼的腿就软了。他爬上竹楼就像爬上一座高山，他喘息了一会，从袋子掏出手机，拨通家里：

你给汇的钱，怎么还没有到？

我如果汇了款，你会早点回来吗？你背着家人偷偷跑到西双版纳说是旅游几天，却变成了学术研究，赶快回来吧！

我欠着钱怎么回。

你回了，我就汇款。有哪个像你，癌症病人还往外头跑？害得全家人担心。

刘琪伟举着手机傻傻站在房间，好久没听人说癌症了，他几乎忘记自己是癌症病人。在家里，他几乎天天生活在癌症病人中，让他透不过气来。现在出来透透气，也有想躲避癌症病人，重新找到正常人的感觉，这种感觉哪怕只有几天。现在家人重提癌症，刘琪伟情绪一落千丈，肝也突然疼起来。刘琪伟想，刚才还是好好的，怎么突然疼了？难道我的大限到了？有很多人能创造奇迹，难道我就不能创造奇迹？

刘琪伟吃了一粒药，感觉不那么疼了。医生和家人一直没有告诉他还有多少时间。现在过去几个月了？他还剩多少时间？刘琪伟不愿意想起时间，分明又在想这个时间，一想这个时间，他会钻心地疼。现在怎么办？他茫然

① 咩：傣语里是妈的意思。

地站在房中间。我还是赶快走吧！我不走，家人不会汇钱过来。我不走，要是我病倒这里？啊！千万不要病倒这里啊！否则我会对不起傣家大哥，我死了也不会瞑目。

竹楼空无一人，刘琪伟把一张留言纸放到书桌上，匆忙提了拖箱，下楼时，他忘记关窗子，一阵风把留言纸吹到窗户外。

岩香仲瘸着腿刚到竹楼下，咪么欢跑下楼，波，腿？腿？你的腿？你的腿怎么呢？

从树上摔下来。

波，你怎么摔下来的？

我把绳挽成一个圈，套到一根树枝上，我扯着绳攀缘上去它没断，我摘到无根芭蕉下来它却断了。这是命，波是躲不过这一劫啊！

咪么欢扑到岩香仲怀里哭，岩香仲拍了拍她肩膀，不要哭，我不是好好的回来了，我们上楼吧！

咪么欢扶岩香仲上楼，岩香仲看到荷叶包的野牛胆，兴奋地说，搞到了。搞到了。这下好了，野牛胆和无根芭蕉都有了，我们快去告诉刘琪伟。

刘琪伟走了。

什么？他走了。不可能。不可能。他明明知道我去找无根芭蕉了。

波，他真的走了。

真的走了？知道他去哪里吗？

不知道。我算了一笔账，刘琪伟住了十一天，一共五百五十元。

岩香仲没有心思听咪么欢算账，嘴里反复说，明明知道我去找无根芭蕉了，他怎么走了呢？

怎么不会走？他还是偷偷走的。

不对，他应该没有走，可能他到哪里采访去了，他会回来的。

波，你想想，他怎么会突然走，分明是躲债。这人太差了，以后要吸取教训。

你怎么这样说人家？我不准你这样说话。

明摆着吧！好心当成骡心了。

不要说了。我去把他找回来。

你去找吧！好！咪么欢噘着嘴，扭身下楼，把梯板踏得啪啪响。

岩香仲望着咪么欢的背影，想起树林下那个女婴。二十年前，他在中缅边境开荒种橡胶，听到对岸传来婴儿啼哭，他涉水蹚过中缅界河，发现树林下一个病婴，他抱回寨子，婴儿不吃不喝，只知道哭。他想了各种办法，用了各种药，婴儿仍是奄奄一息。婴儿太小，病得太重，寨里人说，丢了吧！你救不活她。岩香仲没有丢下婴儿，他用一种叫咪么欢的草，熬成汤喂婴儿，婴儿喝着汤，不哭了。几天后，病奇迹般好了。他给婴儿起名叫咪么欢。咪么欢长到十二岁，岩香仲告诉她身世，要带她去找缅甸亲生波和咩。咪么欢倚在岩香仲怀里，说去缅甸干嘛。这里就是我的家，你们就是我的波和咩。咪么欢是个能干姑娘，妻子去世后，她帮他把这个家庭小旅店打理得有声有色。游客选住宿，走过一个个村寨，看一个个竹楼，走到岩香仲竹楼就停下了。岩香仲竹楼，绿荫掩映，果树成林，干净便宜，正宗傣味，热情周到。

岩香仲拖着瘸腿四处找刘琪伟，一个月过去，他没有找到刘琪伟。岩香仲现在最担心是他的病，不知他的病好了没有？要是他真的回家了，我怎么让他吃到这个药方？

邮递员来到竹楼下，岩香仲欢喜地迎上去，他想好了，如果有刘琪伟来信，他就按信上地址把药方寄过去。

咪么欢先他一步走到邮递员跟前，问，有没有刘琪伟的汇款单。

当邮递员告诉他们没有刘琪伟的汇款单和信件时，岩香仲就说，我知道刘琪伟没有回家吧！他去远地采访了，采访完就回来。咪么欢望着他那兴奋样子，“嘁”了一声，不以为然地说，还会回来？都一个月了，我估计他早死了。岩香仲身子颤了一下，厉声道：不准咒人家死。咪么欢犯倔了，不依不饶一句，明摆着吧！癌症病人有几个能创造奇迹？

住嘴。我不信他不会回来，我到傣族园门口去等他。

你去等吧！等不到，你也别回来。咪么欢硬邦邦说出一句，一转身，噔噔噔上楼。

岩香仲怔怔地望着咪么欢，女儿冲劲儿足，一天比一天自信，他常有力不从心，想撒手让女儿经营这个小旅店，总又觉得女儿在哪个地方未遂心愿。现在他突然明白，女儿打理这个家庭小旅店倚仗的是能干而不是行善、仁爱，这是傣家人最忌讳的，也是女儿这一代人无法理解的。他必须让女儿明白，家庭小旅店要支撑下去，最终靠的还是行善和仁爱。岩香仲瘸着腿，朝傣族园门口走去。

一群身穿五彩筒裙的傣族姑娘站在傣族园两侧列队欢迎游客，游客潮水般涌进来，频频向姑娘们招手致意。岩香仲伸长脖子，从游客中搜索。迎宾广场有舞蹈表演和泼水活动，他又随游客寻到迎宾广场，直到夕阳西下，游客又潮水般退出，他身后才变得空旷无比。

岩香仲没有见到刘琪伟，刘琪伟没有回来。岩香仲回过头看傣族园，他在这里住了一辈子，好像还没有这样认真看过。静静的寺庙，鳞次栉比的竹楼，他越看越欣悦。傣族园就是橄榄坝，岩香仲不由想起当年的橄榄坝。

当年橄榄坝是一片原始森林，居住着傣族、爱伲族、布朗族、克木族等九个少数民族村寨。九个村寨只有一条山路连接村外，这是一条蜿蜒曲折、崎岖异常、荆棘丛生、虎豹出没、猿猴成群、蚂蟥遍地的山路，居住橄榄坝的傣族妇女就有从生到死都没有走出橄榄坝。也因与外隔绝，寨里没有医生，更没有医院。寨里人生病，抬到寺庙念念经，命大活着，命小死去，听天由命。如果寨里人想看病，跑到岩香仲家，他给他们挖几把草药，就把病治好了，他成了村寨里的摩雅①。

那年寨子里闹“瘴疠”。“瘴疠”是热带地区一种传染疾病，凡遭遇“瘴疠”的人，九死一生。明朝起义将领李定国未能完成复兴大业，在中缅边境几经转战，最后定居南疆，在他行开发之举时，壮志未酬身先死，死于“瘴疠”。后来明清边陲用兵，只及思茅就十丧八九，再不敢越雷池一步。当年就有“若到橄榄坝，先把老婆嫁。中瘴气、打摆子，活人进去，死人出来”的说法。在没有医疗的恶劣条件下，寨子里的“瘴疠”你传我，我传你，天天死人。岩香仲利用一屁股坐到三种傣药的得天独厚条件，土法上马，煮一大锅草药，发动寨里人天天喝，硬是把“瘴疠”顶回去了。村寨后来有了医生，也办起了医院，一些奇奇怪怪医院治不好的病还是来找他。州里一位领导得了肝癌，挺个大肚子不想活。他妻子寻到岩香仲家，岩香仲把蜈蚣、蚂蟥、牛虻晒干，打成粉兑水让他吞吃。他吃了一个月，肝不疼了，肚子小了

① 摩雅：傣语里是医生的意思。

一圈。岩香仲又把无根芭蕉熬成水，和着野牛胆，掺点点鸦片给他服。他服了三个月，病奇迹般好了。州领导伸出大拇指对他说，神了，神了。你是神医。过年过节，这位州领导都会提了东西来看他。现在医学发达，生产各种抗癌药品，再没有人相信他这些草药了。

岩香仲回忆着光辉历史，天彻底黑了，他瘸着腿一步步回家，嘴里念着，刘琪伟一定会回来。

岩香仲又站在傣族园门口，身边多了一根拐杖。他望着潮涌般游客，刘琪伟样子不断地在他脑海浮现：他是社科院民俗研究员，还是大学教授？他是一位记者，还是一位作家？岩香仲不知道，但他知道刘琪伟是一个戴眼镜的知识分子。

一日复一日，岩香仲忤着拐杖，站在傣族园门口。

橄榄坝是西双版纳海拔最低、高山环抱的坝子，气候比整个西双版纳炎热。雨季未来临，溽热着大地，太阳一出来，人像在蒸笼里；一到午后，太阳变得火辣辣，人们头上像是扣着一个火盆。裸露的地上经太阳灼烤，就像烙红的铁块，踏上去就会嗞嗞响。

这天午后，岩香仲站在傣族园门口，想象着刘琪伟吃了他的药，病神奇般好了，刘琪伟伸出大拇指说，神了，神了。你是神医。他和刘琪伟又在傣族园散步，刘琪伟又背着相机在傣族园搞研究。岩香仲想象着，眼睛望着傣族园尽头，目光游离，心情却异常激动。渐渐，眼冒金花，四肢无力，晕倒在地。

病床上，岩香仲不停问咪么欢，刘琪伟来了没有？刘琪伟要是来了怎么知道我在医院？不行，我不能躺在这里，我要去傣族园门口等他。岩香仲爬起来，一阵晕眩，又倒在床上。岩香仲疑惑地望着自己身子，怎么没一点劲呢。

咪么欢看他病成这样子还念念不忘刘琪伟，心里很着急。她得想个办法，要不这个刘琪伟会把波活活折腾死。咪么欢眼珠一转，走到岩香仲床边，拉着他的手，喜形于色地说，波，告诉你一个好消息，刘琪伟终于来信了，他向你要药方，我把你的药方寄过去了。

真的？岩香仲从床上翻身坐起，呵呵笑着，病像好了一大半。咪么欢看着他这个样子，心里很是不安。岩香仲突然递给咪么欢一张纸和一支笔，严肃地说，你给刘琪伟写封信，看他吃了我的药有什么反应，我还要告诉他怎么吃，饮食方面注意一些什么。

咪么欢身体里像针扎了一下，看来她只能跟着他陷进去，陪他走完成这个过程。咪么欢坐在病床边，岩香仲说一句，她写一句。关于药怎么吃，会出现怎么个反应，注意一些什么，点点滴滴，写了满满一页纸。咪么欢写完这封信，呼了一口气，说，波，信写好了，您就安心养病吧！岩香仲又呵呵一笑，说，其实我也没有什么病，是你硬把我推到病床上。

岩香仲安心地过了几天，又不安心了，他问咪么欢，刘琪伟来信没有？他的病好了一点没有？这个病要连着吃几个月药才能好呀！

咪么欢看到他还是那么焦急，仍然放不下刘琪伟，心里很不是滋味。她不忍心看他再这样下去了，她要让他彻底放下刘琪伟。

出院的那天晚上，咪么欢朝岩香仲扬起一封信，说，波，这是刘琪伟来信。岩香仲喜出望外，说，快，快告诉我，信上怎么说的，他的病怎么样了？咪么欢告诉他，刘琪伟吃了您的药，病已全好，现在正常上班，等他有了假再来傣族园感谢您。

啊呀。啊呀呀！岩香仲激动得说不出话来，高兴得大半夜没睡着。

傣族园天天有舞蹈表演，泼水活动；游客照样潮水般涌来，岩香仲家竹楼照样宾客满堂，不同的是，当家人不再是岩香仲，换成了咪么欢。咪么欢定出新规定：先交定金再住宿。房价也涨了，包吃包住一百八十元一天。

原载《十月》2014 年第 5 期

不再敲门

那个黄昏，如果没有那场雨，卫坤不会认识卓雅；卓雅如果不在那个黄昏散步，也不会遇着卫坤。卫坤看到卓雅的第一眼，就把卓雅刻在他年轻的心坎上了。

卫坤下班后和平常一样去劲霸网球场打网球，他使用的是月卡，每天下午六点到九点为他使用时间，风雨无阻，雷打不动。卫坤同往常一样吃过晚饭，一套白色全棉运动服随意套上身，背起球拍，骑上摩托很潇洒地从城北飙到城南的劲霸网球场。

他的搭档还没有来。

他的搭档是中国人民银行的一位最年轻的行长。他们一块儿打网球，水平相当，打起来很对劲。卫坤一脸悠闲地坐在网球场看别人打球，有人过来邀他上场，他说，看你们打是一样的。他一看场上打球的人，脸上就浮现出骄傲。这些人根本不懂网球，有的拍子都拿错了，运拍的方式也不对，打球作为点应该是手臂，不是手腕。他们只是附庸风雅而已。

搭档来了，他蹦上场就打出几个精彩的球，搏得看球的人一片喝彩。卫坤打得正起劲，天空突然飘下雨丝，接着变成大雨点。卫坤感到拍子挥不动，水泥地和网球鞋像抹了润滑油，步子不敢迈，随时都有滑倒的可能。他只好宣布结束。当他弓腰去拾落在场中的绿色网球时，突然从看台上滚下一个小篮球，他顺手捡起，抬头，一个女人和一个小男孩正慌张地望着他。小男孩喊：叔叔，球是我的，我们就下来！随后，那个女人拉着小男孩跑步下来。

卫坤抱着小篮球往网球场大门口走，网球场的规定，不是球员不能进来的。他只好到门口去等。雨越下越大，那女人拉着小男孩跑到球场门边，头发都已湿巴巴地贴在头上了。

“让他们进来躲躲雨吧！”卫坤向厅堂里的服务员扬了扬自己的月票。

小男孩和卫坤坐在厅里的红木椅上，那女人就站在门边，焦急地望着门外密密的雨幕，显得焦躁不宁。卫坤望一眼门边，心怦然一动。他感觉不出这个女人的具体特点，但有种看一眼还想看的感觉。

“叔叔，你这是什么拍子？”小男孩抱过自己的小篮球，亮晶晶的大眼睛紧盯着卫坤手上的球拍。

“网球拍子。”卫坤一边回答，眼睛不由又转向门口。

“我能打吗？”

“你几岁了？”

“我呀，五岁了！”小男孩伸出了五个手指头，胖乎乎的。

“你还要大一点就可以打，这拍子很重。”

“哦。”小男孩大人一样。

“你叫什么名字？”卫坤问。

“我叫晶晶。”

“你呢？”小男孩闪着大眼睛，调皮地问。

“叫卫坤叔叔。”

“卫坤叔叔，我什么时候才能长得你这么高？你个子好高，我爸爸都没你这么高。”

“明天。”

“就是今天回去睡一觉的明天？”晶晶闪着大眼睛不解。

“无数个明天。”

“哦。”小男孩又大人一样。

“你妈妈叫什么名字？”

“告诉你，叫卓雅。他们都叫她卓老师，你也叫她卓老师吧！她会高兴的。”

门边的女人回头望他们一眼，笑了。这一大一小还挺有说的。

雨下小了，天也完全黑了下来。卓雅笑吟吟走过去，从座位上拉起晶晶，说：“我们抓紧回去吧。快谢谢叔叔！”

卫坤跟着站起来，走到门边，雨并没有停。他转过头对晶晶说：“要不要叔叔用摩托车送你回去？”眼睛追着卓雅。

“叔叔你有摩托车呀？哎呀！”晶晶挣脱母亲的手，站到卫坤身边了。

卫坤从卓雅面前大大咧咧走过。他一米七八，一个板寸头，四方脸上鼻梁很挺，嘴唇轮廓分明，眼眶内陷像个欧洲人，看上去不过二十五六岁的样子，那套全棉的白衣白裤随意地穿在他身上，帅极了。

卫坤从对面坪里把摩托车开过来：“上来吧！”

“我们给你添麻烦了。”

“没什么，请坐好。”

摩托很快就到了卓雅楼下。

“叔叔到我家里玩。”晶晶抓着他的手不放。

“进去喝杯茶吧！”卓雅看了一眼卫坤，那种随意的眼神，自然而又热情，卫坤感到很受用。

一进门，卓雅随手按灯，按亮了吊顶的小射灯，房间幽幽变得朦胧起来。卓雅准备关掉射灯，重新按射灯旁边的日光灯。卫坤说这灯多柔和。

卓雅放弃了开日光灯。

“你在哪个单位工作？”卓雅递过一杯水。

“长沙市国税局。”卫坤双手捧着杯子，坐在沙发上，杯子在他面前闪着白细的光泽。

卓雅捧着杯子弓身在卫坤对面坐下：“市国税局？那里有我一个高中同学，叫杨帆，你认识吗？”

“认识。以前我们一个科的，他现在升副局长了。”卫坤将两腿小心地放松。

“哦，又升官了！”卓雅起身收捡沙发上的玩具。目光不经意地朝卫坤望了一眼，“看你样子不像南方人，南方人很少有你这个子。”

“我是北方人。”

“怎么到了南方工作？”

“我在南方读大学，毕业就留在南方了。我喜欢南方！”

“哦。”卓雅又望了一眼卫坤。

卫坤望了一眼卓雅，将杯子里的水猛喝一口，一时找不出什么话，便去看手里的杯子。杯子上画有徐悲鸿的虾，水墨色，那根须拖起很长。随着杯子在手中的滚动，虾也在杯里游动起来。

晶晶从他的小房间跑过来，手里捧着一本书："叔叔，我读一篇绕口令你们听。"

卓雅望着晶晶，卫坤也望着晶晶。

晶晶高高兴兴地念了起来：

小妞妞，围兜兜，
兜兜里头装豆豆。
吃了豆豆翻跟头，
左边翻个六，
漏了九颗豆。
右边翻个九，
漏了六颗豆。
问你翻了几个大跟头？
漏了几颗小豆豆？

"读得好！读得好！"卫坤鼓着掌，从沙发上站起来，摸了摸晶晶的小脑袋，回头对卓雅说，"我走了。"

晶晶丢下书，拖住了卫坤。

"晶晶，叔叔有事，乖。"

"叔叔还来玩吗？"

"叔叔来看晶晶。"卫坤背上球拍走了。

卓雅下班径直去幼儿园接了晶晶，顺路买了菜回来。卓雅把菜泡进清水里，就去淘米煮饭。卓雅腰间束条围裙，手指欢快地在砧板上摆动。望着面前的油盐酱醋，她觉得她更像女人。成家后，钢筋水泥结成的家，成了她的出发点和停泊地。虽然她从理论上不这么认为，她的行动与所有女人没有两样。她望一眼厅里看电视的晶晶，心里无限安慰。

"咚咚咚"，从客厅传来敲门声。

卓雅停止手里的活。她生活中很少有人敲门，特别是丈夫不在家——丈夫去了美国。丈夫在家也是用钥匙开门，这是他们家的一种习惯。她的同事朋友有事了也是先打个电话来。她和作者之间的事，白天在编辑部就解决了。

住宿区的小商小贩，很难过传达室这道关口。可以说，这扇门还从来没让人随便敲过。

“晶晶，去开门，看是谁？”卓雅有些不满。

门口传来晶晶快活的喊声：“妈妈，是卫坤叔叔！”

“哦。”卓雅虽然有些突然，但弄清了是谁，松了口气。

“晶晶，你看卫坤叔叔给你带什么来了？”卫坤将手里的袋子扬了扬。

“哇，一盒汽车！”晶晶看到一个大盒子上面画着汽车。

晶晶打开盒子数了数：“呀！有三十三部呢！”

“晶晶你认得这些汽车吗？”

“有些不认得。”

“你来了。”卓雅从厨房出来，算是和卫坤打招呼。

“我准备去打网球，顺路看看晶晶。”卫坤自己也不明白，一下班跑到这里来了。

“你坐，坐。哎，怎么让你买玩具呢？多少钱？”卓雅抓着菜的手，油乎乎的不便给卫坤泡茶。

“给小孩子玩的，不算什么……我走了，我去打球。”

“真的，你还没吃晚饭吧？”卓雅突然想起。

“留我吃饭？”

“如果不嫌弃的话。”卓雅笑笑。

晶晶拉住了卫坤：“叔叔就在我家吃饭，我妈妈做的菜可好吃啦！”

“好，听晶晶的。”卫坤望望微微颔首的卓雅，回到椅子上，目光却追到走进厨房的卓雅身上。

卓雅在桌上摆出了一碟红椒炒肉，一大碗鱼头炖豆腐，一个白菜和一小碟酸菜。

卫坤埋头吃饭，大口吃菜，吃得满头大汗。卓雅最欣赏男人这种吃相，她觉得男人就得像个男人样，吃饭也有个男子汉气概。望着他，自己的食欲也上来了，在他的带动下，卓雅吃了两碗，晶晶也添了一碗，桌上基本上菜光饭尽。卓雅收拾碗筷，一种久违的感觉悄然涌来，心里有种踏实，她又觉得这种踏实有些莫明其妙。

卫坤望着去厨房的卓雅，感到这间房里有这么个女人很特别，特别得让他不想离开，特别得让他有些意动心跳。

“卫坤，赶快去打网球吧！要不来不及了。”卓雅边洗碗边对客厅的卫坤说。那脸是一张笑吟吟的脸。

“好，我走了。”卫坤从卓雅家出来，骑上摩托飙到网球场。他的搭档早来了，这次是他等卫坤，卫坤一蹦上场，感到拿拍子的手没劲。卓雅那笑吟吟的脸老是在他眼前晃来晃去。

“嘭嘭嘭”，有人敲门。

卓雅在大学教心理学，她有个夙愿，写一部青年心理研究方面的书。她做了几年准备，收集了大量材料，也做了些社会调查，一直没有动笔。丈夫去美国考察一年，家里生活简单了，日子也寂寞了，正好用这一年时间写这本书，打发难挨的日子。想的和做的并非那么容易，丈夫走了五个月就像去了一年，她就有点像一只久困的母狼，像干旱中的裂口的田土，有一种说不出的渴求。她知道自己需要什么，但她不敢放纵自己。她是个用理智战胜情感的女人，女人如果用理智去干事，还有什么事不能成功呢？她觉得自己在思维的把握上很有潜力，而且感到有力量。所以她把自己的日子粉刷得很清很淡，她从从容容去上班，轻轻松松走过男人中间，从不回头去看那些在她身后评论她风韵的男男女女。下班回家，格子式的门一关，就是她和晶晶的世界，只有她和晶晶的影子相交叠。

又是谁呢？

坐在书房的卓雅眉峰微蹙。

“妈妈，有人敲门。”晶晶在客厅看动画片。

“晶晶，看是谁。”

“妈妈，是卫坤叔叔！”

听见晶晶欢快的喊声，卓雅没有挪动身。

“你一个人呀！”

“妈妈在房里写书。”

“晶晶，看今天叔叔给你带什么来了？”

“积木！”

“来，叔叔同你一块玩积木。”

“好！”

“晶晶，叔叔给你起一栋楼房。”卫坤望了一眼紧闭的房门，“你看，用这个黄条形的做门，用这块蓝木块做框，那块绿的做屋顶好不好？”

“好。”晶晶拍着手。

“你看，叔叔给你把房子起好了，起了这么多房，你来分配？”

“爸爸妈妈住这一间，我住这一间，里面放我的熊猫、汽车。叔叔就住我隔壁。”

“那叔叔一个人住，会害怕。”

“那叔叔和我住一间。”

“叔叔是大人，叔叔要和大人说话。”

“爸爸不在，你可以和妈妈住一间。”

卓雅的思维变得不顺畅起来，手放在键盘上，半天也不知动弹。她关了电脑，从书房走了出来，倚在门边，望着坐在地板上玩积木的一大一小。

“打搅你了，卓老师。”卫坤抬头看了看卓雅。

“没什么。”

卫坤紧盯着卓雅的脸：“看上去你很累，也要放松一下，弦绷得太紧会断的。”

卓雅心里动了一下，在这个时候，她特别需要这样的语言，但并不希望是从他口里讲出来。她倒了一杯茶给卫坤。卫坤望着卓雅身上那件小碎花旗袍，衬出一身柔和的线条。

“叔叔，你不跟我玩积木了？”

“晶晶，你不要纠着叔叔玩，叔叔会很累的。”

“晶晶！叔叔和你玩。”卫坤从卓雅身上收回来。

“就不玩了。”晶晶嘟着嘴，拖着小拖鞋“吧嗒吧嗒”地离开客厅。卓雅望着淘气的晶晶朝卫坤笑笑。卫坤望着卓雅的笑容想，她是一个怎样的女人？让他又跑进这间房来，而且有些迫不及待的。卫坤感到，这样的女人像一杯陈年老酒，芳香四溢，令你神往；这样的女人像一杯浓茶，让你越喝味越浓；这样的女人是一眼看不到底的井，让你感到神秘。卫坤不知道自己来做什么，也忘记了自己还要去做什么。两年来迷上网球，还从来没人能让他中断过。今天他不想去打球，他觉得面前的女人似乎需要什么，他也希望能给她些什么，哪怕一点点。

“添点水吧！”卓雅提着水瓶走到他跟前。卫坤身着一套牛仔服，随意地坐在沙发上，两条腿自然地散开，腿肌肉和臂部绷得很紧，很有力度，望一眼就感到一种状态。卓雅为自己居然有如此感觉感到了一种快乐的羞耻。

空气里弥漫着清洁剂的柠檬香，窗外传来杂乱的汽车声。

“我——”两个人同时说这句话，又同时噤声。

“我去打球。”卫坤站起来，握了握她的手，眼睛幽幽地望着她，“你不要太压抑自己了！”

星期天，卓雅刚打开电脑，晶晶按住了她的手：“妈妈，你不是说带我去公园？”

“乖，妈妈写文章，你去弹一会钢琴好吗？”

晶晶嘟着嘴离开了书房。

卓雅精神状态很好，写得很顺，从下午一点写到五点。她关掉电脑，叫了一声晶晶妈妈不写了，妈妈做饭，你想吃什么？

卓雅感到有些不对，跑到卧室一看，晶晶歪在床边，嘴角流着长长的涎水。卓雅拍醒他说：“怎么，你没有弹琴？”

“妈妈，我不舒服。”

卓雅摸一下额头：“不烧呀！你是不是一直在睡？来，快起来。”

“我不想起来。”

“嘭嘭嘭”，有人敲门。

“妈妈去开门吧，是卫坤叔叔。”

卓雅打开门，卫坤站在门口，显得不那么自然。

他进这扇门确实不自然，确实要下好大的决心。他曾经想进另外一扇门，他频繁地和那些想和他约会的女人跳舞、旅游、喝茶，然而他没有真正走近她们的愿望。和那些女人在一起，没有让自己快活起来。往往面前坐的是别的女人，眼里晃动的却是卓雅的影子。卫坤像失了魂，再也没有敲过其他女人的门。但这扇门里的女人却像一尊高贵的女神，让他有一种可远观而不敢近视的畏惧。

卫坤轻轻握住了她的手说：“雅，我多么希望你像晶晶一样热情地为我开这扇门。晶晶呢？”

“睡在床上。”

卫坤径直去了晶晶的小房：“晶晶，看我给你买什么了？”

晶晶一跃从床上爬起：“新鲜荔枝！我最喜欢吃。”

“晶晶，你跟叔叔玩，妈妈去买菜。”说完，卓雅提了个菜篮出门。

卓雅提着一篮菜回来，房门敞开，不见一个人影。卓雅有点慌张，她喊着晶晶，从客厅寻到书房，书房又找到卧室，床底下突然伸出双小手抱住她的脚，大声喊：“抓到了，抓到了！”

晶晶从床底下爬出来，见是卓雅，吓得脸变了色。

“叔叔呢？叔叔呢？快告诉妈妈。”

卫坤从床底下另一端爬出来。

“你，你，你和晶晶都长不大。”卓雅丢下一句话，去了厨房。

卫坤追到厨房：“我想给晶晶营造一个童年的乐园，而你作为一个母亲，除了自己写书，就不知道关心儿子的精神状态，就好像你不敢正视自己的情感一样。”

卫坤说这番话，眼睛不再幽幽的了，而是大胆地落在她身上。

“我的事你不懂。”卓雅避开他的眼睛，说得很轻。

“我是不懂，我只知道，你把情感藏起来了。我就敢说出来，这是你比我成熟的虚伪。”

“你怎么这么说！”

“只有爱一个人时才敢这么说。”

“你在说爱？”

“我敢说，你不敢说，因为你不敢爱，你怕伤害。”卫坤说完，一阵风地走了。

卓雅立在原地，目瞪口呆。这个卫坤怎么随便说出个“爱“字呢！卓雅与他相差十岁，十个年头对没有感情基础的卓雅来说，简直是银河般遥远的事。卫坤怎么能这么想？或许卫坤把自己作为感情上和生活上的暂时依赖？或是一种游戏，一种刺激，一种新鲜？

站在卓雅门前，卫坤半天不敢敲门。今天，他特意挑了九朵鲜艳的玫瑰花，给晶晶买了一个变形金刚，一摩托飙到卓雅楼下。当他把手伸向房门时，半路上又停下了。一向在人前坦坦荡荡的卫坤，在这个女人面前变得格外小心了。看到鲜花，她会不会发怒把花甩到门外？对这个女人必须用智慧去争取，文火煨羊肉，必须慢慢来！

卫坤从卓雅门边撤回来，拐到小巷买了几张报纸，把花严严包了几层，再去敲门。

“有人敲门，晶晶。”卓雅在卫生间关龙头，总也关不紧，卫生间已水漫金山了。

“妈妈，卫坤叔叔来了！”晶晶打开门。

卫坤顺手把报纸放在鞋架最底层，就去换鞋子。卓雅丢下扳手，走了出来：“你来得正好！”

“什么事？”

“水龙头坏了。”

卫坤进了卫生间又旋即出来，奔出门，随后听得“轰”的一声摩托发动的声音。卓雅还在发愣时，卫坤提着一个新龙头进来了。他捡起地上的扳手，几下就换好了龙头。卫坤一身透湿从卫生间出来，卓雅一阵感动：“你冲个澡吧，我去找一套衣服。”卓雅去打开衣柜，想找她丈夫的衣服，心里又有些犯急，不知他能不能穿。

“卓雅——你这热水器怎么只有冷水？热水进不来。”卫坤喊得很急切。

“不可能的！不可能的！”卓雅说着“不可能”丢下衣，推门进了卫生间。“啊！——”卫坤已全裸对着她。卓雅以为卫坤说没热水时还未脱衣。“卓雅我——”卫坤眼睛射出的光，像火球一样灼人。卓雅脸涨得通红，转身就走。卫坤一把拽了卓雅的胳膊，他大巴掌握住卓雅的小手，热烈而坚定，接着紧紧地抱住了卓雅，卓雅闻到了一个充满雄性的气息，同时感到有某种力量，把她一点点地吸引过去。

“卓雅，我爱你！”这句话在卓雅耳边说得很轻很温柔。卓雅听了脑子里像滚过一阵轰雷，心底有一股燥热涌上来，弥漫到全身，感到自己在一点点融化，快化成一摊水了。卓雅闭着双眼，抿着嘴，身子微微地发颤。卫坤在一粒粒松开她的扣子，动作勇猛而果断。当一团白光出现在卫坤面前时，卓雅突然睁开眼睛，她看到了壁镜里的自己。恍然大悟，她惊叫一声，用力推开卫坤，跑了出来，把自己紧紧关在书房里。

卫坤一身疲软地离开了卓雅家。

“晶晶，是不是有人敲门？”

“妈妈，是对门的人敲门。”

卓雅的书写不下去了，她怕有人敲门，一旦没有了那敲门声又觉得惶惑起来。她打开电脑，耳朵倾听着门外的动静。她突然发现自己并不讨厌卫坤，她甚至意识到自己残缺的心扉需要一颗年轻的心来敲响，她觉得她自己不再是以前的那个卓雅了，她觉得她现在不是要研究青年的心理，而是要研究自己了。自己都没弄懂自己，怎么去研究别人呢？她懒懒地躺在转椅上，任电脑打开着，眼睛望着对面的窗户。这是一扇当北的窗，有好些天未开了，她发现窗户转轴上有一只蜘蛛，蜘蛛在吐丝织网，织了好大一张网。她想，蜘蛛是徒劳的，窗户一开，网就破了。

她仿佛看到自己也是一只蜘蛛，织着一张网。她掏出一支烟，点着，烟头迅速燃烧，发出一点点猩红的光。这红光像某种潜流的物质，牵引出她心里的东西，过去和从前，昨天和此刻。她想象着以前那个充满青春活力的卓雅，那个身穿短裙长发飘逸的卓雅。她狠狠地猛吸几口，立刻一圈圈白色的烟雾向周围扩散！并包围住她。

“咚咚咚”，有人敲门。

“妈妈，有人敲门。”晶晶的话音没落，卓雅已走到门边，站在那里，半天没有打开门。

“妈妈，你开门呀！”

卓雅打开门，怔了：“怎么是你？”

“不是我，还有谁？”卓雅的同学杨帆进来了。

“你一般都是先打电话的。”卓雅脸上平静，心里有种东西在涌动。

“本来是想先打个电话的，电话本丢了，只好来碰碰运气。”

“你现在当局长了，还要老百姓的电话做什么？”

“怪事，我刚上任，你就知道了！”

“你们局里不是有个卫坤吗？”

“你认得他？”

“嗯，一次偶然的机会。”

“他是一个非常不错的青年，我准备把他升为科长。但是他出事了，就在上个星期天，令我非常伤心。”

“出了什么事？”卓雅的心快蹦到喉咙口了。

“那天傍晚也不知为什么，他一个人去喝酒，一直喝到酒店打烊时他还要喝，喝得都不省人事了。他被一个女人拉进出租车，拉进了那个女人家，后来女人的丈夫回来了，把他狠狠揍了一顿，还告到单位来了。卫坤什么都不知道，酒醒时才发现睡在一个女人身边。”

“我去泡茶。”卓雅突然站起，背对着他。

杨帆的手机响了，杨帆站到一边去回话。回完话对卓雅说：“不喝茶了，我还有事。我来是想跟你说，下周周末到我家聚聚，你替我通知另外几个同学，我的电话本丢了。”

卓雅送走杨帆，回家房门关重了一点，门边的鞋架倒了，一捆报纸从鞋架的底层滚了出来。卓雅打开报纸，是一束玫瑰花，花瓣蔫蔫在耷拉着，看来有好些日子了。卓雅捧着花，心里涌动着一种情绪。她把花插到花瓶里，灌进了一杯清水，想了想，又在花瓶里放了一勺盐。

“当一个人往一个方向走，行不通时，就会出现枝杈。”卓雅关上书房门，打开电脑，把这句话写进小说时，脸上挂满了泪花。

原载《湖南文学》1999 年第 8 期

吃　饭

天大亮，我却不想起床，是因为不用做事也不用早餐。记不清有多少年没见过太阳升起，却记得五年没吃过早餐了。我赖在床上，再醒来已是中午。这时，我不得不起床，肚子贴着脊梁骨，像在里面咕咕叫。我伸了个懒腰想，填饱肚子是我眼前迫切需要解决的问题，可食物在哪儿？

我穿上这件以前做店老板时穿的真丝衬衣，还有些自我陶醉，拿条毛巾，走到水缸边，打盆清水，认真洗起来脸来，反复对自己说，不要太脏，那样更让人瞧不起。然后，我对着镜子开始梳理头发，直到头发一根根蓬松，才出门。这些臭毛病我是改不了了！实际上，我连干净的权力都被剥夺了，因为如果我干干净净去谁家混饭，人家会觉得这很不正常。

我住的这条巷子叫居士巷。是桃江县城一条历史悠久而且很著名的巷子。据说，当年写《桃花江是美人窝》的大音乐家黎锦辉就是在这条巷子里找到灵感的。不过，居士巷的历史悠久不悠久和著名不著名与我无关，与我有关的是，这条巷子的每扇门里都可成为我的食堂。

刚跑到巷子口，就听见有人在我背后喊，周蠢子，今天又吃哪家？我回头，发现是读小学的辉伢子，心里很不舒服。我不喜欢一个小孩也这样叫我，这让我就很生气。可生气又有什么用呢？现在这条巷子的人都这样叫我，狗有主，人有名，我的名字周世家。这几年很少有人记得我的名字了。以前，巷里的人都叫我周老板，因为我开了一个炒货店，炒得一手很让人喜欢的小吃。现在我破了产，巷子里的人就这样叫我了。我对这个叫法也默认。我想，如果我不蠢，每扇门里就成不了我的食堂。正因为我过去是个有钱的老板而变成今天这个样子，才有了他们的同情。如果没有他们的同情，只怕这条巷子有一半人不会给我饭吃。同情有时也是一本万利。当然，人家也不会让我白吃饭。他们总要找些他们不愿做又不得不做的事给我做。当然，也有些特殊日子我可以不做事也能吃到饭，而且能吃到大鱼大肉。比如过年，我双手握拳，满面笑容地登门，嘴里喊着拜年！人家就让我进了门。试想，谁会在大年里赶走一个拜年的人呢？那段日子我是一路吃过去，吃得满嘴流油。再者，我发现巷里谁家生了小孩，我就赶紧跑过去，说声小孩长命百岁，就进了门。生小孩家的只顾得子的喜悦，哪还顾及我这个赶场的呢？于是，当着客人的面还让我上了桌。我呢，就和客人一道从从容容吃上一顿。还有哪家过生日，我肚里都有本账，生日宴那天，会准时出席，说一句“寿比南山福如东海”的废话，他们就高高兴兴地让我上桌。特别是老人，他们会把我拉到身边，问长问短，说些我作孽的话，搞得所有的人都同情我，好像是他们欠我的一样。其实他们谁都不欠我的。其实怪只怪我是个花痴，我一直念着我死去的女朋友不放。

肚子的叫声越来越厉害，我才想起有两天没吃饭了。在吃饭的问题上，很多时候也要碰运气。运气不好时，饿两天肚子的事也是常有的。饥饿像一只手拉起我往一家家跑，跑了好几家，都被他们婉言请出来。记得就在前几天，他们有几家还争着请我吃饭呢！他们家的煤球烧完了，要我给他们做煤球。那几天的太阳像火炉，我赤膊上阵拼命地给他们做，每家做了两天，他们至少能烧上十五天或二十天，人口少的可以烧上一个月。现在他们不需要煤球了，就用一些花言巧语打发我走，想想，真可恶。想想，他们的煤球总会烧完的。

还有一件事他们也要争着请我吃饭，那是杀猪。这条巷子有三分之一的居民喂了猪，可是杀猪一般都在腊月，现在还只是春天，离腊月还远得很啦！现在该怎么办？我该去哪家？我拍着脑壳想，想了半天没想出来。其实我也不愿多想，想多了都是假的，只有填进肚子里的食物才是真的。我毫无目的地又跑了一阵，才想起去陈妈家。

在居士巷，只有陈妈一直叫我周老板。只是看见我痴呆时，才亲昵地叫个“周痴子”。我也是每当听到她这样叫我，反而痴呆得更厉害了。陈妈是个给别人带小孩的保姆。那时县城里有头有脸的人都是把小孩送出去带。其实陈妈是不用带人的，她老公杨师傅是县城里有名的木匠，专做雕花床，很赚钱。还带了几个徒弟，威武得很。可她偏要辛辛苦苦带别人的小孩。她自己一直没有小孩，在此之前，她也从未带过小孩，但她小孩带得好，这是居士巷的人后来才知道的。送到陈妈家带的小孩不是县长的儿子就是局长的女儿。最近陈妈带了个局长的女儿。

陈妈家的两扇大门对外敞开，老远就看见她坐在那张红木椅上打瞌睡。陈妈的腰围有三尺六，一般的凳子是坐不下的，坐得下的也只有她屋里那张红木太师椅。因为她胖，周围也有的人亲切地叫她胖妈，只有她老公叫她胖婆娘。别人叫什么她都乐意，都笑眯眯地答应。

我跑到陈妈门边，伸长脖子往里面瞧，看杨师傅在不在里面。杨师傅在里面我就不进去了，免得杨师傅对我凶。还好，除陈妈坐在屋里再没有第二个人。我双手插进袖筒，大大方方进门，正在这时，杨师傅突然从外面回来，几乎与我同时进门。杨师傅把我推到一边，先进去了。他刚进门，就挥动他那宽大的衣袖，对陈妈喊：胖婆娘！胖婆娘！赶快炒菜。杨师傅声音很大，打断了陈妈的瞌睡。陈妈也不烦，起身就去了厨房。我发现杨师傅的每句话就像每道命令，陈妈接到命令，厨房出现一片叮当声。这时，杨师傅无聊地往我这边看，我赶紧低头缩着身子，歪在门边。但杨师傅那双握惯了斧头的手还是戳到了我鼻子上，他说，周蠢子！怎么一到吃饭你就来了。我赶紧将身子变得更小，捧着肚子离开。这时，厨房里的陈妈叫我，周老板，你进来吧！我似乎壮了胆，望也不望杨师傅，低头跑进厨房，歪在灶边。陈妈又说，周老板，往灶里添几根柴，炒着菜呢。我往灶里送柴火，立即有肉香味飘出。这时，杨师傅不再理我了，走到饭桌前，又挥动他那宽大的衣袖喊小女孩端菜。

小女孩从厨房端出了红烧猪脚、大蒜炒肉、葱煎蛋和小白菜。杨师傅在桌前坐下，眯着双眼，喝一口酒，瞟一眼陈妈，又厌恶地看一眼缩在灶旁的我，然后点燃一支烟，咝咝地抽，慢慢地吐出一个个烟圈。烟抽了一半，随意地吐到地上。我想拾起地上的烟来抽，跑过去，手刚刚挨着烟，杨师傅一脚踏在我手上。我哎哟一声抽回手，又回到灶门前。

陈妈说，也不积点德，今后要遭报应的。

报应？杨师傅干笑两声，继续喝他的酒，快速地吐口里的骨头。喝完酒后，打着饱嗝出门。

杨师傅刚出门，陈妈就把地上的烟蒂捡起来，对我说，他在，你不要去捡，等他走了再捡。我感激地点头。陈妈又把桌上剩的半碗猪脚倒进锅里，往锅里添一碗水。对我说，往灶里再加把火。灶里的火烧得很大，锅里的猪脚很快熟了。陈妈拿一个大碗舀起来，又加上几铲子饭，端到我面前说，猪脚炖得很烂，赶快吃了吧！看你又有两天没吃饭了。我说声谢谢陈妈，抓过碗狼吞虎咽地吃起来，骨头啃得嘶嘶响，三下二下吃完后，还把小女孩的半碗剩饭也一块吃了。我终于打出两个满意的饱嗝后，才从口袋里掏出一条旧手帕擦了擦嘴。我虽然成了周蠢子，但我还是像做老板时那样讲究。放回手帕时，又从袋子里拿出小张纸条，把陈妈给我的烟蒂剥开，合在一起，卷成个喇叭筒，坐到门槛上学杨师傅嗞嗞地抽，慢慢吐出烟圈。

陈妈挑着水桶出门，我突然对陈妈说，我去挑水。在居士巷，只有陈妈不喊我做事，但我想主动做点事，可见我还有点良心。陈妈说你做得吗？我说做得做得。陈妈狐疑地望我一眼说，你做老板的怎么做得来这样的事？我说，我能我能。我去抢陈妈肩上的水桶时，突然怔住了。一个穿蓝花衣的姑娘经过门边，怀里揣着一把红纸伞。当那姑娘拐弯时，我大声喊：爱华，别走！别走，爱华。

爱华是我死去的女朋友。此时，我脑子里不停地晃动着她那把红纸伞。陈妈发现了，走到门边，随即以她那肥硕的身子拦住我的视线。

你看见鬼哒，爱华死去了好几年，你这样会吓了人的。

居士巷的人都知道，我心里没装别的事，只装了个爱华。我经常跟居士巷的人说，我每天能看见爱华，感受到她的气息。五年了！

居士巷的人都记得，我爷爷在上海赚了大钱回来，在县城开了很多铺子，到我父亲手里败落了，到我手里只有一家炒货铺。不过当年我还是居士巷的首富。我带着一群徒弟，把炒货店搞得火爆。那些好吃的麻辣豆干、五香瓜子、盐煮花生、蚕豆、川豆都是我用手工爆炒和油炸出来的，成了桃江县城的一绝。爱华是我在伞厂认识的。那时我要定做几把特大号的油纸伞，给那些从我这里分出去的摊位用。陈妈带我去了伞厂，伞厂到处是红纸伞，一把把撑开，像一朵朵蘑菇，又像一片红的海洋。这时，一个又甜又脆的声音问：

你要做什么样的伞？我循声望去，顿然惊住，这里居然还藏着个这么漂亮的姑娘。我直直地望着她，直望得她那张清秀的脸呈现出一朵羞涩的笑，才收回我的目光。从此以后，我跑到厂里去等她下班，给她送五香瓜子和盐煮花生。爱华每次都是揣着一把红纸伞出来。后来爱华不管是落雨还是出太阳总揣着那把红纸伞。她说，伞是我做的，不用说打，就是拿着也漂亮。我说，炒货是我炒的，不用说吃，就是闻一闻也特别香。爱华咯咯地笑，笑出一排玉米牙，白白净净。我说你还笑，我要娶你。她说不要乱讲。我说我是当真的。她脸上立即飞出两坨红晕，低头走了。

后来我每天去伞厂等她，结果被她父亲轰出来了。为了能和她见面，我买了好烟好酒好肉上门。她父亲照收不误，把那些好烟好酒好肉吃进肚里，然后就坐在那里，满脸横肉地摇着一把芭蕉叶扇子，斜着眼说些癞蛤蟆想吃天鹅肉的话，不让我们单独见面。我为了每天见到她，又送去了一笔钱。他边数钱边喊我滚。她没办法，只有等她父亲带着我的钱外出喝酒时，才偷偷跑过来和我见面。后来被她父亲发现后，拖回去打了一顿，边打边骂她贱骨头。打的次数多了，她干脆躲到我家里不回去了。这下她父亲急了。她父亲寻到我家硬是把她绑了回去，回去她就偷吃了家里的老鼠药。

爱华死时肚子里还怀上了我的骨肉。

那天我提着斧头上门，我要用这把斧头结束这个老家伙。这一下可好，她父亲喊伞厂的几个男人揍了我一顿。后来，我无心炒货，炒出来的瓜子不是煳了就是没熟。渐渐地，也没有人吃我的炒货了。我干脆关门，睡在床上喊爱华的名字，把赚的钱都买了红纸伞。

就是从那个时候起巷子里的人开始说我蠢，开始叫我“周蠢子”了。

一段时间，陈妈带的小女孩回她父母身边读书去了。突然没带小孩了，陈妈感到心里很空。这样，我再去陈妈家时，她总想找些话跟我说。一般都是说我当年的风光，我炒的货如何好吃，她是多么地想吃。陈妈说话时，总喜欢晃动自己的手，她手腕上的玉镯也随着晃动。也不知从哪天开始，陈妈两个手腕上的玉镯晃着晃着就把我的心晃乱了。我想起了我送给爱华的玉镯，而且知道陈妈手上的玉镯和我送给爱华的玉镯一样很贵重。

陈妈非常珍视这对玉镯，每次在家里干活，都要小心翼翼取下，放在梳妆台上，用一块红绸子包几层。有一天，她的玉镯不翼而飞。这时，我正好到了她家。陈妈说，周老板，你来得正好，我的玉镯突然不见了，你帮我找下看。我说，你不是经常戴在手上的吗？怎么不见了呢？然后很着急地帮她在家里找。我打开她床里头的抽屉，抽屉里只放了些粮证户口一类的证件和零钱，又打开了她衣柜里的抽屉，发现抽屉里有一沓钞票。我盯着钞票呆了一下，又把抽屉关上。

玉镯没有找到，陈妈的脸变紫色了。我看到陈妈那变成紫色的脸，趁机走了。陈妈对着我的背说，周老板怎么啦，怎么不在我家里吃饭呢？我说不吃了！不吃了！总是在你家吃怎么好意思？

我从陈妈家出来，又一家家跑，再被一家家请出来。最后跑到了张嫂门前。据说张嫂生了儿子后，还没找到一个给小孩洗尿布的人。我站在门边跟她男人说，我愿意洗那些尿布。她男人说那好，尿布堆在盆子里。我提着一把长刷，端着那盆尿布走到港边，气愤地丢在地上，用长刷把在盆里乱戳一顿。嘀嘀咕咕地说，老子是老板，来给你洗尿布！我边嘀咕边蹲下，用长刷把敲碎港里的冰，皱着眉，吸着鼻子，用两个手指捏着尿布在冰水里晃来晃去。洗完尿布回来，张嫂男人将张嫂吃剩的鸡骨头搜到一个大碗里，递给我，然后转身走了。我端着碗看，发现有一个没有吃的鸡头，我一口吃掉了，然后用筷子在碗里扒了一下，发现全是吃过的骨头，就狠狠地倒到地上，一张脸阴阴的，眼睛盯着张嫂的房门口，差不多有一分钟，然后又蹲下身子把地上的骨头捡起来，倒进泔水缸里。我见张嫂的一间房里没人，就开始打量起房来，见桌子上有个打开的小盒子，里面放着一对花瓣形的金耳环，觉得好看，就多看了几眼。

我一直在张嫂家洗尿布，就在张嫂小孩快半岁的时候，张嫂端了一碗饭给我吃，说小孩不用尿布了，小孩能自己喊尿了。吃了饭你就可以走了！我埋头吃完那碗饭，放碗时，张嫂男人走过来，要我给他清了猪圈里的猪粪再走。我弓着腰在猪圈里，用一个簸箕装进猪粪，从猪圈里拖出来，摇摇晃晃地倒到港里，立即臭气熏天，一阵风进屋，身上衣服到处沾有猪粪，有的还一点点往下掉。张嫂说，你这个没做过事的，搞得整个房子臭烘烘的，你还不快走。

从张嫂家出来，吃饭又成了问题。

我跑了一整天也没有找到能让我吃饭的地方，居士巷除了那些小摊贩在吆喝自己的东西外，就是两头骡子拴在垃圾边，长一声短一声地叫，好像也跟我一样空着肚皮。肚皮像一个无底的口袋，我不知拿什么东西去填这个口袋。我捧着肚子在巷里荡来荡去，也不知去哪里，想想，只能硬着头皮往陈妈家跑。陈妈见我臭烘烘一身，赶紧从橱柜里拿出杨师傅的一件旧衣，要我换上。我穿着干净的衣服坐到陈妈的灶边，很用心地帮她烧火，小心地看她脸色。这时，陈妈看着我又说到了玉镯。她说，那是她祖上传下来的宝贝，她要是发现哪个偷了，一定要剐他的皮。我体内某个地方被刺了一下，有些不自在起来，悄悄走了。

风卷起垃圾，空气里弥漫着腐烂的气味，很难闻。我捂着鼻子在十字街口疯跑。突然，背后被人提了一下。我回头，是居士巷的胡哥。胡哥说，我到处找你呢！我有气无力地说，找我做什么？胡哥说，快跟我去张家码头。我说，去张家码头干吗？胡哥说，我爹淹死了，刚打捞起来。我说，你爹死了找我干吗？胡哥说，你去把他背回来呀！我吓得转身就跑，结果被他一把抓住。

这是一个太阳很毒的中午，柏油路面反射着白亮的光，热得我晕头转向。胡哥拉着我朝张家码头跑。跑到张家码头，看见胡老爹直挺挺地躺在地上，脸肿得像发起的一团面粉，发出很难嗅的臭味。据说胡老爹死了几天才捞起来的，围观的人都捂着鼻子。我站在围观人中间腿有些发软。胡哥却把我往前推，说，背。给我背回去！我心里说，我也和你们一样害怕死人呀！但我没说出来，只是浑身哆嗦，脸也和胡老爹一样惨白。胡哥又说，赶快背，天太热了。我心里嘀咕，背可以，你们得给我一些钱。但没有咕嘀出声。这时，胡哥踢了我一脚，大声吼，还不赶快背。我想说我没有吃饭，肚子是扁的，要不先找点东西给我吃。我这样想的时候发现周围的人都望着我，好像我是胡老爹的儿子，胡哥是旁边人，我不背会大逆不道。我怔了怔，又看了看胡老爹，觉得胡老爹死得也是够可怜的，死了几天才捞起来，臭烘烘地躺在这里，我如果不背他，可能就不会有人背他了。可又一想，我凭什么背他？他又不是我爹，我又不是他儿子。我挺了挺身子，准备再次离去时，突然感到周围的人看我而不去看胡哥，目光是谴责的。他们的确把我当胡老爹的儿子了，我不自然地在这种谴责的目光下离去。我想对他们大声声明，我不是胡老爹的儿子，胡老爹的儿子是胡哥。然而我还没有说，就感到那谴责的目光变成愤怒的目光了，有的手里都握起了拳头，我如果不背肯定死在这些拳头下，看来我无路可逃了。我大声叹了口气。唉！死人也有灵魂的，就像死去的爱华一样。我就当一回儿子吧！赶快背回去，让他的灵魂早点安息。

我耸了耸肩，把胡老爹拉到背上。我背上尽是骨头，胡老爹的身子压得我骨头嘎嘎响。我背着胡老爹，腿还没有迈开，就颤抖个不停。我给自己鼓气，背，我只能背，我已经没有退路了。可是鼓气是鼓气，刚迈开一步就想把他丢下来。然而，后面的人就像拿着一根鞭子抽我，我不得不往前走。为了不让自己倒下去，脑子里又去想爱华，我只有这个办法。我极力想象背上的胡老爹就是爱华。这样想的时候，觉得恐惧在一点点减少，背上的重量也在一点点减轻。爱华死的时候，我把她背在背上，在巷子里发了疯一样跑来跑去。巷子里的人叫我放下爱华，我就是不放。我说爱华没死，她要我背她，我要背她回去。现在我背的也是爱华，我一口气把爱华背到了灵堂前，这时，从屋子里跑出来一帮人，老的少的，女人男人，哭的哭喊的喊，搞得我眼花缭乱。我这才感到身上的重量，才知道背的不是爱华是胡老爹。我把胡老爹放到灵堂里，他们围上去，只顾自己哭，没有一个人管我了，更不说有人拿东西给我吃。没办法，我只好从厨房里偷了几片供死人灵堂的熟肉。

有好长一段时间没去陈妈家了，当我再次去她家，她又带了个四岁女孩和三岁的小男孩。那个三岁的小男孩是县长的儿子。据说县长四十得子，看得心肝宝贝一样，陈妈也带得特别用心。小男孩脚上套了两个用银子做的圈圈，走路叮当响，很有味的。陈妈做饭时，我在逗小男孩玩，用手摸了一下小男孩脚上的圈圈。

晚上，陈妈给小男孩洗脚时，脚上的圈圈不见了。陈妈朝门外长长地叹口气。第二天陈妈买了一对给小男孩套上。小男孩母亲愤慨地说，这不是赔不赔的问题，而是这对圈圈是儿子外婆在菩萨面前许了愿的，要菩萨保佑我儿子长命百岁的，你怎么带小孩的，怎么随便丢了呢？

小男孩被他母亲永远接走了。

那天中午，陈妈去水井挑水，碰到我在井边洗口袋里的旧手帕。我把旧手帕洗来洗去，这也是我当老板时养成的习惯。陈妈看着我说，小偷又下手了，小男孩脚上的圈圈不见了。我拧着手帕边说，那个小偷真可恶，然后快步离开了陈妈。

第二天，我路过陈妈门边，发现她做了一桌好菜。我纳闷，今天既不是她生日又不是过节，做了这么多好菜？这时，陈妈看到了我，我赶紧低头走路。陈妈说，不用怕，杨师傅去徒弟那里吃饭了，我呢？也是添客不添菜，就多添双筷子吧！陈妈这样说，我只得留下来。这时，那个小女孩的母亲来了。小女孩母亲刚上桌，陈妈就说，我人老了，带不动小孩了，这顿饭就作为我赔礼道歉吧！我和小女孩母亲都莫明其妙地望着她。陈妈又说，你再给小女孩找个好保姆吧！其实我也舍不得小女孩的。说完，陈妈把脸背过去，再转过来时，已是泪流满面。我身子猛地往下沉，要是地上有个洞就好了，我可以从地上钻进去。但我没有钻进去，因为地上没有洞。我趁陈妈擦眼泪时，偷偷溜走了。

这是我唯一的一次面对丰盛的午餐无动于衷。

陈妈没有再带人，常坐在门前发呆，很孤单的样子。

转眼到了腊月，腊月里，居士巷人最大的事是杀猪，那叫杀年猪。杀了这头猪，过年的桌子上就丰富了。猪肚猪肝可以做汤；猪肠、猪耳可以做卤菜；猪心、猪腰可以小炒；猪脚可以红烧；猪肉可以做腊肉。每到这时，他们在门前摆一块案板，猪从栏里赶出来，请屠夫来杀。每到这时，他们就离不开我。屠夫杀猪，要我扯住两只后脚。我扯后脚就连尾巴一块扯住。猪叫我也叫，我和猪一块叫。猪倒我也跟着倒了。有时猪排出的尿，溅到我的脸上身上。屠夫提着东家的报酬，一个猪头或一挂肠子走了。我就开始清场搞卫生，慰劳我的是在东家吃一天饭，而且餐餐有肉吃。那一段时间，我的衣服变得又黑又臭，脸上却长了肉。

过完年，陈妈变得很安静，常躺在红木椅上打瞌睡，一线黏糊糊的口水也常常从她咧开的嘴里流出来。这天，我跑进她家，她都不知道。我在她灶门前蹲了很久，她也没发现。午餐时候过了她还没有动静。看来她是不准备做午饭了。我正准备离开时，发现杨师傅的裤子挂在衣架上，口袋鼓鼓囊囊。我觉得他的口袋不应该这么鼓，但是他的口袋不鼓谁的口袋鼓？这没有什么不正常，但又觉得太鼓了一点，鼓得扎眼，我多看了一眼，趁陈妈还没醒来之前走了。这时，一只黑猫蓦地从陈妈的座椅下穿过，拖着一条黑尾巴，钻到床底下去了。

离开陈妈家，我使劲地朝自己脸上打耳光，边走边打，一个个耳光在空中发出一声声脆响。我只能打，只有不断地打才能迈开步子，否则会一步也迈不开的。刚走到巷口，迎面碰到胡妈。胡妈说，你脸上一块块红肿？我说，痒，抓的。

过了元宵，居士巷的人再也没有见到我了。

居士巷的人当然不可能知道，在他们为我的去向感到莫名其妙的时候，我正坐在去汉口的洋船上。我好久没坐这样的洋船了，感觉就像回到了当老板的日子。我这次出去，想做出一番事业，再风光地回来。我想让自己由周蠢子再变成周老板。可是，一到外面，我突然发现外面的世界并不是为我所设置，更不是我想象中那么回事。我既没有本事又无人缘，做什么事都是拿钱在水里打泡泡，有时连泡都不见一个。一年过去，我没有让自己变成老板，还是那个样子回到了居士巷。

这次回到居士巷，我奇怪的是脑子里装的不全是爱华而是陈妈。装的陈妈对我的种种好。一进巷子想到的是看陈妈。陈妈却躺到了医院。我一口气跑到医院，见杨师傅在那里，不禁打了个寒战。杨师傅恶狠狠地说，陈妈那么喜欢你，你也来照顾她几天吧！他边说边起身走了。

陈妈患的是血癌。她死要经历一个残酷的过程，即身子里的血一点点流干，就像油灯里的油耗干一样。医生说，她胖不能手术，只能这样，没有别的办法。但是，陈妈脸上却有种奇怪的表情。她说，你去哪里了？瘦成这个样子，我没有吭声，望着她从白床单上露出来的不能活动的身子，眼泪在眼眶里转。陈妈又说，你怎么能离开这里呢？我只是懊悔地低着头。默想，我这一辈子可能是离不开这里了。

陈妈伸出两只胖手，对我说，还是把我带回去吧！住到这里感觉不好。唉！现在我不带人了，这医院怎能住得起？我说，杨师傅有钱呀，住院花点钱算什么？留着发烧呀！陈妈说，娘有爹有不如自己有，丈夫有还是隔一层手。你呀，是真蠢呢还是装蠢？整天只知道跑来跑去的，你要跑到哪天？你这个花痴。我把头低得更低了。陈妈嘴里反复说要出院。我说你还没好，不能出院！陈妈说，我一下子好不了的。你杨师傅呢？去，去叫你杨师傅来。

我说，我不知他在哪里！陈妈说，你到保卫街二号的刘妈那里去找找看。

我跑到刘妈家没找到杨师傅，在我经过电影院门口时，却碰到了杨师傅和刘妈正准备看电影。我赶紧说，陈妈要出院。杨师傅说，你这个蠢子，你不会把她弄出来吗？她那病反正好不了的。我正准备一拳打过去，他赶紧拉着刘妈进电影厅了。

我气呼呼地跑回医院，什么也没说，我又气呼呼地跑到街上，看见一部空板车，我也不管是谁的，拖着板车往医院跑，把陈妈拖了回来。我让陈妈平躺在床上，在床垫上挖个洞，下面搁个盆，血可以通过洞流到盆里。我整天守着陈妈，给她煮饭，洗衣，倒便盆。累了，歪在灶边打个盹。

陈妈睁开昏花的眼睛，向我招手。我将耳朵挨过去，她说了一件事。我浑身一颤，连忙回答好！好！好。我从外面买回花生瓜子玉米，将灶里的火烧燃，然后往锅里放油。我像当年大师傅一样，站在灶门前，左右开弓地忙碌起来。玉米在锅里炸得蹦蹦响，瓜子在锅里喷喷香。我把炒好的花生瓜子玉米分类放到小碟里，送到陈妈床前。陈妈每样都吃一点，吃得津津有味。我看她吃的样子，仿佛又看到了当年她吃我的炒货的样子。陈妈边吃边从枕头底下摸出个包来，说给我准备的，要我打开看看。我刚打开就慌了。钱，一包钱。

我说，不要！我不要。

陈妈说，你不要，你怎么活下去？

我"嘭"地跪在她面前，不停地磕头，不停地说，我有罪，我不能要你的钱。你知道吗？那个玉镯是我偷的。

我想起偷玉镯的那天，本来我并不想偷的，玉镯在我手里玩了一阵，舍不得放下。我人走到了街上，玉镯还在我手里，就这样玉镯在我手里玩来玩去玩了一上午，我怕陈妈伤心，想送回去，可是经过一家酒店时，酒店飘出的肉香拖住了我的腿，这让我想起当年坐在酒店里一杯酒几个菜人家叫我周老板的样子，就有了种强烈的愿望，可是口袋扁扁的。我很伤心地离开酒店时，手里捂着的那个玉镯捂出汗了。突然发现前面有个当铺，这是我非常熟悉的地方，以前我有钱，从这里当回过很多古董。今天我神差鬼使地把最心疼我的人的玉镯当了。我拿着大把钱，买了一套做老板样的衣服。人要衣装，佛要金装，衣服往身上一套谁也不会认为我是那个周蠢子了。我跑到离居士巷比较远的一个酒店，点了几个菜，要了一瓶酒，边喝边回味以前的情景。那种感觉真好。那种感觉现在想来是神仙过的日子。那几天我天天在那里找感觉。当我把这些钱用光时，我又回到了现实变成了周蠢子。

陈妈并没有很吃惊的样子。

我说，陈妈你怎么不打我？那小孩的脚圈圈也是我偷的。偷了，卖到乡下了。

陈妈仍然很平静。

我又说，张嫂的那对金耳环和杨师傅的钱也是我偷的。

这下陈妈会打我了，或者会气得背不过气来。我甚至后悔不该在这个时候把这些告诉她。陈妈仍然没有任何表情。过了一会儿，她才说，我都知道。我还知道我柜子里和抽屉的钱也是你偷的。我是在等你清醒的一天，你什么时候能清醒呢？你要争气呀！

这天，陈妈走了！

陈妈走时，居士巷还是那样，可陈妈屋前的桃花却提前绽放，鲜艳异常。

原载《青年文学》2006 年第 8 期

拉长她的生命

舒红在写短篇小说，这个短篇跟刊物约好十五号交稿。她算了下时间，今天十二号，只剩三天小说才完成一半，时间有些紧。她埋头电脑上敲文字，日光透过窗帘反射到房里，光线一下变得强烈。她思路一转，这个时候该把鸡肉煲上，电砂锅煲鸡最快也要两个小时。她去厨房望了眼对面房里做功课的儿子。儿子高一，个头却像个初中生，身子长得像根没有肉的豆角，所以儿子从寄宿制学校回来，她都要煲鸡给他补。她提起刀，准备将鸡剁成小块煲。她刚剁了几块，厨房壁上电话响了。她很不情愿地提起话筒，是个陌生电话，说他读了《小说月报》的《午夜火车》，问她怎么对男人野外的那种艳遇描写得这么细腻？是否有自己的影子？她笑着说，你还不如说男人在午夜遇到的那女人就是我更符合你的心理。这是个冷飕飕的玩笑，对方没有即时回答，舒红趁机放下话筒继续剁鸡。总有这样的电话，让人觉得好笑。她刚这样想，电话又响了。她没有理睬，专心剁她的鸡。电话很顽固，感应上的那点红像火警，声音又似催命。她不得不将话筒重新提起。还好，电话是她在电视台工作的女友打来的，舒红心情放松少许，就跟她多聊了几句，放电话时快十一点了。舒红一声赶快，慌忙提刀，一刀下去，啊呀！鸡没剁正，却把左手食指剁出半边，血顺着指头把砧板染红了。舒红叫儿子喊出租，娘儿俩去了医院。医生要她住院治疗，原本写作的舒红就这样住进医院，被安排到双人房。虽说是双人房，实际上只住进她一个人。她还是生儿子在医院躺过几天，对住院非常不习惯。第二天她爱人把她母亲从县城接来照顾舒红。

医生开始对舒红进行验血、验尿、B超等全方位检查，只血就抽了四次。舒红有些迷惑，一个手指的外伤要牵涉到身体各个部位？医院的事她是搞不懂的，你执行就是。住院部每天给每个人打出一张清单，第一天清单就是一千多，她倒吸了口气，还好是公费，看来住院也不是一般人住得起的。舒红的朋友知道她住院都捧了花来看她。三天下来，她的床头柜、窗台上摆满了花篮。舒红就这样，房内鲜花灿烂，房外惨叫连连。骨科往往是今天这个车祸，明天那个事故，大都是手术后发现没了胳膊少了腿叫得惊心动魄，凄惨无比，舒红躺在床上想，原本生活在自己虚构的故事里，现在倒像一下来到故事中，置身在一个悲壮的场景里。因为能静下心思考，觉得另有一番意义。

骨科有很多看护病人的女人，称之为女看护。有的是亲戚担任；有的是用钱雇来的。骨科没有传染病，便都大胆往来。于是，这里就成了个大家庭。往往又是这些女人把串门收集的情况汇报给她主人，躺在床上难挨的主人通过她们的嘴知道谁又住进了，谁的病又比自己惨。这也是一种心理安慰。几个女人集中到舒红房里是鲜花引来的。哇！好漂亮的花。呀！这么多花，可以开花店了。舒红房里不光有花，还有她一个人吃不完的水果。有的女看护甚至举着吊水瓶把病人也带来了。她房里的两个床靠西北墙，中间有个活动空间，她们就坐在活动空间，她就躺在床上陪她们聊天。躺到第四天，她躺得一身骨头都是疼，没有一个姿势是舒服的。她也由母亲提着吊水瓶，走家串户，活动活动筋骨。

这天晚上，舒红打完吊针，母亲收拾东西正准备回家，房门被一男一女推开，随即由两个人推进来一个老奶奶。老奶奶一头银发和一个短小而干瘦身子，医生毫不费力地将老奶奶放到床上。医生说，她现在还在麻药中，麻药醒后喊痛，你们就给她吃这粒药。再想办法让她喝点牛奶吃点流食。医生走后，她弄清了老奶奶身旁一男一女的关系。男的是她三儿子，女的是她大媳妇。三儿子从床底下拖出尿盆，从外面装满水，放毛巾给老奶奶洗脸。舒红说，那是尿盆，给奶奶接尿用的。三儿子似乎没有耳朵，继续给老奶奶洗脸。他洗脸的手很重，老奶奶艰难地扭着头。一会儿，老奶奶哼哼唧唧。三儿子抱着哼哼唧唧的老奶奶抹眼泪。舒红看到一个男人在陌生人面前流泪，心里有些怵。老奶奶的哼声越来越大，三儿子仍死死抱着老奶奶。舒红说，她是麻药醒了，赶快给她吃药吧！三儿子才记起给老奶奶吃药。舒红望了眼缩手站在门边的大媳妇，她四十多岁样子，穿一件枣红色毛衣，身体有些胖，圆脸上戴着金耳环，一双大眼睛骨碌碌转。

门边拥来几个女看护女，她们问老奶奶怎么啦！大媳妇说，我婆婆被猪娘咬了。

“被猪娘咬了？”女看护有些惊奇。

“我婆婆跟三弟住，她给三弟喂了一头猪娘，猪娘刚下了一窝崽。早上，婆婆提着食桶喂猪娘，没看见一只猪崽夹在竹栏里，她一脚踏在猪崽上，猪崽尖叫，猪娘听到叫声，跑过咬住婆婆小腿，撕下小腿一层皮，咬断两筋，还吃掉小腿几块肉。正巧，村口死了个人，我和三弟都去帮工了。等我们回来，婆婆已倒在血泡里昏死过去。我们送到县医院，医生说婆婆年事已高，因耽搁，失血又过多，要我们转大医院。”

大媳妇说得很平静，仿佛是说件与自己无关的事，但舒红听得胆战心惊。她转头去看老奶奶，老奶奶睁开眼睛，好像没那么疼了，但脸上仍是难受的样子。她从牛奶箱里取出一盒牛奶对三儿子说，老奶奶可能要吃点东西了。牛奶有镇定作用，她会好受些。三儿子笑呵呵说好呀好呀！三儿子穿着件四个口袋的旧军装，旧军装里面的蓝棉纱内衣油乎乎的，黑长裤上有很多泥污，赤脚穿一双黄跑鞋。他走到她跟前拿牛奶，她嗅到了他身上一股馊味。

老奶奶喝完牛奶喊尿。三儿子手忙脚乱地解裤，又慌忙拿那个接尿盆。老奶奶从未住过医院，见屋里有人就尿不出。大媳妇把盆塞进被单里，捂着鼻子又退到门边。老奶奶只尿了一点在盆里，其他尿到裤子上。三儿子给老奶奶脱裤子把衣卷起来了，露出老奶奶风干的身子和干扁的奶袋，那只用纱布绑定的小腿，血洇湿了纱布。三儿子给老奶奶盖上被子，去洗尿盆把裤子也放到盆里一块儿洗。他装了一盆水进来又准备给老奶奶洗脸。舒红实在看不下去了，递给他一个脸盆说，用这个吧！我家很近，明天再带一个就是。大媳妇说了句，不好意思，来得急，什么都没带。舒红说声不要紧。就想，老奶奶赤身在被子里，肯定不舒服，她吩咐母亲明天带两条内裤来。

老奶奶洗完脸，轻轻哼了两声，昏睡过去。一会儿，老奶奶的大儿子、二儿子和二媳妇进来了。大儿子一进门抓住三儿子就是几耳光，接着一脚把他踢到门口。舒红惊愕，你怎么打人？大儿子说，我就是要打人，他怎么不去死？闯下这么大祸。舒红就想，别人的家事外人是不要多管的。三儿子捂着肚子站起，嘴里喊着大哥。大儿子没有理他，走到老奶奶床前，看着昏睡的老奶奶抹眼泪。

二儿子问：“娘什么时候动的手术？

“晚饭的时候。”大媳妇又说，“我是临时借了村里信用社两千元住进来的。医生只把婆婆伤口处理了，要我们准备一万五千元给婆婆做植皮手术。”

二媳妇说：“天呀！到哪里搞这么多钱？”

三儿子说：“医生说，娘的手术要越快越好。”

“废物。”二儿子愤怒地望着三儿子。

大儿子说：“我只有存款上的两千元钱，二弟，你那里有多少？”

二儿子说：“我和你弟媳两个月没发工资了，我手里只有儿子的五千元学费。”

二媳妇说：“学费不能垫进去，儿子开学要用。”

二儿子说：“现在顾不了那么多，问题是还差的怎么办？”

大儿子说：“要不给我东莞打工的儿子去个电话？”

大媳妇说：“你就不要去惊动儿子了，他刚建了屋，哪来的钱？”

大儿子说：“二弟你求求施工队，要他们把你们的工资开了。我去找几个朋友看看。”

大媳妇说：“都是些穷朋友，谁会借钱给你？信用社的钱怎么办？”

大儿子说：“总得试试看。信用社的钱借着就先借着。”

二儿子和二媳妇走了，说是明天要上班。大儿子带大媳妇也走了，说是他守的店里没有人。二儿子出门，从袋里掏出二十元钱拍到三儿子手里，要他好些招呼娘。他们都走了，舒红想，这个家也不容易呀！房里又安静下来，三儿子倒头睡在老奶奶脚边，老奶奶侧身躺着，一动不动，如一张弓，双眼紧闭。舒红发现，老奶奶紧闭的双眼有晶莹的东西。

第二天早晨，舒红还赖在床上，三儿子从医院食堂买回两个馒头和一碗酸菜汤。馒头他吃完一个半，把剩下的半个撕成碎块泡在酸菜汤里喂老奶奶。老奶奶吃一口呛住，三儿子轻轻拍她背，老奶奶就这样把一碗酸菜汤和半个馒头吃完。

母亲给舒红送早餐时，老奶奶睡了一会儿又醒了。母亲今天给舒红做的肉泥蛋，母亲总是换着花样给她进补。舒红刚端起碗，三儿子双手插进袖筒里，眼睛瞧着她。舒红放下碗，把老奶奶的碗拿过来，拨一半到里面。说，请帮帮忙，我母亲带多了。这点喂给老奶奶吃。三儿子又笑呵呵说好呀好呀！

我娘是最能吃的，平时她能吃两大碗饭。他端起碗喂老奶奶。老奶奶吃完肉泥蛋，躺下时脸上表情平静，还打了个嗝。

医生带了两个实习生来给老奶奶换药，实习生把她小腿上的纱布一层层揭开，最终，一只没有皮和肉只有骨头的小腿露显出来。舒红不忍心看，扭过脸。后来舒红用了“惨不忍睹“来形容她当时的心情。医生给老奶奶上药时，老奶奶发出号叫，但持续几声就没力气了。医生说，老人家的植皮手术要赶快，败血症会危及她的生命。三儿子呵呵两声，表示知道了。

午餐，三儿子买回小碗冬瓜和一小碟辣椒萝卜。他用开水泡上米饭，给老奶奶喂冬瓜。喂了几口冬瓜就喂泡饭。老奶奶吃一口，喉咙咕噜几声，三儿子又在她背上拍。母亲在这个时候给舒红送来了又鲜又嫩的财鱼。三儿子伸长脖子，笑呵呵地望着舒红。舒红说，财鱼对老奶奶愈合伤口有好处，你拿这些喂你母亲吧！三儿子看也不看舒红，自己把碗里剩饭吃完，就开始喂老奶奶吃鱼。老奶奶吃完又躺下了。

母亲每次给舒红送饭都多装一半给老奶奶，这在母女间达成了一种默契。渐渐地，老奶奶的脸色有了血色，舒红的伤口开始长肉。她住这里也是每天只换一次药了。这天，舒红问医生可不可以出院。医生说伤口开始长肉可以回家休息，也可以继续住院观察。舒红说，那就明天出院吧！

那些女看护见舒红明天出院，又集中到她房里。她们问舒红，出院花带回家吗？舒红说不带。那就拿到我们病房吧！舒红说我走了还有老奶奶！花就放这里吧！于是，她们谈起最近住进一个自杀姑娘，是为情而割腕，都唏嘘不已，都为这年头还有这种纯情姑娘不值。这时，老奶奶一家人进来，他们见房里这么多人很不高兴。舒红借故活动筋骨，把她们带出来。她还没走远，就看见大媳妇“砰”的一声关上门。

大儿子说：“我跑了两天只借了五百元钱。”

二儿子说：“我找施工队，好话说尽才给我们开了一千元工资。”

大儿子说：“还差这么多，怎么办？”

大媳妇说：“你们也不想想婆婆的状况。婆婆也是八十三岁的人了，活一天算一天。我们借不到钱，就是借到钱也不能把钱丢进这个无底洞。”

大家目瞪口呆地望着大媳妇。

“我说错了？你们是不是觉得我没良心？话虽不好听，事实是这样。”

三儿子说：“娘的腿不做手术，会要了她的命。”

大媳妇说：“那你拿钱来呀！就你一个窝囊废晓得卖乖。”

三儿子目光有些呆滞地瞅着大嫂。一时间，大家你看着我，我看着你，都没有了主意。最后还是由大媳妇出了个最绝的主意：“我看今天把这些吊针打完，让医生给婆婆多开些药回去吃。”

三儿子刚想反对，遇到大哥严厉的目光，赶快低下头。大儿子挥动了一下他那宽大的衣袖，像是下了个艰难的决心。他对三儿子说，也只能这样了！三弟，你回一趟村，联系表弟的车，明天一早你跟表弟的车来接娘。娘这里由你大嫂二嫂招呼，我和你二哥明早去办出院手续。说完，大儿子望了一眼床上昏睡的母亲，喉咙哽咽，很轻的声音说，娘，就看你自己的造化了。

舒红到晚餐时回病房。晚餐是由她爱人送来一只炖乌鸡，乌鸡里放了天麻红枣桂圆枸杞。舒红看着乌鸡没有食欲，她刚在女看护那里吃了很多玉米花。她把乌鸡倒一半给老奶奶，想想，全部倒给老奶奶了。二媳妇正要说谢谢，大媳妇端过碗，拉二媳妇出门。舒红发现床头柜有一些果皮，是爱人给她削苹果撒下的，到底男人粗心，离开时也不收拾一下。舒红把水果刀放到窗台上，把果皮扫进一个碗里，端着碗去洗刷池的垃圾桶。她刚走到洗刷池门口，看见大媳妇和二媳妇站在洗刷池旁，只听大媳妇说，这鸡炖得多好，里面还放了补品。你吃不吃，你不吃我吃。二媳妇说，人家是给婆婆吃的，你吃什么？大媳妇说，婆婆也是难，活着也是受罪。她吃好了有什么用？还不如我吃了有用。二媳妇说，嫂子，你为什么这样说婆婆？大媳妇说，你看婆婆，她两个大女儿死在她前头，还不是把阳寿赚给她了。看这样子，我都怕活不过婆婆了。二媳妇说，嫂子，你瞎说什么呀！人家都说你显得年轻。大媳妇说，我不是瞎说，还不是命啊。婆婆不死，接下来轮到你大哥和我了，你看我这身体？我是活不过她的……

舒红被这突然的情景蒙住。怎么是这样？怎么会是这样！她简直不敢相信眼前看到的真实情景，如果是别人讲给她听的她还不会相信。多么歹毒的女人。她倒掉果皮，碗也不洗地跑回房。她把碗放到抽屉时，怜惜地望了眼老奶奶，可怜的老奶奶，接下来会发生什么？老奶奶抵得住吗？她放完碗，胸口蹦起很高。她为老奶奶担心，想为老奶奶做点什么。她能做什么？她可以凑齐钱帮老奶奶顺利完成手术，手术以后呢？你能改变老奶奶的命运吗？

她不能，她只是个作家。作家在小说里可以天马行空，可以翻手为云，覆手为雨，可以改变很多人的命运，而现实中的作家又是多么软弱无力。她满腹思绪地回到床上，面朝墙躺着。

老奶奶的药水在晚上十点多输完，大媳妇对二媳妇说，我们走吧！反正婆婆也睡了，我们明天早些来就是。门响了一下，房里又恢复了安静。舒红看她们走了，起身上了趟厕所，回房关灯，忽然一阵响动，像是从老奶奶床上发出，动静很小，还是被她听见了。她一晃头，老奶奶床头竖着个脑袋。她被老奶奶的行为吓了一跳，因为惊吓，她结结巴巴地说，你——怎么坐起来了！

“闺女，吓着你了吧！”老奶奶有气无力，木讷的脸上张着两只空洞的眼睛。

“你能说话了！”

她有些兴奋，同老奶奶住了四天，终于听老奶奶说话了。她走到老奶奶床边坐下，因为老奶奶是坐起的，这才看清，老奶奶瓜子脸，皱纹层叠的脸上，耳朵出奇地长，像观世音的耳朵。

“这几天，我吃了你那么多好东西，将来拿什么还你？”

“看奶奶说的。是我母亲每次装多了，请你吃一点，免得浪费。”老奶奶睡得昏天暗地，心里却明镜般。

“我身上的裤子也是你的。”

“两条旧裤子，快别说了。你是没来得及准备，而我家又住得近。你媳妇走了。要不要我帮你做点什么？

“你真是好闺女，今后会有好报的。”

“奶奶，你要不要躺下舒服些？”

老奶奶没有躺下的意思，她伸出五只鸡爪形手指，往头发上抓了几把，头发经她一抓，理顺了。她拿起床头一顶变了色的黑线帽子往头上戴，戴的时候把整个头发都收进去了，面部显出了几分精神，两只空洞的眼里也有些内容：“闺女，我是不是一直在睡？”

“是的。”

“唉！我已把一辈子的觉都睡了。按理说，三十岁人睡不醒，五十岁人睡不着，我八十多了，是不应该这样睡。”

“你失血太多，伤了元气！”

“其实我就是没劲，浑身没劲。从来没这样没劲过。以前我吃完两大碗饭就上山捡柴或下地扯猪草了。”

这时，舒红像看到一个贫瘠、荒凉、偏远的山村，一条绕山迂回的小路，一湾汩汩流淌的小溪，一栋炊烟萦绕的木房，一个矮小精干的老奶奶挑着一捆柴，或挑着一担猪草，带着浓郁的青草气息走来。

老奶奶忽然说，闺女，你不知道，村里人都说我命好，我三个儿子讨回三个媳妇，生了三个孙儿两个孙女。大儿子还给我生了重孙。当老奶奶告诉舒红，她还生了两个大女儿，她生完老三那年，丈夫在一次集体修堤中失事死了。她一个人带大五个小孩，前两年，她的两个女儿因病先她去了。她无法解释老奶奶的命好。

“嗯！命好。”舒红的声音哽在喉咙里，心里一阵悲凉。

老奶奶耳朵很灵敏，哽在喉咙的声音都听见了。她听舒红也说她命好，嘴角露出笑容，层叠的皱纹向四周荡漾。老奶奶突然问，我大媳妇年轻吗？村里人说她只看得四十多岁，实际上她有五十多了，她的孙儿都快读书了。我老大给一个店子看门，五百元一个月，老大的儿子在福建打工，她就在村里帮儿媳带带孙儿。

舒红不愿提那个歹毒女人，于是岔道问二儿子。

“我老二和二媳妇都在长沙做事。老二的儿子在城里读大学，每年要一万元钱学费。”

“他们做什么事？”

“老二是建筑工地的民工，二媳妇就在他工地上煮饭，。”

“你就在村里和三儿子一块过？”

“嗯！我三儿媳生孙儿时把自己生没了，我就成了孙儿娘。我把孙儿从月里带到他五岁。你不知道，乡下人有饭吃，可缺钱呀！老三在家种大哥二哥的田，可没钱再讨媳妇。我帮老三喂了头猪娘。我每天用青菜煮米粥给猪娘吃，猪娘顺溜溜地长膘，隔四个月给我下一窝猪崽，每窝都有十几只。为了给猪娘催奶，我把米用水泡馊了给它吃，猪娘吃得奶水直往外流，还不到满月就被人买走了。我把卖猪崽的钱存起来想给老三讨个媳妇。可是，我成了这个样子。”

舒红问："奶奶，我本不想说，你老三是不是有点傻？"

"闺女，你看出来了，受了点屈，媳妇死时，老三是和以前不一样了。最让我放心不下啊！现在我要一万多元钱植皮，他也急呀！我这老不死的，成了他们的负担！"

"你不是负担。他们只有你一个娘，他们会想出办法的。"舒红想好了，明天问她大儿子手术还差多少钱，她来凑足。

老奶奶一下子没有了言语，无神的日光凝视前方，像祈盼什么。老奶奶在祈盼什么呢？舒红忽然弯下身，一把抱住老奶奶，老奶奶身子很轻，轻得像抱起一团衣。她把老奶奶平放在床上，这样舒服些。她给老奶奶盖好被子，回到自己床上，忍不住又回头望老奶奶的床，床前静得如同没人，她就这样望着，望着，终熬不过没有声息的老奶奶，眼睛却耷拉下来，人就迷迷糊糊了。她在迷糊中做起噩梦，梦见老奶奶拖着伤腿在那里上上下下。血，从床上流到床下，老奶奶也成了一个血团团。老奶奶一只手摸她，刚摸了两下，手心忽然冰凉，僵硬在她脸上。舒红惊醒过来，太阳照到窗台上，房里进来很多人。有老奶奶家人、有医生，还有那些好热闹的女看护。他们有的拿着单架，有的拿着药。她这才弄清楚，他们是接老奶奶出院。

"奶奶不做手术了？"她惊讶地问。

没有人回答，他们开始支单架。

舒红望一眼老奶奶，老奶奶睡得很深，被子把脸都捂进去了。舒红又说了句："她可能刚睡，昨晚老奶奶说话了，让她多睡会吧！"

"我们已办好出院手续，车子就等在外面，不能让她睡了。"大媳妇说罢，走到老奶奶床前，使劲地掀开被单。被单里红红的一片，血，全是血，老人手里还握着水果刀，很锋利的水果刀。水果刀是舒红削苹果的水果刀，放在窗台上。老奶奶就这样无声无息地割腕自尽了，她那么知足，不知为什么走这样的路。也许，老奶奶心里有另一番话。

爱人接舒红出院时快到中午，病房又恢复了平静。爱人问她，老奶奶转院了？舒红没有吱声，爱人也不再多问，她随爱人走出病房，回头再看一眼病房，几个女看护一人捧一篮鲜花出来，门随即关上，像是一切都没有了声息，舒红的眼有些模糊，浮现出来的是那把水果刀，很锋利的水果刀……

原载《山花》2009 年第 18 期

雕　花　床

我四岁的时候，长得比同龄女孩子矮小，却格外不安分，成天像男孩样乱跑。在机关工作的母亲拿我没办法，只好把我关在办公室里。办公室临街，每次，只要门开条缝，我就偷偷上街了，害得母亲四处寻找。母亲管不住我，就用根绳子拴羊崽样把我拴在办公室。绳子的长度去不了门边，也不能到母亲身边，只能在规定的范围内玩积木。为了表示我的抗议，我把积木踩烂，然后放声大哭。反了！反了！管不住你了。母亲不断地喊。

有一天，我还未睡醒，母亲把我从床上拖起，迷迷糊糊拉出了门。路上，我嗅到一股臭气，当我完全清醒时，走进了一条叫居士巷的巷子。居士巷像个倒喇叭，一条小港顺着喇叭流淌，两条麻石路沿港延伸，仿佛看不到尽头。麻石路边是参差不齐的燕子瓦居民房。居民房前家家有桃树，密匝匝两排。

母亲带我站到一扇双合页门前，里面走出个四十来岁的胖女人，穿件黑香芸短衫，下身宽大的蓝棉绸裤，显得有些臃肿，但齐耳的短发，额前不留一丝刘海，又显得精精神神。胖女人微笑着向我伸出一双胖手。不要，我一把搂紧母亲。母亲朝我屁股一巴掌。胖女人赶紧抱过我，边哄我边解开上衣，露出一对大乳房，将右边一个使劲塞进我嘴。我拼命吮着，甚至还发狠地咬了一口，她身子抖了抖，其实我一滴乳汁也没尝到。

就这样，胖女人成了我的保姆。

胖女人把我抱到一张雕花床上，雕花床很大，顶上有个像屋檐的床檐，看上去像唱花腔的小舞台。我在床上跑来跑去，胖女人抓到我，要我叫她雪爸爸。我没有叫，只是怯生生地望着她。她很有本事，变戏法似的一变，变出一颗棒棒糖。我含着棒棒糖，就把雪爸爸叫得又甜又脆。雪爸爸咯咯地笑了，笑出一排细碎的玉米牙，脸上还有两个浅浅的小酒窝。猛然，我听到一声咳嗽，不重，却很威严。原来另一张床上坐着个男人，和雪爸爸相比，那男人又高又瘦，黑着一副脸，凶巴巴地抽着烟。雪爸爸把我抱到他跟前，乖，快叫杨爸爸！我没有吱声，只是把雪爸爸脖子搂得更紧了。雪爸爸又变戏法似的变出一颗棒棒糖。这次雪爸爸的戏法被我戳穿，她的棒棒糖是藏在她的大乳房下，她要不掀起，走路都不会掉下来。

杨爸爸！只要有糖吃，我能把每个人叫得甜甜蜜蜜。

我一下子认了两个爸爸，只是我没弄懂，杨爸爸叫爸爸，为什么胖女人也叫爸爸？这是个谜。这个谜埋在我心里藏了很长一段时间。

二

那天，天上飘些小雨，居士巷的麻石路就像涂了层绒蜡，光滑滑的。我脚上的红雨靴在石板路上的摩擦声虽然微弱，但滑来滑去的，很好玩。雨靴，是外婆给我从老远的长沙带来的。这是一双让许多小朋友羡慕的雨靴，他们脚上只有猪肝色的塑料凉鞋。有这双雨靴我就天天盼下雨。雨天，我穿上它，特别在小朋友成堆的地方，我把脚抬得很高，摆出个样板。不过，大人们穿的木屐呱唧呱唧的，很热闹。我脚下的响动，全被雨滴声以及大人们的木屐声淹没了。

巷子里有一个挨一个的小摊子，摊上摆有瓜子、花生和糖粒子。我在小摊之间穿梭，小摊上的叔叔阿姨或伯伯大妈善良一些的就对我摇头，凶巴的则把我赶走。我在一个卖酸水萝卜小摊边站住，手伸进口袋里，里面有个气球哨，气球早上还是好好的，刚才被我弄炸了，只剩下个竹哨子。我想用气球哨换酸水萝卜。我刚拿出气球哨，一双胖手突然从后面把我拦腰抱起。我回头见是雪爸爸，就大声喊，我要吃酸水萝卜！

回家。雪爸爸把我往家里拉。

我要吃酸水萝卜！我要吃酸水萝卜！我喊声更大了，声音传得整条巷都听得见。

你就喊吧！雪爸爸把我按到家里的小板凳上，自己撅着屁股去坐那张红木椅子，把红木椅子塞得满满当当。雪爸爸腰像水桶，屁股像个大南瓜，一般的凳子坐不下，坐得下的也只有那张红木椅。

雪爸爸！给我糖吃，我就不吃酸水萝卜。

雪爸爸没有理我。

雪胖子！给我糖吃，我就不吃酸水萝卜。

你喊雪胖子？我要打你这个没礼貌的家伙！雪爸爸走过来，扒下我裤子，在我屁股上狠狠抽了两巴掌。我赶紧叫了声雪爸爸，她才没继续打我。其实叫雪胖子，是从杨爸爸嘴里叫出来的。我听周围邻居亲切地叫她“胖妈”的时候，杨爸爸叫她“雪胖子”！杨爸爸叫雪胖子的时候，雪爸爸脸上那种愤怒是扭起来的，像扭转的弯刀，样子吓死人。

我规规矩矩坐到小板凳上。雪爸爸见我终于安静下来，起身变了颗棒棒糖给我。这次我发现棒棒糖是从雕花床上变出来的。我趁雪爸爸进厨房的时候，爬上雕花床。雕花床是红木做的，雪爸爸每天宝贝样擦来擦去，擦得贼亮。床前有一对床头柜，床顶有雕得活灵活现的龙、鱼、鸟。床帘边有两个椭圆形的镜子，镜子周围雕的牡丹花都是镂空的，我伸进一根指头找糖，没有。我瞄准了床里头一排抽屉，可抽屉里只有布票粮证煤证一类的本子。雪爸爸的糖藏在哪里？床三周有小圆柱子，闪着暗红的光。我瞄准小圆柱一根根找，终于在圆柱的夹缝里发现了一颗糖。我嘴里含着糖在床上打了个滚，想，这么大的床，在上面开火车一定很好玩。于是我跳下床，把房里的大小板凳搬上床，按大小排成行，用绳子捆住。我坐在第一张板凳上当司机，嘴里“呜呜”地走，后面的板凳跟着走，床板“嘭嘭嘭”响个不停。

雪爸爸从厨房拱出来，瞪圆双眼：你咯要死的，板凳搬到我雕花床上去了！看我打你屁股！雪爸爸刚靠近床沿，我反手抓住她头发，大喊：雪胖子，雪胖子。然后跳下床，一溜烟跑到小阁楼上，抓起一只脸盆，顺着楼梯摔下去，听到“砰”的一下脆响，我高兴得拍起手来。

你！你！你！雪爸爸喘着粗气。

雪胖子！你在哪里弄来的野孩子，给我弄回去。杨爸爸搬起条矮凳，手像要随时甩过去。

孩子，那是孩子。雪爸爸肥硕的身子挡住了。

你把野孩子弄回去！我们家不缺你那两个钱花。

我不是野孩子。我喊着叫着，飞快从小阁楼扶手上滑下来，又爬到床上，双手摇那些小圆柱子。杨爸爸黑着一副脸走过来，抓住我的小手像撕一块树皮一样想把我的双手从小圆柱子上撕下来。他越撕我越抓得紧，还摇得越快。你这野孩子，你哪是摇床，你是在摇我的心。杨爸爸说完这句话，就用劲把我往下扯，我被他扯到了地上。我呼天抢地地哭。雪爸爸赶快抱起我，边哄边解开上衣，将一个乳房塞进我的嘴。在我与她相处的日子里，只要我受到委屈，都会把我搂进怀里，肉包形的大乳房埋住我的脸，我的眼泪也会戛然而止。只是我再也不会把她咬疼了。这种情况一直延续到我读小学。

雪爸爸说，不就是在床上玩吗！看把她撞的。她也不会把床搞烂，我父亲做得结实着啦，十个小伙子也踩不垮。

结实！杨爸爸念完这两个字，人就蹲在门槛上。

雪爸爸又说，你没有学到父亲全部手艺，这不怪我啊！

杨爸爸听雪爸爸提她父亲，不再吭声了。他点燃一支烟，愣愣地望着雕花床，又回过头恶狠狠地瞪着我。瞪我时，他脖子上的青筋毕露，脸拉得有马脸长。我赶紧从雪爸爸身上挣下来，像小猫一样躲到门旮旯。

以后的日子里，我一看到杨爸爸那张拉长的马脸，心里就怯。

二

尽管杨爸爸讨厌我在雕花床上玩，我还是喜欢爬到床上玩。我每次爬上床，雪爸爸都要把我拖下来，凶巴巴地说，你又找打吧！杨爸爸不喜欢你到床上玩。我知道自己犯了错，但又不知道错在哪里。其实那天，我是抱着一些气球在床上吹，吹着吹着，弓到床里头睡着了。雪爸爸从床上把我拖起，她要带我出门。雪爸爸挑着一担空水桶出门，我牵着水桶的一头绳索，嘟着嘴，跟着她走到巷子口。雪爸爸住在巷子尾，我只感到我和雪爸爸走了很久才到巷子口。

雪爸爸进一家食堂买潲水的时候，我又走到巷子口那个小摊子边，玻璃坛子里面酸水萝卜让我直淌口水。守摊的是个四十来岁的女人，她倚在门前，一只手扶门，一只手很自然地垂在下胯，穿一件红丝绒旗袍，竖起的领子把脸衬托得红嘟嘟的，头上的粑粑头用一个黑网裹着，水亮水亮的。我走到她跟前，那女人弯下腰对我说：叫一声陈妈，就给你吃。我张口一声陈妈。她朝我微微笑着，右边有颗好看的金牙。好多年后我常回忆起这颗好看的金牙。陈妈的酸水萝卜有点酸，有点辣，又有点甜，非常好吃。

我吃得津津有味的时候，雪爸爸挑着两桶潲水出来，见我手上的酸水萝卜，先是命令我丢掉，然后从口袋里掏出一分钱砸到小摊上，嘴里喊着：回去！雪爸爸见我站在那里没动。你不回去是吧！好！我这就把你送回你妈妈那里。我一听，就牵着她水桶索，乖乖地跟她走了。我不想回去，不想被母亲关在办公室里玩那些积木一类的死东西。雪爸爸走路像个陀螺，两只桶不断地晃，我也跟着晃，觉得蛮有味就咯咯笑。雪爸爸说还笑呢，你给我记住，下次见你吃她的酸水萝卜，我就送你回去。我的嘴又嘟起了。

回到家，雪爸爸把潲水倒进潲缸，擦把汗说，挑着拉着，像是担回三桶潲水，累死我了！雪爸爸说累却没歇下，从厨房炒出大碗猪油饭，大口大口吃，边吃边说，做得吃得。后来我想，雪爸爸以前那好看的苹果脸和那苗条的身材，大概就是这样日久天长无节制地给吃着胀大的。

我肚子不饿，是因为不想吃雪爸爸的饭，想吃陈妈的酸水萝卜。趁雪爸爸吃饭的时候，我又溜到巷子口，观察陈妈的小摊。陈妈在双合页门前向我招手，鼓励我过去。我把雪爸爸的忠告忘到九霄云外了。我不花一分钱吃到了酸水萝卜。后来的日子，吃陈妈的酸水萝卜成了我每天的快乐。我总是偷偷去又偷偷回，神不知鬼不觉。陈妈也喜欢我，只有我每天来了吃了，她才放心地坐到摊位前。终于有一天，我在那里吃得嘴巴直嘣忘乎所以的时候，雪爸爸突然出现在我面前。她并没骂我，眼睛却挖着陈妈。陈妈头突然低得很低。雪爸爸将五分钱拍在她摊子上，又对我说还不给我滚回去，你个没用的家伙，吃她的，她是什么好东西？一个狐狸精，勾人家老倌吸男人精血的狐狸精。

一路上，雪爸爸都在骂骂咧咧。我不知道雪爸爸为什么要这样骂她，还这样恨恨地骂。

第二天早晨，我刚起床，看见雪爸爸从菜市场提回一个玻璃坛子和萝卜、黄瓜、刀豆、藕、豆角。雪爸爸把黄瓜和藕切成圆圈，又把萝卜切成片，要我用根麻绳穿起挂到竹篙上，她又把刀豆剥开，去籽切成手掌形状，吩咐我把它和萝卜穿到一块。雪爸爸屋里挂着的萝卜刀豆，像旗子一样在上空飘扬。雪爸爸指着那些飘扬的刀豆萝卜说，只要它们吹干了，我就能做出比她好吃的酸水萝卜，让你这个宝崽吃个足。雪爸爸说的她就是陈妈，只是雪爸爸不愿提她的名字罢了。那几天，我天天望着酸水坛子里面的东西流口水，有时晚上望着都睡不着觉。雪爸爸说去睡吧！乖，睡一觉起来就可以吃了。我睡一觉起来，果然看见雪爸爸在坛子里夹酸水萝卜，我迫不及待地塞进嘴里。雪爸爸望着我那迫不及待的样子问：雪爸爸的是不是比她的好吃？我睁圆双眼，喉咙里的东西卡着说不出话来。雪爸爸又说，好好，你先吞掉嘴里的东西，真是贪崽。雪爸爸进厨房了。实际上含在我嘴里的那几块酸水萝卜非常难吃，嘴里含的不是酸水萝卜，像含了几块盐。我皱着眉头，嘴歪了几下说不出话来。雪爸爸没有仔细看我的样子。我像是受了天大委屈似的，一口喷出嘴里的咸物，对着厨房嚷：不好吃！一点也没有陈妈的好吃！一下子，在厨房捣猪食的雪爸爸突然跑出来，脸紫成猪肝色。她双手擦着围裙，眼睛却盯着巷子口，那样子像是要冲出去和谁理论理论。雪爸爸盯一阵后，不是冲出门，而是屁颠屁颠进厨房，从厨房拿出一根赶猪的竹鞭，对着酸水坛子一鞭抽过去，很准，坛子“咣当”一声在地上粉身碎骨。她扔下竹鞭，躺到那张雕花床上了。

后来，我终于明白了雪爸爸为什么那么伤心。雪爸爸看上去没有她做不到的事，她那么强大，其实强大下面有她无可奈何的脆弱，只是常人看不到而已。她是在和陈妈暗暗较劲，没想到连做酸水萝卜这样的小事也不如陈妈。陈妈的存在成了雪爸爸一块时常痛的伤疤。

三

在桃花江，要是有人想做一套像样的家具，那肯定要请杨爸爸了。杨爸爸是桃花江有名的木匠。杨爸爸在县工程队上班，他带了几个徒弟。过年过节，徒弟们提个篮子上门，篮子里有酒有肉有烟。这时，杨爸爸挥动那宽大的衣袖，说，今天在咯里吃饭，然后对厨房里的雪爸爸喊，雪胖子！赶快做饭。杨爸爸的一句话就像一道命令。雪爸爸一接到命令就像接到圣旨一样紧迫，厨房立即会出现一片叮当响。每当这样的日子我就特别高兴，因为我能吃到我平时吃不到的好菜。

端午节那天，他的徒弟们提着东西来了。杨爸爸很高兴，抄着手在屋里走动，口里不时哼着“老子的队伍才开张，十几个人来，七八条枪”。我听不懂曲子的意思，但我跟着他哼，跟在他后面走来走去。厨房里飘出来肉香味，飘得整个房里都嗅到。杨爸爸对我挥动着他那宽大的衣袖：去！去！去！端菜上来。

杨爸爸慢慢呷酒，然后点燃一支烟，咝咝地抽，吐出一个个烟圈。他的徒弟们一声不吭，埋头吃肉，吃得油光满面。杨爸爸瞟一眼雪爸爸又瞪我一眼，然后去看雪爸爸身后的那张雕花床，好像床上藏有什么秘密似的诡秘一笑，然后云雾般地说了句走着瞧吧！就将剩酒一口喝完，打着长长的饱嗝，和徒弟们前呼后拥地去上班。

雪爸爸拿起箢箕，弓腰到猪栏里掏猪屎。这是她每天要做的第一件事。太阳从雕花窗格子缝里射进来，直照到她身上。当她伸起腰的时候已是满头大汗。按理说，像雪爸爸这样的殷实人家，用不着给人带小孩更用不着喂猪就可以过上舒服的日子。但她没有这样做。她说那种坐享其成的日子才是一种最不踏实最不舒服的日子，人活就要活出个踏实。在那个暂时的困难时期，居士巷的大多屋顶上冒不出烟，锅里揭不开锅，而日子在雪爸爸的把持下，不但屋顶上能按时冒出缕缕青烟，桌上还红红绿绿，小孩碗里有蛋，大人杯里有酒，杨爸爸出门，身上还穿出个排场来，让居士巷的男人嫉妒得要死。居士巷的男人说，杨爸爸娶雪妈这样的女人做老婆，一辈子在幸福中过呢！巷里的男人也经常拿雪爸爸来教育自己的懒婆娘。

窗外的阳光越来越强烈，雪爸爸擦了把汗，端起箢箕里的猪屎，从厨房摇摇晃晃出门，倒到门前的小港里。

嗯，巷里好臭。我赶紧捂住鼻子。

怎么不臭，居士巷都喂猪，猪屎没地方倒，只好倒港里了。所以巷里经常飘着猪屎臭。你嗅惯了就好了。

雪爸爸提着空箢箕进来，用肥皂反复地抹在她的胖手上，拧啊搓地弄出肥皂沫，再刷，再洗，用毛巾擦干净。

雪爸爸，嗅惯了猪屎臭，我还会漂亮吧？

漂亮！你不知道，居士巷是一条有名的巷子，生活在桃花江的人没有哪个不知道这条巷子的，这里曾经出过不少阔佬和美女，可惜后来破落了。

他们天天嗅臭气还漂亮？说这话时，我伸长脖子，去看门前那棵小桃树。我想我的小桃树也在天天嗅臭气，它还会长吗？那棵小桃树是我来雪爸爸家的第一天她为我种上的。雪爸爸说过，桃花江的人喜欢种桃树，种桃树是一种吉祥的象征。

你这宝崽崽。雪爸爸咯咯笑，把我搂进怀里说，早点吃饭，吃完饭我带你去看电影。

呀！看电影！我高兴地搂着雪爸爸，在她脸上亲个不停。

雪爸爸很快做出了饭菜，我迅速摆好了饭桌。把一个小酒杯放在桌子最醒目的地方，想让杨爸爸一进屋就看见他的小酒杯。雪爸爸说，杨爸爸一回，我们就抓紧吃饭，吃完饭就走。可是桌上的饭菜凉了，杨爸爸没有回来。

平时杨爸爸吃饭的时候特别准，他是从不在外面吃饭的。他吃不惯别人做的饭菜。雪爸爸能做出一手杨爸爸喜欢的菜，这是任何女人做不出来的。南方女人吸引男人，先是把男人的胃拴好，把握住男人的胃，也就把握住了枕边的男人。也就是说能烹调出自己男人喜爱吃的菜，男人无论走多远，或者一时迷失了家，都会嗅着自家菜香回来的。

乖，去门口看看，看他回来了没有。说这话时，雪爸爸已经站到门边，呆呆地望着巷子口，我发现巷子口的陈妈提着一瓶酒回家。

日头朝西边栽下去，屋门口的鸡开始自觉落窝，杨爸爸还没有回来，我肚子饿得“咕咕”叫，拍打拍打它还是叫，我——要——吃饭！我拍打肚子喊起来。我一喊，雪爸爸只好让我先吃饭。我吃饱了饭又想到电影。我又开始叫起来，叫得惊天动地。雪爸爸没有理我。我再叫的时候，雪爸爸掏出两颗棒棒糖说，乖，电影票在杨爸爸身上，只有等他回才有得看。我不再叫了，同她一块儿站到门口伸长脖子朝巷口望去。

在我的印象中，雪爸爸每天都要等杨爸爸回来吃饭。吃了饭以后又要等杨爸爸回来睡觉。雪爸爸的很多日子都是在等待中度过的。今天杨爸爸没有在雪爸爸的等待中回来。

他饭丢在外面吃了，难道家也不回了？雪爸爸睁着一双迷惑的眼睛。

猪栏里的猪发出了鼾声，杨爸爸没有回来。雪爸爸叹着气对我说，乖，你在家，我到杨爸爸那里去拿电影票。雪爸爸从楼上拿出一盏灯，点燃时，我发现灯是通过玻璃灯罩才发出光的，在这条巷子有这种灯的人不多。雪爸爸叫它马灯，也有人叫它美孚灯，但不管它叫什么灯，雪爸爸有一盏，而且心肝宝贝地擦得雪亮。雪爸爸提着马灯出门了。

雪爸爸不在，我爬到雕花床上去数那些龙呀、凤呀、鱼呀。雕花床两边的椭圆形镜子，把我全部照进去了。我在镜子里看到了我的头、手和花衣裳。雕花床的那对床头柜的拉手是蝴蝶图案，镀了金粉。我用手使劲搔金粉，好像看不到电影是这拉手涂了金粉的原因。我把抽屉故意一开一合，抽屉在我的运动下，发出嗡嗡的响声。突然，“啪”的一声，一扇未插牢闩子的窗户被风刮开。顿时，屋外电线的“呜呜”声，枯树枝的“嘶嘶”声，屋顶飞舞瓦片的“噼啪”声，随着寒气一齐卷进来。我颤抖着手去关窗子时，雪爸爸一个人回来了，我赶紧扑进她怀里。雪爸爸叹了口气，反复问说，他会去哪里呢？会不会……雪爸爸突然想到了那个她不愿去想的，也是她一直提防、小心维系着不让它发生的事终于发生了。雪爸爸自顾不暇地骂一句，让他晕死在那个鬼婆娘的裤裆里。

雪爸爸说的鬼婆娘就是陈妈。

四

其实，雪爸爸和陈妈年轻时是一对非常要好的姐妹。听居士巷一些年长的人说，雪爸爸和陈妈还是当年桃花江的第二代美人。二十年代中叶，我国著名歌舞音乐家黎锦晖的一首《桃花江是美人窝》从关内唱到关外，唱遍大江南北，传遍南洋、日本，硬是把桃花江推向了全世界。当年很多外国朋友除了知道中国有个上海，还知道中国有个桃花江。日本鬼子侵略中国的那年月，为鼓舞士气，在军中扬言：打到桃花江去，抢一个美女回日本。

那时的桃花江以一条江穿过全镇，桃花江人枕河而居，依江傍水散落成若干街道小巷。居士巷就是横搁在桃花江的一条巷子。那时的居士巷也不叫居士巷，叫猪屎巷。居民们家家喂猪，猪屎没地方倒，就倒在自家门前的小港里，因此小港经常弥漫着猪屎臭。但在文字记载上叫居士巷，那是居士巷的名人用谐音写出来的。可偏偏这条臭巷很出名，从那些燕子瓦木板阁楼里伸出来的，从那条小巷里走出来的，一张张鲜艳如桃花的脸蛋，羞羞涩涩，使人精神为之一振，滋生出许多故事。

雪爸爸和陈妈出生的年代，正是《桃花江是美人窝》唱遍全世界的那个年代。雪爸爸叫刘雪梅，陈妈叫陈雪梅。旧时的老人家取名字喜欢按出生的季节来取。她们都出生在腊月，所以不约而同取名叫雪梅。如果说陈妈是一束兰花的话，那么雪爸爸是一朵牡丹花。雪爸爸的美是那种实实在在的，看得见摸得着的美。她杏眼柳眉，脸蛋通红鲜嫩。很是吸引街上的小伙子，小伙子成天围在居士巷喊：

桃花江畔女人美
居士巷里男人醉
谁家闺女美中美
都道女人刘雪梅

当然也有一批小伙子叫美女陈雪梅的。杨爸爸就是当年最爱唱美女陈雪梅的：

喝了桃花江的水
总想亲美人的嘴
要知美人肯不肯
只问美人陈雪梅

然而，刘雪梅和陈雪梅对那些登上门的小伙子都是不屑一顾的。她们的美只属于她们两个人。外面多大力量都不能分开她们。两人形影不离，早上互相梳头发，白天一起逛街，晚上一个木盆洗澡。睡在床头她们就像一个整体，就像脚和手一样不能分割。如果谁先离开了都是对对方的一种背叛。直到有一天，陈雪梅家吃了一桩官司，她父亲要赔很多钱。无奈之下，陈雪梅被父亲许配给了银匠家兴，家兴为陈家赔了钱才了却那桩官司。那些日子陈雪梅抱着刘雪梅哭，哭得昏天黑地。

出嫁的那天，刘雪梅将陈雪梅打扮得漂漂亮亮，又亲自做伴娘。陈雪梅却一直在哭，哭成核桃一样的陈雪梅，人家以为她有多孝顺父母，其实是舍不得离开刘雪梅。冬天里的婚事在居士巷并不热闹，可陈雪梅的婚礼却把这个冬天闹得像春天般温暖。居士巷响起的爆竹就像春天里的桃花一样密，响了整整一上午。陈雪梅一身大红袄走出来，坐进那顶八人抬的大红轿。围观的小伙子个个傻了眼，杨爸爸更是呆住了。大红轿颤悠悠启动，杨爸爸像丢了魂似的跟着大红轿走。他要看陈雪梅嫁了个什么样的男人。大红轿停在巷口，新娘从大红轿里走进张家银铺，张家银铺是桃花江唯一的银铺，它世代相传，落到家兴的手里，家兴的手艺更超过了他的前辈。他打出的银器精细又漂亮。桃花江婆娘脖子上的银项链、手上的银镯子和小孩脚上的银圈子，都是出自家兴的银铺。家兴属于有本事的男人，人又长得堂堂正正，陈雪梅不爱他爱谁？不嫁给他嫁谁？陈雪梅走进张家后，杨爸爸像瘪了气的皮球离开了。

人虽然离开了心不服。其实陈雪梅父亲很早就放出话语，嫁女一定要嫁个有一流手艺的男人，杨爸爸早就知道的。只是他想，他也是桃花江有名的木匠，桃花江那些有钱人家里的家具都出于他的手。可是他不是唯一的匠人是因为他的师傅当时还没有死，师傅没死，徒弟永远是第二位的。可见他是多么恨师傅，他多么盼师傅早点死。师傅拖一个病恹恹的身子，怎么就不早死呢？师傅天天咳嗽，怎么就不一口痰噎着闷死呢？很长一段时间他都在恨师傅，自然这种恨只能是暗暗的。

第二年，陈雪梅生了个儿子，和家兴一样长得端端正正。家兴从银铺一回来，抱过儿子就心肝宝贝地叫。但是好景不长，那年冬天，陈雪梅与丈夫给一对新婚夫妇送银器，家中留下小孩放在摇篮里，陈雪梅怕小孩冷着，把摇篮靠在火炉边叫表妹看管。等他们回来时，火炉罩上的尿布着火了，儿子被大火烧成了砣黑炭，贪玩的表妹也不知去向。那些日子，陈雪梅整天沉浸在悲哀中不能自拔。家兴见陈雪梅这个样子无心做事，打出的银圈不是小了就是大了，最主要的是不能按时交货，害得那些结婚的人不能按时结婚而失去了信用。正在这时，广东来了个开银铺的，就在他对面开得轰轰烈烈，那些急着结婚的男男女女都上家兴对面了。家兴望着空荡荡的银铺，气得吐血，吐成了肺病。坐吃山空，几年下来，家里没有银根了。陈雪梅为了给他治病，跑到南洋做甜酒生意，还是没有挽回他的生命。后来陈雪梅住在居士巷一直没嫁。杨爸爸每天上班都要经过她那里，于是杨爸爸又有了小伙子时的那种企望，那种丢了魂的感觉。

有一次，陈雪梅来到刘雪梅家，看见她家的那张雕花床就爱不释手地去摸，摸着摸着便流出了眼泪。杨爸爸见了，便宽慰她：儿子死了，可以再生，你喜欢雕花床，我也可以给你做一床，你要想得开一点。杨爸爸说这种话时，眼睛一直看着陈妈那张泪脸。

从那以后，陈妈就很少到雪爸爸家来了，杨爸爸也很少待在家里了，慢慢地给雪爸爸感觉到一种不幸，感到了不该发生的事情终于发生了。

五

雪爸爸起了个大早，给自己干干净净地洗了个脸，洗脸水端在手里，她不想倒掉，她给这盆洗脸水派了个用场。她就这么端着出门，端着来到陈妈家。陈妈的门紧关着，这是她意料中的，她不设想一大早有人迎接她。雪爸爸就是选的这么个没有人迎接的大早，就是选的陈妈和整个居士巷还在睡梦中。雪爸爸把一盆水对着陈妈的门槛倒进去，水沿着门槛流进去，门忽然拉开一条口，露出陈妈的红旗袍和旗袍开衩的地方那道又白又亮的光，那道亮光刺得雪爸爸的眼睛又酸又痛。雪爸爸很想用她的目光把那红旗袍撕下来，更想把那又白又亮的光撕碎，但是那双眼睛却始终睁不开，只有两行泪水从她那半睁半闭的双眼里滚下来。这时，陈妈的门又忽然关上了。

雪爸爸提个空脸盆回家。在夏天这么好的一个早晨，太阳还没有出来，正是空气新鲜、凉爽好做事的时候，雪爸爸不想和人吵，更不想让整个居士巷都晓得，她怕坏了自己的名声。他们不要名声她要名声。一个人没有了名声，活着还有什么意思。她这样做只想把自己男人捞回来。

果然，杨爸爸回来了。

杨爸爸黑着脸看雪爸爸，目光很硬，一副有底气的样子。他的目光告诉雪爸爸，还不做饭去，我在等你的早餐。准确讲杨爸爸离不开雪爸爸，是离不开她做的饭菜。雪爸爸没有理会杨爸爸，而是撅着屁股去坐那张红木椅子。杨爸爸的目光暗下来，像雾一样从雪爸爸头上飘过去。

雪爸爸说，有狠你就死在她那里。

杨爸爸不作声。点燃一支烟，抽着。

女人都是一样，闭着眼睛一个味。雪爸爸说这话脸都变了形。

杨爸爸瞅一眼雪爸爸，又莫明其妙地瞄一眼雕花床。看着床时，他脸上挂着一种很怪的笑，我从来没有见过杨爸爸这么笑过。就这样，杨爸爸瞅一眼雪爸爸，瞄一眼床，瞄一眼床又看一眼雪爸爸。然后，他自己走到厨房去了。

雪爸爸是个明理的人，生气归生气，不能耽误了杨爸爸上班的正事。他吃不好，上班没精神就会做坏别人的家具。雪爸爸屁颠屁颠走过去，抢过他手里的锅铲，开始炒铁锅里的菜。她背对着杨爸爸，由于还在生气，挥动的双臂有些夸张，扭动的腰有些过分。随着她一左一右地挥动，肥大的屁股对着他一颤一颤地抖动。杨爸爸怔住了，仿佛又看到好多年前一个美少妇，舞着丰腴的双臂，弓在厨房里炒菜。她每挥一下，闪出一道美丽的弧线。他觉得那滚圆的臂是他肥沃的田野，他单薄的身骨在肥沃的田野耕耘时是那样快乐。现在看来，似乎是一件很遥远的事了。甚至他感到了一种排斥的陌生感，还掺和着厌恶。特别是她身上不时散发出来的油盐味。

其实，雪爸爸从来没有意识到自己会变成这个样子。结婚后，她把心全部贴到男人身上了。男人常在外面跑，要穿得体面。男人在外面赚钱，不能让他在家里累着。所以她把男人的许多活很自愿地撂到了女人稚嫩的肩上。累了，自己揉揉，伸伸筋骨。做得吃得，她一餐吃两大碗饭，吃肉选肥的吃把精肉挑给杨爸爸，日久天长，她那好看的脸蛋和身段挂满了赘肉。

雪爸爸说，吃饭了，就记得我！有狠（方言，有种的意思），你就不回来吃。

你不就是这点狠？杨爸爸的声音很轻，像猫叫，隔着厨房，还是被正在炒菜的雪爸爸听见了，她“当”的一声甩下锅铲，从厨房屁颠屁颠出来，一屁股坐进椅子里。

杨爸爸自知理亏，空着肚子上班去了。

望着杨爸爸出门，雪爸爸从椅子上起来又坐下，嘴里不停地念，不吃就不吃。天天吃着我的饭菜想着别个女人，我就是喂头猪也知道对我哼几声。生气归生气，雪爸爸还是心疼杨爸爸。晚餐，雪爸爸特意多做了几个菜，都是杨爸爸爱吃的下酒菜。杨爸爸吃得很痛快，还比平常多喝了一杯酒。喝得满脸通红的时候，还说了几句赞美的话。雪爸爸听了便像少女样羞涩地红了下脸。雪爸爸给杨爸爸泡了一壶茶。杨爸爸喝着茶，温情地望了一眼雪爸爸，然后对着我，小孩子早点睡觉。雪爸爸拉着我走到旁边那张床，悄悄地对我说，乖，你今天就睡这张床。我嘟着嘴刚爬上去，杨爸爸摇摇晃晃进来，说，媛媛你怎么睡到我的床上了，起来！起来！睡你床上去！雪爸爸几步走过来，说起来就起来，她才不睡你的臭床呢！我刚离开床，杨爸爸鞋子一脱睡进去，又将蚊帐放下扎紧。床被蚊帐整个罩住了，杨爸爸在里面透不出一点气息，甚至有种窒息的安静。雪爸爸呆呆地望着那张床，那张床是杨爸爸自己动手做的，做好后，有意识地放在雕花床旁边。私下里他还和师傅较着劲呢！

那个晚上，我只知道雪爸爸坐在椅子上发呆，不知道她是什么时候回到雕花床上的。后来我想，如果雪爸爸是个菩萨，那陈妈就是只狐狸精。杨爸爸人守在菩萨身边，魂却被狐狸精带走了。

六

和别的女人没有两样，雪爸爸对杨爸爸多了一个心眼。她得出一个结论，杨爸爸哪天回得晚，陈妈哪天的门就关得早。看来陈妈可以为杨爸爸生意都不做了。所以只要杨爸爸不回家，雪爸爸就会莫明其妙地去看陈妈的门。雪爸爸不仅对杨爸爸多加了个心眼，而且对我也不放松，她不准我往陈妈家跑。雪爸爸不能时刻围着我转，她要煮饭洗衣喂猪，但她耳朵生得特别灵敏，时刻听我脚步在巷子里的响动。她不光耳朵特别灵敏，好像还多生了一只眼睛，我像一只小蜘蛛一样，被牢牢控制在她的视网里。

尽管这样，我还是悄悄往陈妈家跑。我之所以有这么大的胆量跑陈妈家，是因为陈妈家又多了一样我爱吃的东西——甜酒。我看见陈妈端着一盘糯米一粒粒选，选出颗粒饱满、两头尖像梭子样的米。米选出来用清水漂洗两次，沥干，倒进一个木蒸笼里去蒸。先用大火把米蒸熟，然后再用小火煨。煨出满屋飘香的时候，再倒到一个白细瓷钵里。米饭和白瓷钵一样雪白，然后把捣碎的甜酒药子均匀地散到米饭里，白晶晶的米饭就像蒙了一层灰。她用手拍紧，一边拍一边嘴里默念着什么，最后盖好，放进一床大棉被焐住，等嗅到甜酒香味了才端出来。陈妈对我说，甜酒很娇贵，未熟不甜，熟了不及时取出来就老了酸了。早上，陈妈端出白瓷钵子，捂上玻璃盖，摆在酸水萝卜旁边，买甜酒的人就隔着玻璃看见那清澈的甜酒了。

那天我刚走进陈妈家，雪爸爸的声音就跟了进来。

媛媛——雪爸爸那发炸的声音顺着巷子直通通传来，震得小巷嗡嗡响。我像掉了魂似的往回跑，刚跑几步，我又跑过来问陈妈，雪爸爸为什么不让我上你这里？陈妈说，你问这个，你说呢？我说不知道。陈妈说我也不知道。

巷子口响起了爆竹，大人和小朋友都朝一个方向跑。我从陈妈家出来混进了雪爸爸看不见的人群。街上走来一排人，个个戴着白披纱，哭的哭，喊的喊。前面一个头上扎白纱布条身披白色麻衣的男人，双手捧着个老人画像，走一段路就回头跪下，磕三个头，后面一长列队男人和女人还有小孩，跟着那男人跪下磕头。中间有十几个大汉抬着一个大黑箱。看热闹的人说是巷子口的刘爹死了，那个大黑箱是装刘爹的棺材。旁边放爆竹的几个人，提一篮子爆竹，不停地放，我捂住耳朵跟着他们走。他们在张家码头上船，我跟着上船却被他们推下来。

河边也是好玩的，那长长的垂柳下有叔叔钓鱼；石板岩上有阿姨洗衣服，那木棒一上一下地捶，声音很好听。鸬鹚在竹篷子船旋转后从水里叼起一条鱼，被划子上的人一吆喝，它乖乖地把鱼吐到船上，接着又被人撵到河里。云在缓缓移动，太阳已贴近水面，鸬鹚纷纷飞进船舱不出来了。船上亮起的灯光像荡秋千一样在河里摇曳。我欣赏那些灯光时突然发现河堤上只剩我一个人了，我这才想到回家。我顺着灯光走去，那一盏盏灯像小朋友对我眨眼睛，招呼我走过去，可我走过去还是一样的灯。我歪着脑袋想，怎样才能走出这灯光织成的河流呢？可眼前这条堤成了无法走出的迷宫。我“哇”的一声哭了。

不知过了多久，我感到有一个人把我拉到她肩膀上。我却嗅到了一股香味，像雪爸爸梳妆台上的雪花膏香味。我睁开眼睛，是陈妈。她穿了件玫红的中式夹袄，可惜我只看到了从她衣领里露出来的耷在左边的后脑勺。

陈妈说，媛媛，你还来吃酸水萝卜吗？

我说，来。怎么不来，不过雪爸爸狡猾得很。

陈妈说，你喜不喜欢陈妈？

我说，喜欢，我最喜欢陈妈做的酸水萝卜了。

陈妈说，乖孩子，陈妈也喜欢你。陈妈最喜欢看媛媛吃酸水萝卜了。

陈妈背我走得很慢，脚有些发颤，我想我没吃饭，也许陈妈也没有吃饭。我们还未到巷子口，就听到雪爸爸的喊声，那短促焦急的声音，隔老远听得清清楚楚。我从陈妈背上跳下来，飞快跑过去。雪爸爸搂住我，乖崽，你跑到哪里去了，吓死我了！雪爸爸发现陈妈快快然走，脸色一变。

我说，是陈妈把我送回来的。

雪爸爸向陈妈追过去：下次不准碰人家的小孩，出了事只怕你负责不起。

陈妈说，我不帮你把小孩找回，只怕负不起责任的是你，不是我。

雪爸爸从鼻子哼出一句话来，我负不起责任？你不想想你小孩是怎样死的？

陈妈的脸先是通红，接着由红变紫由紫变黑了。她一字一句地说，你，你一个接一个地带小孩，还不是生不出崽才拼命地带别人的小孩！陈妈说完，转身就走，走得那么优雅。

你！你！你——雪爸爸上前抓住陈妈。我吓得哭了起来，边哭边拖雪爸爸，嘴里不停地喊，雪爸爸，陈妈没有害我，是她把我从河边背回来的。

雪爸爸终于放手了。不是她狐狸精牵着你的魂，你会到河边去吗？走，跟我回去！雪爸爸骂骂咧咧地拉我走。

我边走边回头，看陈妈孤零零站在那里，心里很难过。陈妈是个好人，雪爸爸为什么要这样说陈妈，很多事情我小孩子弄不清的。不过我更加爱陈妈了，陈妈不仅酸水萝卜、甜酒做得好，身上还有香味，人也比雪爸爸好看。

媛媛，你不知道吧，河边有船拐子呢！他们专门拐漂亮女孩呢！一路上，雪爸爸不停地对我说，脸上依然挂着愤怒。

漂亮女孩？我偏着头问。

他们不光拐人还可以拐猪呢？他们给猪吃点酒，猪就像小孩子一样睡着了。他们在猪肚皮上挖个小眼，插一根管子进去，猪油抽出来猪还不死。如果拐个人也是一样，你就像在那里睡一觉，等你醒来就见不到雪爸爸了。

我被吓住了，大声说，雪爸爸，我再也不去河边了。

那晚上，我发现雪爸爸镜框里的那张老人画像和街上那个镜框里的刘爹差不多，黑黑的头发，白白的脸，还有胡子。我好奇地问雪爸爸，镜框那个爷爷是不是刘爹？雪爸爸告诉我，镜框那个爷爷是她爸爸，他和刘爹一样装在黑箱子里了。

后来我才明白，镜框里的那个爷爷就是当年桃花江有名的木匠师傅。他做的雕花床、大衣柜、梳妆台都是桃花江的一绝，杨爸爸就是他的徒弟。

七

那年春天，雪爸爸门前的桃树开了好多花，那纷纷扬扬的花瓣，打着旋儿在空中飘舞；那年春天，雪爸爸门前小桃树也长高了。雪爸爸说，桃树长高了，你该上学了！就在那年春天我离开雪爸爸家，回到父母身边上学。可是我每天放学，书包一丢，就溜到雪爸爸家。有时吃了饭，饭碗还在打转，人就进了雪爸爸家。晚上我是赖到雪爸爸这里睡，母亲整天忙也顾不上我了。我读书后，雪爸爸又带了一个小孩。

也从那年春天开始，街道上变得越来越热闹，我学校的哥哥姐姐都穿着绿军装、绿跑鞋，戴着绿军帽，系根绿皮带到处跑。大人们都在一堆堆开会，学语录，写大字报，大字报一墙墙贴出来，被风一刮哗哗作响，满地都是。街上到处都有游行的队伍。大家都在一切革命化。春节要过一个革命化的春节，找对象要找一个革命同志，实行革命化的结婚。革命化的结婚就是两床被子叠在一起，两个箱子成一对，就成夫妻。这样一来，杨爸爸就没有多少家具做了，工程队的人也不要求他们按时上班了。

没有家具做的日子，杨爸爸待在家里就把脸拉得更长。我一见杨爸爸那副拉长的马脸就变得格外小心。我学会看杨爸爸的脸色行事。他洗脸时，我会主动送上毛巾肥皂；太阳出来的时候，我会主动把小凳子搬到桃树下；吃饭时，我会主动端菜给他摆上小酒杯。我隐隐感觉到他总想发脾气，却又总是没发出来，害得我总是战战兢兢。

那天，杨爸爸端个小板凳，坐在门前的桃树下晒太阳，耸起的两个肩胛看上去像三个头。雪爸爸说，闲着也闲着，不如做做我父亲的那张雕花床。杨爸爸好像没听见，只把那肩膀耸得更高。

听人说，雪爸爸父亲死后，杨爸爸曾暗下决心，要做出他师傅那样的床来，那些日子他一下班回来就蹲在床边，可他一直没有做成。他做不出师傅这张床，这张床就成了桃花江独一无二的床了。这张床摆在这里，师傅仍然是独一无二的木匠，他顶多算个二流木匠。为这事，杨爸爸一直恨这张床，其实恨的是师傅，他学会了师傅的所有技术，却留下这一点遗憾。这么多年了，他只恨师傅太无情，不恨自己不成才。但是恨归恨，又格外地珍惜这张床。有这张床摆在家里，在外面说来永远是一种炫耀。不管怎么样，他家拥有，别人家没有。因为这张床，别人对他家刮目相看。也因为这张床，有很多人上门做家具。雕花床应该是杨爸爸灵魂中的神龛，只是他从来就没对它虔诚过。还好，桃花江的人，能做得起雕花床的人没几个，并不影响他的工作，杨爸爸也没有对这张床进行进一步的琢磨。

突然的一天，杨爸爸开始琢磨起雕花床来。浮雕如何雕得活灵活现，圆柱子如何车得圆？他眯一只眼，这里敲敲，那里摸摸，有时是小心翼翼地触摸，有时是把雕花拆成块琢磨，琢磨得如痴如醉。有时找到一点儿感觉，就用碎木来雕刻。他反复雕刻，一块比一块雕得好，终于雕出师傅那样漂亮的浮雕了。这些年他一直没雕好的浮雕，这下子雕好了。他举着雕刻好的花边木料，嘴里喊着，搞好了！我搞好了。那天我跟在他屁股后头喊搞好了。其实我并不知道是什么东西搞好了。

雪爸爸看到杨爸爸疯了似的在房里转，她赶紧下厨房，从厨房出来时做了一桌子菜，全是杨爸爸的下酒菜。雪爸爸摆上桌子，把小酒杯照样放在桌上最醒目的地方。我趁雪爸爸不注意把那个小酒杯藏起。雪爸爸转过身说，哎！刚才我放了个小酒杯的怎么不见了？她又摆上一个，我又偷偷藏起。雪爸爸终于发现了我的诡计，做出要打我的样子。我举起杯子大声说，杨爸爸不会回来吃饭了，我看见他去了陈妈家。

你说什么？

我又重复了一遍。

雪爸爸一脚踢翻桌子，理也不理我，躺到了雕花床上。她静静地躺到做晚饭的时候才起床，她拉我站到了一家面馆门口。面馆对面是陈妈家，陈妈正坐在门口的小摊边。雪爸爸眼睛睃向对面，陈妈躲开雪爸爸的目光，头垂得很低。雪爸爸仍不动声色地盯着她，像一根铁钉，要把陈妈钉到她的眼睛里，似乎只有这样盯着，才能把陈妈盯穿；似乎只有这样盯着，才能把生在肚子里的委屈全部倒出来，要不就会烂在肚子里。

陈妈是雪爸爸唯一的仇人，雪爸爸对陈妈不只是恨，还有很多说不清的地方。这些说不清的地方又正是陈妈出众的地方，也是她高人一头的地方。巷子里有不少女人曾经偷偷模仿她，结果变成了东施效颦。陈妈的一些做派，你能感觉得出来，但你说不出来，更是学不来。正像她的美一样。应该说她的美是一种流动的捉摸不定的美，好像藏在一举一动中。巷里好多比她年轻漂亮的女人，都感觉不出那种美来。她说话时含情不露却扭动着她的水蛇腰，那对黑醋栗子就会不安分地顾盼有神。只要她盯住哪个男人，哪个男人就很难跑得出她的影子，她的魂就附在哪个男人身上了。应该说女人的好看是通过男人来检验的，如果哪个男人见了她语无伦次，整日像丢了魂，那就证明女人的魅力已经勾住了那个男人。雪爸爸斗不过她的正是这些地方。雪爸爸曾经在心里无数次打败她，用正义的方式，用光明磊落的姿态，可是现实中并非这样。雪爸爸没给杨爸爸生下个儿子，已经有些底气不足，这也是她不敢在杨爸爸和陈妈面前大喊大叫的原因。其实，被陈妈勾走魂的男人，何止杨爸爸一个？居士巷的男人嘴上不说，其实心里都装着个陈妈。他们常常有事无事挤到她那里坐，一说话嗓子都软了，就像杨爸爸在她面前都难免流露出贱相一样。

八

杨爸爸搞好了那些雕花图案后就要做一件大事了。后来我才知道，杨爸爸要做的大事是给陈妈做雕花床。

那天晚上，我去陈妈家吃酸水萝卜，见她门关着，我正准备走，却听到了一个熟悉的声音，我赶紧藏到门边。

杨爸爸说，你不要伤心，想儿子了可以再生，喜欢雕花床我可以给你做一张。我今天就是给你商量做一张我师傅那样漂亮的雕花床。

陈妈说，我什么时候要你帮我做雕花床了？

杨爸爸说，你不喜欢雕花床，你在我家的雕花床上摸来摸去干什么。我不仅知道你喜欢雕花床，而且还想要个儿子。

陈妈说，我要个儿子，跟谁去要个儿子？

杨爸爸说，这还用说，肯定是跟我啦，我家那个只会叫不会下蛋的胖婆娘，跟我这么多年了，蛋都没给我下一个。

陈妈说，你不要这样说，她也够难的。

杨爸爸说，她难我比他更难。我父母就我一个儿子，天天指望那胖婆娘生个儿子回去。她也真够狠，想断了我的根。其实你知道，我已不对那个胖婆娘抱希望了，把希望寄托在你身上。做好雕花床，我们在雕花床上生一个儿子。

陈妈说，真的是雪姐不能生吗？

这时，我突然听见陈妈在里面笑，声音很好听，就像母鸡刚下完蛋一样，咯咯咯！我正津津有味地听着这好听的声音的时候，这声音突然就没有了。然后听到的是陈妈发出一串尖叫。是不是杨爸爸在打她？杨爸爸为什么打她呢？就在这时却听到陈妈笑起来，而且边笑边说，你真的给我做张雕花床吗？你真的能跟我生个儿子吗？其实，我早想你跟我生个儿子了。

我怔住了，陈妈怎么要杨爸爸做雕花床呢？陈妈怎么要杨爸爸跟她生儿子？杨爸爸应该跟雪爸爸生儿子呀！当我把杨爸爸要给陈妈做雕花床和杨爸爸要和陈妈生儿子的事告诉雪爸爸时，雪爸爸的脸噌地一下黑了，人也变得狂躁起来。难道他真的要这样了？他要做出一张父亲那样的雕花床难道是为了那个婊子婆？他要是真的和婊子婆生出个儿子来那自己怎么办？雪爸爸有些不明白，那些快乐日子怎么说没就没有了呢？现在她才明白，是杨爸爸开始往陈妈家跑那些快乐日子才没有的。

雪爸爸静静地卧在雕花床上，这张床曾经是她快乐的出发点，现在却成了她疗伤的停泊点。一个女人的全部伤痛，一生无处诉说的痛苦，全散落在这张床上。快到黄昏，雪爸爸挣扎起床才发现我守在她身边，她一把搂住我，从袋里拿出两颗棒棒糖，嘴里却默念着，我不能让他们这样无法无天。当时我听不懂她的话，只是她一反常态，要我跑到巷子口去玩，等我从巷子口玩够了回来，她就盘问我见到了些什么人，他们在做什么，然后才给我两颗棒棒糖。我把杨爸爸和他的徒弟在陈妈家做雕花床的情况汇报给雪爸爸。雪爸爸听到杨爸爸和徒弟在一块儿做床，心里才有点儿踏实。其实有很多事情我是看不见的。

杨爸爸从深山拖回几节古木扛到陈妈家里，带徒弟在陈妈家下料，叫徒弟按照雕花床的样子出粗坯。他自己亲自雕花纹，边雕边对徒弟讲，什么样的形状是明清雕花匠的窗花图案，什么样的图案是民国时期的民间艺人的浮雕技巧。他雕得既认真又顺手，他雕出的鱼呀鸟呀，捧在手里就像捧着一个鲜活的儿子。他把雕出的花纹用砂纸打磨，打磨得也非常仔细。杨爸爸刨那铺板时，光着膀子，双手捉刨子，弓着腰一下一下，挥汗如水。陈妈不是送茶就是拿毛巾亲昵地替他擦汗。杨爸爸看到陈妈在他面前来回穿梭，看着看着，眼神不听指挥了。每到这时，杨爸爸就叫徒弟早点回去休息。他自己也不做了，收拾好工具，顺便帮陈妈关好门，跟陈妈共商大事。陈妈就偎在他怀里。杨爸爸点燃一支烟，望着陈妈。陈妈笑容殷殷，一头湿漉漉黑发，散发出诱人的肉香和幽静的皂香。哪像自家胖婆娘，那身颤抖不停的肉像一头猪肉，还不是一头好猪肉，是猪身上无人要的气泡肉。那满身臭汗简直就像一头从臭水沟里爬出来的猪。

那些日子，杨爸爸半夜才回家。雪爸爸只是揪着心看着杨爸爸回了又去了。那些日子，我成了雪爸爸和陈妈之间的重要人物。我在巷子口走动，既能吃到雪爸爸的棒棒糖又能吃到陈妈的酸水萝卜。

杨爸爸在一种兴奋中把雕花板一块块做完，合床的那天，杨爸爸先把床檐合好，边合边说，这个床檐很特别也很重要。应该说有了这个床檐，雕花床又可以叫滴水床了。滴水床就像屋檐滴水一样。而床檐上的滴水，说到这里，杨爸爸看一眼陈妈，陈妈像个大姑娘羞涩地低着头。杨爸爸又说，滴水滴水，就是床上的妹子鲜鲜活活，水水滴滴。杨爸爸说着，带徒弟把雕花板和床柱的榫结一个个敲进去，敲到关键性的一个榫结，木头突然炸开了。怎么会有敲不进去的榫结呢？杨爸爸接着敲，任他怎么敲都敲不进去，这下，他觉得奇怪了。这个榫结敲不进去，整个床立不起来。当年师傅是怎样敲进去的？师傅敲榫结时他没在意，他以为敲一个雕花床的榫头就跟敲其他床的榫头一样简单，没想到要把这个榫头敲进去，还有一些技巧。

他师傅一生只做了一张雕花床，师傅决定把技术传授给他时，是他快要成师傅的女婿了。师傅教徒弟做好这张雕花床，用这张床作为女儿的嫁妆。可是他认为自己学得差不多了，无须在这张床上下功夫，反正这张床归自己的还怕那么一点技术？于是心里飘飘然，师傅拿出一根木条在他头上敲几下，他仍没有醒悟。师傅只好对徒弟说，我做出这张床，你以后临摹，慢慢悟出道理吧！师傅一个人精雕细刻，就在他不知不觉中师傅把雕花床做好了。现在说来，他只记得他们结婚是风光的，大家是既看新娘子的漂亮又参观师傅的绝活。

杨爸爸只好对陈妈说，上榫头可能要涂上一些胶，我想办法去找些胶来。

九

杨爸爸又回来了。

雪爸爸怔怔地望着他，仿佛隔了一世纪没见到。杨爸爸像变了个人，不光脸色发黄，瘦得只剩一层皮包着骨头了。杨爸爸是不是在陈妈身上伤了元气？要不怎么会瘦成这样？这个狐狸精太狠毒，把他弄得只剩几根骨头了。其实雪爸爸自己也瘦了，瘦得眼睛都陷进去了，只是她从来不在意自己，不把自己当一回事。杨爸爸的脸色和雪爸爸脸色一样惨黄。雪爸爸开始变着花样给杨爸爸进补。为了给他买猪肚，她半夜起床到肉食站排队。那时候的猪肚比鸡还贵，比肉还难买到。她买回猪肚，拌着红枣、桂圆炖肚片汤给他喝。当然我也能吃到一小碗肚片汤。雪爸爸不吃，坐到一边看着我们吃。雪爸爸俨然成了杨爸爸的保护神。只是到了晚上，杨爸爸蚊帐"哐"的一响，扎扎实实关严了，把雪爸爸这座保护神晾在蚊帐外的世界里。每到这时，雪爸爸躺在雕花床上，眼睛睁得很大，直勾勾地望着床顶，像死人一样一声不响，吓得我爬到雪爸爸身上哭。雪爸爸抱住我说，宝崽，你雪爸爸又没死，你哭什么？有时我睡一觉醒来，雪爸爸仍在床上翻来覆去地睡不着。我不知道雪爸爸躺在床上为什么睡不着，只知道躺在这张硕大无朋的床上，躺在雪爸爸圆滚的双膀里，就像躺在幸福的海洋里。就在我躺在幸福海洋里的时候，雪爸爸的幸福就像一片枯败的叶子被风吹走了。

一天，杨爸爸对雪爸爸说，我要把雕花床的几个榫头拆出来看看。

拆吧！拆吧！拆烂了更好，我不知道雪爸爸为什么恨这张床，而杨爸爸看重这张床。杨爸爸把雕花床的榫头一个个敲出来，敲到那个关键榫结时，杨爸爸格外小心，生怕弄坏了，可任他怎么认真也敲不开。那个榫头就是杨爸爸在陈妈家敲不进去的那个榫头，也是杨爸爸头痛的一个暗结。杨爸爸不信邪，他带来徒弟一齐敲，只差把那个榫结用锯子锯了用刀劈了也没敲开。杨爸爸骂了句娘的，朝雕花床一脚踢过去，那个榫头和他赌气似的丝毫未动。没搞清榫头的诀窍，杨爸爸在家里闷闷不乐。

那时正是夏天，夏天是雪爸爸最烦最恼的季节。她光坐着就喘不过气来。

常常一个赤膊躺在竹床上，不躺在竹床上就坐到红木椅里，坐在红木椅里就像一尊佛，一尊皱着眉张着嘴的佛。杨爸爸望着这尊锁着眉张着嘴的佛，嘴里不断地说家里难受！家里难受！我到外面走走，可一走就没回来了。我也记不清杨爸爸有多少日子没回家了，只知道雪爸爸的脸上像霜打从没晴过。

我知道雪爸爸在想杨爸爸，我要帮雪爸爸找回杨爸爸。于是天一黑，我就偷偷朝陈妈家跑去。说真的，不是听陈妈要和杨爸爸生儿子我也喜欢她的，我喜欢看她弯弯的眉毛，喜欢看那颗金牙齿，喜欢看她脖子上的银项圈和手腕上的银镯子。陈妈低眉顺眼地坐在小摊边，像一朵幽幽的兰花，静静开静静散发香气；我不喜欢杨爸爸，巴不得他天天不回家。但我不想让雪爸爸生气，雪爸爸一生气我很害怕。杨爸爸为什么老是往陈妈家跑，是不是他也和我一样喜欢吃陈妈的酸水萝卜和甜酒。

陈妈家的门关得铁紧，这么热的天，关着门不怕热吗？不对，平常陈妈家的门总是开到很晚，这中间有什么奥秘？我贴近门缝往里看，见陈妈和杨爸爸同时在脱衣服，脱得一身精光，他们是不是要一块儿洗澡？在我的印象中只有洗澡才把衣服全部脱光。可他们没有洗澡，杨爸爸把陈妈抱到了床上，那高兴的样子不像在家黑着一副拉长的脸。他们在床上不断地打滚，很好玩的。他们在床上打滚会不会滚下来？这时我又听见陈妈笑起来了，而且又是上次那种笑，这个时候，我突然看见屋子里的杨爸爸和陈妈做件我似懂非懂的事，我想了半天，一下子想起来了，上次雪爸爸带我一块挑猪潲的时候，在巷子口看见两条大黄狗也像杨爸爸和陈妈这样连在一起。当时我看的时候，雪爸爸还狠狠地骂了我一顿，说那是最脏最丑的事情。陈妈这么漂亮的人，怎么也做这么丑的事情呢？我突然觉得陈妈好丑了。回家的路上，我想起陈妈就想起巷子里那两条大黄狗。黄狗发疯的时候就会咬人，他们会不会咬人？我害怕了，我飞快地跑回家，我把门缝看到的一切告诉了雪爸爸。

雪爸爸双眼瞪着我，一个劲地问，你这个野孩子是不是在撒谎？我说我没撒谎，不信你去看。雪爸爸仍不相信我小孩子说的话，她煮熟一桶猪食去喂猪。喂完猪又问我一次。我说我没有撒谎！我急得脸都红了。雪爸爸丢下木桶，拉着我就朝面馆冲。雪爸爸会不会和陈妈打起来？一路上心里打着鼓。

雪爸爸站在面馆门口，双手叉在腰上，眼睛像火一样喷向陈妈。坐在小摊前的陈妈正在吃瓜子，她没有像上次那样低着头，而是把头昂起，瓜子壳吐得远远的，眼睛却从雪爸爸头顶上掠过飘向远方。雪爸爸心“轰”地崩了。她感到她做的努力是徒劳的，他们没有一点回心转意的打算，她敢对自己轻视就是杨爸爸给她的权力。想到自己同他做了大半辈子夫妻，到头来这个权力却给了眼前这个婊子婆。

这个不动声色的婊子已融化了他那单薄的身子骨了。雪爸爸一副心碎的样子站在那里，眼眶里贮藏着委屈的泪花。我悄悄扯了扯雪爸爸衣服。雪爸爸，我们回家！

放了这对狗男女。雪爸爸突然说。

那时鲜亮的太阳正照着雪爸爸，也许在那一刻雪爸爸感到了小港的水仍是流的，树上的花仍是红的，脚下的路仍是结实的！雪爸爸脚步噔噔噔，把我甩得老远。回到家，雪爸爸挽起袖子在厨房煮出一桶猪食，她将手伸进食桶搅拌时，脸随着手的搅动抖得厉害，嘴有些变形又用力收住，绷紧，最后那贮藏在眼眶里的泪花终于溢出来。我被这种情绪感染了，“哇——”先哭了。雪爸爸一把搂住我，我哭得更厉害了，哭得喘不过气来。

雪爸爸斗不过陈妈，这在她心里是一件多么痛苦的事啊！

雪爸爸每天吃罢晚饭，喂过猪，就“哐当”一声关了那扇大门。夜晚，只有那盏十五支光电灯，横吊在两床之间，殷勤地亮着，燃烧着昏暗的夜。

有一天，我放学来雪爸爸家，雪爸爸窗是开着的，透过窗玻璃往里望，发现雪爸爸站在房中间，穿件蓝布罩衣，看上去身子有些瘦，显得晃晃荡荡的，从侧面看她的脸，脸映在玻璃窗上像一副木偶。这时，我才感到雪爸爸很孤单。

后来的日子，雪爸爸不愿走动，她不走动邻居也不怎么来了。她总是坐在那张红木椅子朝窗户外望。那窗户是关着的，什么也看不见。这时，我搬条凳子，偎在她身边。也只有在这时，雪爸爸那张木偶似的脸上才活泛起来。有时还发出呵呵的笑声，但笑声像砂锅里爆炒的豆子，虽然粒粒爆响，听上去就像刀划在心上般难受。

也是从那个夏天开始，雪爸爸的脚开始发肿，不能久站，人也更加胖了，走路都喘不过气来。因为胖，雪爸爸身上生满了痱子，她整天坐在门口，搔着背上的痱子，背上的痱子被她搔成苦瓜球了。见她痛苦的样子，我便想出一个办法，我给她背上涂一层牙膏，然后用木梳去梳。雪爸爸眉宇舒展了，拉着我说，好凉爽，好懂事哟，长大了会心疼人的。说着说着，雪爸爸想放松拼尽力气去笑，但并没有维持多久，笑就从雪爸爸焦枯的脸上褪下来。

十

从杨爸爸带走一些换洗的衣服那天起，杨爸爸再也不会回这个家了。可是因了另外一件事，杨爸爸回来了，而且是永远地搬回来了。有件事我一直感到很奇怪，那一年，我分明在门外听杨爸爸说过要给陈妈生个儿子，一年多了，怎么没有生出来呢？而且听人说，杨爸爸给她做的雕花床，那榫结是用胶黏上去的，不到一年也弄损了。

记得那天，雪爸爸在家门口给我编辫子，她把我额前的刘海一根根梳上去，然后用红毛线在辫子上结个蝴蝶花。突然，发现很多人乱哄哄地往巷子口跑。我和雪爸爸感到奇怪，也随他们走到巷子口，发现一部解放牌汽车停在陈妈门前，从车上跳下来一群戴红袖章的哥哥姐姐，很响地喊着口号径直走进陈妈家，其中一个姐姐拿出一把剪刀，先是把陈妈几件旗袍剪得稀烂，然后抓住陈妈的头嚓嚓几剪刀，把她那水亮的粑粑头剪成一个癞子头。陈妈一下子蒙了，眼里怯怯地藏着恐慌。

这时，周围已围过来很多邻居，雪爸爸远远地站在那里。

那个姐姐对周围的人说：你们不知道吧？她是个南洋妓女。说完将一块牌子挂到她面前，拉她上了车，后面跟着的几个哥哥姐姐也跳上车，车子呼的一声开走了。我被眼前的情景弄蒙了，虽然我不晓得世界上还有个南洋，但我知道妓女就是雪爸爸说的婊子，是一种肮脏的女人。

巷子里的人议论说，她年轻时在南洋当过甜酒西施，可从来没听说当过妓女的事。一个婆婆说，她年轻时做得一碗好甜酒。每天一早，她打开那扇双合页门，端出个白瓷钵甜酒，捂上玻璃盖摆在门边，过往的人就隔着玻璃看见那清澈的甜酒了。她穿一件水红色短袖，露出的两截手像白莲藕又白又嫩。一碗甜酒伴一个笑脸。一招十，十传百，不想吃甜酒的就凭她这笑容也想吃一碗了。有人说她的甜酒这么好吃，是不是做甜酒时把女人香也一块揉进去了？她的甜酒做得好，满街的人都喜欢吃她的甜酒。女人怀小孩喝了她的甜酒，小孩在母亲肚子里长得又白又嫩，和她一样漂亮；月婆子喝了她的甜酒，小孩子有奶吃；小产的女人喝了她的甜酒，身上干净得快。但男人不能喝她的甜酒，男人一喝就醉，一醉就会天天想着她。所以细心的女人总不要男人去买她的甜酒，总是自己亲自去买，或要公公婆婆去买，买回来了也要看紧，不要让男人偷着吃。女人嫉妒她，偷偷从她那里买来甜酒药子，暗暗打听她的做法，然后用同样的方法做甜酒，可做出来的不是酸就是苦。女人们恨她。骂她的甜酒里撒了迷魂药，骂归骂，照样每天去她那里买甜酒。

……

雪爸爸没有跟上去，远远地站在那里，看着消失在街头的那辆解放牌汽车。她就这样直直站在那里，趿双凉鞋，穿条吊头棉绸裤，风偶尔一吹，露出一小节脚踝，但神态非常安详，脸上露出意味深长的笑。回家的时候，凉鞋叽叭叽叭打着脚后跟，响个不停，扭动的身子有种夸张的动感，有种快乐后的松轻。雪爸爸暗地里与陈妈较量这么多年，在她毫无防备下陈妈败了，彻底地败了，败得一塌糊涂。这是天赐的报应，天赐的报应量你躲也躲不开。雪爸爸伸长脖子，扬眉地吐了口气。

雪爸爸就这样扬眉吐气地过了个下午。她挺起胸脯，轻快地跨出房门，强压住内心的喜悦想再去看看那个遭报应的女人现在怎么样了。出门前，雪爸爸还换了一套平时不怎么穿的新衣服，脸上擦了层厚厚的雪花膏。快到巷口时，雪爸爸看见几个小孩子围着一个疯婆子拉拉扯扯，走近一看竟然是陈妈。陈妈的头乱得像鸡窝，身上的衣服涂了些乱七八糟的颜料，跟在她屁股后头的小孩子一直叫着南洋妓女。雪爸爸很吃惊，陈妈怎么转眼间变成这样子了？雪爸爸又想，她这样子不正是自己想看到的样子吗？可真正看到这样子，雪爸爸又觉得那些戴红袖章的孩子有些胡来。

雪爸爸整了整自己的衣服，她想以这种形象去击毁那个她怨恨多年、现在肮里肮脏的女人。雪爸爸拉着我说说笑笑地到了陈妈门口，我不知道雪爸爸为什么笑得这么响亮。然而，雪爸爸真正站到陈妈门口时，她那怪模怪样的笑声突然不见了。我抬头看雪爸爸，雪爸爸把我的脸扳过去，并用手指着屋里的陈妈。这时，我看见陈妈坐在镜子边梳那些残缺不齐的头发，却怎么也梳不好，原来漂亮的陈妈头发乱了有这么难看。

这时的雪爸爸是双手叉腰，很近地观看，一种幸灾乐祸的观看。从脸上笑容看得出来，雪爸爸再没有比现在更快乐的时候了。雪爸爸一直在笑，笑着笑着心里却不是滋味起来，笑容也就僵在脸上。

女人的头发是一根都不可以乱的，陈妈的头发怎么能乱糟糟呢？陈妈可以是狐狸精但不能成为一个疯婆子。就等于雪爸爸的衣服可以有油腻，杨爸爸的衣服一定要一尘不染一样。看惯了陈妈整齐漂亮头发的雪爸爸，怎么也看不惯她乱糟糟的头发。雪爸爸那幸灾乐祸的感觉有点像被风刮走了一样找不到了，最初尝到的胜利滋味在开始变味，最后，就像筐里的鸡蛋变成了臭蛋。

周围的人都在看陈妈梳头发，陈妈梳紧了前面后面又伸出来了，陈妈那难受的样子，雪爸爸看着心里也难受起来。陈妈仍在一遍遍梳，却怎么也梳不好那残缺不齐的头发。雪爸爸看着心撅。也不知是一股什么力量，雪爸爸走过去，帮她把头发往上压紧，然后用一个网子裹住，再也看不见那残缺不齐的头发了。

陈妈慢慢抬起头，看了一眼雪爸爸，幽幽地叫了声雪姐。

我发现她叫雪姐时，嘴里那颗金牙不见了，那里出现了一个空洞，我盯着那个空洞看。陈妈欠了欠身对我说：他们说金牙是资产阶级的东西，他们帮我敲掉了。

陈妈，你一定要想得开呀！我们知道你不是那样的人。

雪爸爸突然说了这样一句话。说这话时，她很不自然地扭动了一下身子。这下轮到我吃惊了，雪爸爸那么恨陈妈，怎么会从她嘴里说出这样一句话？多年后我才理解雪爸爸，雪爸爸的胸怀说大就大，大到能容纳一个宇宙。说小就小，小到只能容纳一个男人。她的爱也是无边无际，她可以只爱一个人，也可以爱自己的仇人。

放心，我心里踏实着呢！陈妈说完，又把头低下去。

陈妈家门口又围过来一些邻居，都担心地望着她。陈妈站起来，从容走到门边，对他们平静地一笑：请进来坐吧！

十一

回家路上，雪爸爸一直在想陈妈，陈妈仍有一种镇定后的从容，一种常人不具备的从容。但雪爸爸感到她今天的从容与往日的从容不同，特别是对待她和杨爸爸的事上，那才是一种真正的镇定后的从容，而今天的从容是虚拟出来的，虚拟出来的从容不正常。雪爸爸越想心里越生出几分沉重。在雪爸爸还没有想通的时候，杨爸爸突然回来了。杨爸爸一进屋，径直躺到了床上，给雪爸爸一个意外。不对呀，大白天躺在床上！更不对的是，这个时候应该是陈妈最需要他的时候，他怎么在这个时候丢下陈妈不管？看到杨爸爸一声不吭地躺在床上。雪爸爸又想，陈妈会不会来找杨爸爸？雪爸爸又朝巷子口望去，那里人已散尽，巷口安静极了。

晚上，雪爸爸躺在床上仍在想白天的种种不正常。陈妈那种不正常的从容和杨爸爸白天躺在床上的不正常。雪爸爸望一眼杨爸爸，杨爸爸弓在床上脸微红，鼻息发出的呼吸很均匀，有一种满足的鼾声。看来杨爸爸还不知道这件事，要不他不会睡得这样平静。雪爸爸越想越不安，越想越害怕，她把杨爸爸拍醒，把陈妈被抓的事说了一遍，也说出了陈妈的从容很不正常。杨爸爸懒懒翻了个身说，我早知道。雪爸爸惊讶地望着杨爸爸，杨爸爸又睡过去，像一只煮熟的大龙虾样安静，雪爸爸发现屋子里只剩她在挨冷时，赶快回到床上，扯灭了电灯。

挨到下半夜，雪爸爸突然一声尖叫，把我吓醒。我从被窝里探出头发现雪爸爸自言自语，声音像搀了某种恐惧变了味，仿佛嗓子里被堵塞了什么东西，费力地挤出一丝声音。我紧裹被子，什么也不想听。

雪爸爸拉亮灯，趿着鞋子朝陈妈家跑去，我就迷迷糊糊被她拉到陈妈门前。雪爸爸发现有一线光从门缝隙里射出来，闪闪烁烁，一种不祥感觉升腾在雪爸爸眼里。雪爸爸把我拉到跟前，悄声对我说，你大声喊陈妈，说你要吃酸水萝卜。陈妈是最爱你的，你一喊她就会开门。我睁着惺忪的双眼，吃惊地望着她，望着她因一夜未睡沉沉耷拉下来的厚眼皮。我没好气地说，喊她做什么？你不是很恨她的吗？

雪爸爸几乎是吼起来，你给我赶快喊，大人家恨不恨，不关你小孩子的事。想想陈妈平时对你的好。快喊吧！

让她去死吧！想起陈妈拐走杨爸爸，想起雪爸爸为杨爸爸天天伤心的日子，我已对陈妈恨之入骨了。我甚至认为，陈妈一直不嫁是为了跟雪爸爸作对才不嫁的。如果不是这样，就没有办法解释发生在女人之间的故事了。

也许是我一句“让她去死”触动了雪爸爸某根神经，她屁颤屁颤走回家，把杨爸爸摇醒，快，陈妈会出事！

出什么事！

陈妈真的要出事了。雪爸爸又说。

杨爸爸突然坐起：你烦不烦？我明天还要上班呢！真是神经病！吃自己的饭，管别人的事。

你！你！你！你这个畜生。雪爸爸恶狠狠骂着，一晃头，见我往床上爬，一把拖住我，又火烧屁股似的跑到厨房，提起一把斧头跑到陈妈家，对着陈妈的门，肚子一鼓，几斧头就把她的门砸开了。房里的情景让我惊慌了。陈妈直挺挺地挂在楼板上，像一串风干的玉米。她是撕一块旗袍做绳子上吊的。雪爸爸手忙脚乱地把陈妈背到医院，一直到天亮，陈妈才脱离危险。

雪爸爸拖着沉重的脚步回家。杨爸爸坐在床边抽烟，见雪爸爸进门说，你该去做饭了！雪爸爸抹了把脸说，你不问我去哪里了？杨爸爸轻下声来，她现在是四类分子，你最好少往她那里串。雪爸爸伸手甩了杨爸爸一耳光。杨爸爸捂住自己的脸，惊讶地张着嘴。

房里非常静。

我屏住呼吸，双眼在雪爸爸和杨爸爸之间睃来睃去。我觉得要发生大事情了。我觉得他们会打起来。雪爸爸打得过他吗？别看雪爸爸一身肉，可杨爸爸是天天抓斧头的人呀！我不知怎么办，只想有个人立即出现在房里。结果，在我看来什么也没发生，至少表面上什么也没发生。

居士巷的人看见陈妈又打开了她那张双合页门，又坐在小摊前了。这几天，那些戴红袖章的红卫兵给她恢复了清白，她坐在小摊前有种如释重负的感觉。有一天，我看见杨爸爸又偷偷溜到陈妈家门口，陈妈没让他进门，而是把他过去留在家里的衣服一件件往门外丢。晚上，杨爸爸连续几次去敲她的门，都没有敲开她的门。

陈妈家去不了，杨爸爸不是个滋味，每天躺在床上翻来覆去地睡不着。有一天晚上，“砰”的一声把我惊醒，我坐起来看，原来是杨爸爸偷偷摸到雕花床上，被雪爸爸一脚踢下床，接着是雪爸爸一连串的骂声，你这个畜生，你这个连畜生不如的家伙，你给我滚。滚！雪爸爸抓起床头柜上的杯子砸过去。听到玻璃的脆响，隔壁的几个邻居过来了。杨爸爸应该是在听到那声碎响走掉的。走时好像说了句，不和你泼妇计较，你会知道我的厉害的！杨爸爸是捂着脸走的，有点儿一去不复返的气概。

邻居的目光敏感地在雪爸爸脸上扫来扫去。雪爸爸马上镇定下来，浮出一点儿笑意，说自己为一点小事沉不住气，唉！是不是我老了，爱唠叨了。她本来想笑一下却笑不出来。雪爸爸想把心里的那块伤藏得严严实实，脸上表现出一副和平常没有两样的从容，我知道这种从容是装出来的。果然，邻居走后，雪爸爸呆立在那里，像一片冬天发黄的芭蕉叶。

十二

从那以后，雪爸爸与陈妈的仇恨化解了，我也成了只贪嘴的猫，满脑子都想着陈妈酸水萝卜和甜酒。陈妈开始往雪爸爸家走。她告诉雪爸爸怎么做酸水萝卜，雪爸爸也能做出陈妈那么好吃的酸水萝卜了。

有一天，雪爸爸撅着屁股去坐那张红木椅子。日光很强烈地射到雪爸爸身上，她满背是汗，又从大红木椅下来，脱了鞋，图凉爽，索性把贴肉的汗褂也脱了，露出两个大奶子，躺到竹凉床上跟陈妈说话。陈妈看她那两个奶子在那里晃，摸了一把。我可不高兴，雪爸爸奶子是我的怎能让别人摸？我扒开她，将整个身子扑上去捂住。雪爸爸说这有什么？这和别人握我的手摸你的脸没有两样。说完，她们咯咯笑了，雪爸爸笑得最响。雪爸爸突然说，你现在还用那豆腐榨的水洗头吗？陈妈说洗，我已洗了一辈子了。雪爸爸说，难怪你头发溜青，看我，快白一半了，以后我也去打些来洗。陈妈说，那好吧！我多装一点儿，你让嫒嫒来端。雪爸爸又问，你还吃那些鱼杂吗？陈妈说吃。我也快吃一辈子了。雪爸爸说，难怪你皮肤这么好，原来是吃了这些鱼杂。

其实，在我刚到雪爸爸家不久，就经常看见陈妈提着个木盆到豆腐店去接豆腐水洗头，还经常看见她提着个小木桶到鱼店去捡鱼杂。如果今天雪爸爸不提起，我差点儿都忘记了这件事。

陈妈说你还能吃下两大碗饭吗？我记得你常说的一句话，吃得做得。雪爸爸说我再也吃不下两大碗饭了。吃不下两大碗饭就挑不动潲水了，挑不动潲水就不能喂猪了。唉！不喂猪了我想多带一个小孩。陈妈说你身边有两个小孩了，你还想多带？你还要不要多活几年？

后来的日子，陈妈变得有事无事往雪爸爸家走。女人一会面，有说不尽的悄悄话，有时她们在雕花床上谈到深夜，谈她们的过去，谈那些无情的男人，不是哈哈大笑就是哭哭啼啼，像一对疯婆子。有一次，陈妈注意到我，也许是雪爸爸的缘故。陈妈撩起我遮盖的头发，边撩边说，让我看看，看看你的小脸蛋，哟！长得跟雪梅小时候一个样。陈妈说这话时表情妩媚地望一眼雪爸爸。我听了非常不高兴。我怎么像雪爸爸？望着躺在竹床上一堆肉的雪爸爸，心里犯嘀咕。

陈妈说："你不知道吧，你雪爸爸还是桃花江的第二代美女呢！"

"那时候我们多么年轻！"雪爸爸说这话时，脸上浮出的笑极生动。雪爸爸的眼神感染着陈妈，陈妈坐到雪爸爸身边，轻轻地唱起了《桃花江是美人窝》。我记得其中有几句是这样唱的：

桃花江是美人窝
桃花千万朵
比不上美人多
……
桃花江是美人巢
桃花颜色好
比不上美人娇

也许她们是来兴致了，唱得很投入，个个表情妩媚。也许她们回到年轻时在家做闺女的幸福日子了。她们本是高兴了才想唱歌的，可是唱着唱着，两个人流下泪来。也许是唱出了她们身为人妻的悲凉。

唉！你们哭了？我突然说。她们一回头，发现我坐在她们身后有些惊慌。也许发现问话的是我，觉得当着小孩子流泪不好意思。我见她们这个样子，趁机溜了出来。

居士巷除了那些小摊贩在吆喝自己的东西外，就是两头骡子拴在垃圾边，长一声短一声地叫。风卷起垃圾，空气里弥漫着腐烂的气味很难闻。我捂着鼻子跑到巷子口，刚才巷子口还很热闹的，一下子也变得冷冷清清。我跑到理发店，看那些叔叔阿姨理发。突然，我发现地上有烟屁股，啊，满地都是。我想起居士巷的二蠢子，他很可怜，没钱买烟只能捡烟屁股抽，我就给他捡些烟屁股吧！烟屁股都是在理发人的凳下。我爬进去，再爬出来时，我已捡满了一口袋烟屁股。我跑到雪爸爸门口，发现陈妈还在雪爸爸家。她们并排坐在雕花床上，陈妈怀里抱着一条不知从哪里弄来的小狗，小狗身上穿着花衣服。陈妈望着雪爸爸对小狗说，快叫爸爸，她是你爸爸。小狗哦哦两声。陈妈高兴地说小狗叫你爸爸了。雪爸爸抱过小狗，指着陈妈说，我的儿，快叫妈妈，你是妈妈的心肝宝贝。小狗不叫，雪爸爸在小狗头上拍了几下，小狗不知是反抗还是怎么的，又哦哦了几声。这时我突然想到了那个谜，那个一直藏在我心里的谜。雪爸爸为什么要我叫她雪爸爸。原来雪爸爸跟陈妈小时候过家家时，雪爸爸总是扮演爸爸。

原来你们也过家家呀！我突然说。

雪爸爸发现我站在门边，赶紧站起来：你去哪里了？看你，一身的头发。

我给二蠢子捡烟屁股了。你看，一袋子呢！

你看你，袋子里放着烟，脏死了，快掏出来。

雪爸爸，我痒，全身都痒，快给我抓。我脏兮兮的手满身地挠。

哎呀！你这该死的，身上都是头发呀！来，赶快洗澡。

雪爸爸烧了一盆热水给我洗澡。我身上是不痒了，可是脸上仍痒，一抓一块红，很快脸肿开半边。陈妈说，走，去医院看医生。雪爸爸说，先在家敬菩萨。陈妈说感染了一些毒菌，也不要紧，我找点药给她吃就可以了。雪爸爸说怎么不要紧呢？女孩要变姑娘，姑娘大了要嫁人的，脸坏了哪个伢子要？雪爸爸楼上楼下地转，她从一个木盒子搬出个木头人，烧几张纸钱，双手朝前拱几下，一脸虔诚地默念着什么，然后端来一小酒杯水，用手在里面划几下要我一口吞下。陈妈走到门旮旯，从里面推出一个大石磨，淘上几升米去磨。雪爸爸开门出去了，一会儿，她外面背回一个大南瓜。陈妈把南瓜切成小坨和米粉一块煮，煮熟了做成一个个小粑粑，用一个木盆装着。雪爸爸把木盆端到大门口喊小孩子来抢。我想一定好吃也抢了一个。陈妈说你不能吃，叫雪爸爸拿走我手里的粑粑。

好了，粑粑抢完了，灾祸被抢去了，你就好了。雪爸爸松了一口气。

什么灾祸？

就是你脸上的红斑。雪爸爸脸上浮出了笑容。

只两天，我脸上真的好了。我不知道是陈妈的药灵还是雪爸爸的一套更灵。在没有杨爸爸的日子里，雪爸爸突然变得单纯起来，心情反而轻松许多。也许她将一些事想明看透了，反而轻松起来。

十三

杨爸爸的姐姐领着杨爸爸回来了。杨爸爸姐姐是个能干的女人，她笑容可掬地对雪爸爸说：我家弟弟怎么天天吃食堂？原来是两口子吵架。唉！弟妹，我帮你把人送来了，要打要挨你就赶紧挨几下，我保证他不会回手的。你看他吃食堂，瘦成猴子了，你不心痛谁心痛？我把他交给你了，再不要让他跑了！

杨爸爸姐姐丢下一大堆话，最后拍拍雪爸爸的肩膀走了！雪爸爸见姐姐走了，转身进了厨房，把厨房的碗筷弄得噼里啪啦响，我知道这是雪爸爸的无声抗议。雪爸爸没做出杨爸爸喜爱的饭菜来。杨爸爸说，汤咸了，冬瓜烧煳了。雪爸爸没有吭声，去收拾我们小孩子睡觉。我记得那顿饭，杨爸爸自始至终在说。声音不大，杨爸爸是黑着一张脸把一顿饭吃完的。

在家里，杨爸爸想和雪爸爸说话，雪爸爸不理他。可以说我们的欢乐完全忘记了还有个不欢乐的人存在。他一个人郁郁寡欢，尤其同我们一起吃饭，他想喝酒，自己去找杯子，好不容易找到杯子，再看桌上的菜，桌上的菜还丰盛，就是没有他喜欢吃的下酒菜。他总是黑着脸，嘴角拉长，菜在嘴巴里很重地嚼，然后像吞酒样咕噜一声吞进去。吃完饭抽几支烟后，哐当一声放下蚊帐，躺到了床上。有一天，他掏出一枚硬币，给我买冰棍吃。我刚接过硬币，雪爸爸的目光箭一样射过来，我的手捏着的好像不是硬币，是一块烧红的烙铁，硬币从我手上“砰”地滚到桌子底下。杨爸爸喘着粗气，弓下腰去捡硬币，半天都抓不到硬币。看他那难受的样子，我很想过去帮他，但雪爸爸那双箭样的目光从我背后穿透过来，我只能待在原地看他把硬币从地上捡起来。他再站起来时人像矮了半截。

有天晚上，杨爸爸偷偷摸到雪爸爸床上，突然跪到雪爸爸身旁，他的腰大幅度地弓着。我屏住呼吸，耳朵听着床上细小的动静，以为雪爸爸又会把杨爸爸一脚踢下床，结果什么也没发生。雪爸爸只望了杨爸爸一眼，翻了个身，给了杨爸爸一个冰冷的背。杨爸爸的心地震般颤了，连滚带爬地回到他自己床上，我佩服雪爸爸的勇气，她的勇气让我看到她在那些压抑的夜晚里，膨胀在她身体内水样的东西有了可喜的转化，水样的东西就像日光下的雾气一样统统消散了，屋子一下子变得清冽了。

窗格上刚麻麻地泛白，杨爸爸就起床开始喝酒了。他从麻麻泛白的早上喝到午餐后，一瓶酒喝完后就拿着空酒瓶在雪爸爸跟前晃来晃去，显然想让她注意。雪爸爸视而不见，只招呼我们吃好饭。吃完饭，她右手牵着小孩左手拉着我，上街看热闹。有时雪爸爸看热闹看得忘了回家做饭，就在街上买米粉吃，吃完了再回家，根本忘记了还有个人等她的饭吃。这时，杨爸爸很不乐意地自己做起饭来。他不是打烂了碗就是烧煳了汤。雪爸爸望着他那笨拙的样子，一点也不同情，甚至装着没看见。我呢？再也不怕杨爸爸那副拉长的马脸了。

有一天，杨爸爸站在雕花床前，开始痴痴地看，然后诡秘地哈哈笑。看着杨爸爸那种不正常的样子，我真担心他会不会在床上搞什么阴谋诡计，会不会在床上埋个定时炸弹，我在电影里经常看到埋定时炸弹的坏人。雪爸爸走过来时，杨爸爸又露出一副伤心的样子。雪爸爸突然说，你伤什么心？当初我嫁给你，还不是瞎了眼？你当初娶我还不是看上了我父亲的技术和这张床？

我愣住了。我似乎知道是这张曾经在雪爸爸的眼里是那么温馨的床，埋葬了她一生的幻想和期待。

杨爸爸一下子瘫痪在那里，他微张着嘴，从雕花床门上扶着站起，往外走，走得歪歪斜斜。

后来我从巷里年长者的一些零零星星的讲述得知，杨爸爸从小跟随师傅，算得上是个聪明能干的弟子。师傅是人人羡慕的木匠，他自然成了人人羡慕的徒弟了。杨爸爸当时只是个从农村来镇上学艺的伢子，所以师傅的地位他非常羡慕。为了达到师傅的地位，只有依附了师傅家。他在学艺上采取谦逊的态度，生活上采取亲近的姿态。散工后，他总是上师傅家，帮师母劈柴、挑水，出猪屎，很讨师母欢喜。于是，师母总是做出好吃的饭菜挽留他。师母做得手好饭菜，杨爸爸非常贪恋，后来来得更勤了，有事无事都跑师傅家。来多了，师母把他当成了半个儿子，跟前跟后地叫唤。

有了进一步的关系，也有了他最终的目的，第一他要尽快学到师傅全部技艺，第二想讨师傅的女儿做老婆。只有成了师傅的女婿，师傅才会主动让位，扶他一马。师傅的女儿是整条巷羡慕的对象，怎么轮也轮不上他。所以他必须早点儿在师傅女儿身上下功夫。他给师傅女儿偷偷送点儿小礼品，使闺中待嫁的女儿有了某种冲动，由冲动而产生某种欲望。杨爸爸是她接触的第一个男人，她以为是最好的。事实上，杨爸爸让她每天看到的也是他最好的一面。师傅的技艺是他一生的积累，不是延伸这种亲情关系是很难全部传授的，这点人人知道。现在他围定了师母，围定了师傅女儿，他还有什么不能攻破的呢？他很自然地出入师傅家。师傅见妻子喜欢他，女儿也在他身后师兄师兄地叫，也对他某些方面有了默认。不久，师母去世了，师傅整个人像散了架，妻子的后事全由徒弟一手打点，师傅看到了他的能力，这个家需要这样一个男人撑起。于是，师傅决定把自己的全部技艺传授给他。

师傅是师傅，姜是老的辣。女儿结婚后，他才完全撒手。师傅生前识书不多，但也剽学过几句古书。他一生中最崇尚一句古语："成大器者德为先。"临终前他把这句古语送给女婿。师傅临终前还有个交代，他说他一辈子的技术做了这张床，陪你们夫妻白头偕老。但是如果有什么意外，这张床归女儿所有。师傅死后，徒弟迅速代替了师傅的位置。后来的日子，杨爸爸无法超越师傅，无法摆脱这张床。也许师傅料事如神，知道他的德行永远超越不了，才说出这番话。但是女儿爱上他已是没法子的事。师傅想好了，有了这张床也许女儿能够永远把他拴在身边。可怜的雪爸爸就永远不知道父亲的这份苦心，以及隐藏在她生活里的那个洞，更不知她为这个洞付出的代价。雪爸爸躺在这张床上，更多的是来自对父亲的一种怀念。

十四

那些年，全国上下都兴"上山下乡"，不管有工作没工作，有问题没问题，要革命的与不革命的都一股脑地往乡下送。我父母在税务局工作得好好的也莫明其妙地带着全家下放，用拨惯了算盘珠的手拿起了锄头镰刀。我只好离开雪爸爸，随父母到了一个僻远的农村读书。高中毕业那年，父母落实政策我又回到县城。

离开桃花江县城的几年里，县城也和其他县城一样有了些变化，先是把桃花江名字改为桃江，后来在加强城镇建设中把几条麻石路改成柏油马路，居士巷的房子也撤走了一部分，那条臭港也用土填了一半，和另外几条巷子合并，建成了县城最大的集贸市场。市场边新建了一座电影院。雪爸爸的房子仍没有拆，只是显得有些不协调。

我拐过集贸市场去看雪爸爸时，雪爸爸却躺在床上。她得了一种病，叫血崩病，即血癌。医生说她太胖不能动手术，只能用一点点药让她维持下来。

雪爸爸平躺在了雕花床上，她脸上那些我第一次看见的红斑，以及从床单上露出来的、一动也不动的胳膊，我的痛苦往内心深处流淌。

是媛媛吗？雪爸爸声音喑然，睁眼愣看着。

我是媛媛。我握着她的手用了一点儿劲，想让她感觉到我。我知道死神正向她一步步走来，我却无力把她拉回来。果然，雪爸爸脸上浮出了笑容。她说：我这几天天天做梦，不是梦见我和陈妈姑娘时代的事就是梦见媛媛在雕花床上大闹天宫。雪爸爸很想一直说下去，但那有气无力的样子是说不下去的，我只好一次次安慰她。

那天天很冷，我帮雪爸爸把门关上，白天关着门，房里显得有点黑。雪爸爸说，我看到黑暗就像见到了坟墓，其实我也离那里不远了。我赶紧打开门。雪爸爸门前的桃树没有往年那么旺盛，花也只开了零星几朵。

雪爸爸说，看那桃花，我可能过不了今年。

不会的，你会好起来的。我喉咙沙沙地说：雪爸爸你会好起来的。我又重复一句。

陈妈给我倒来一杯开水。陈妈很困，眼里满是血丝。雪爸爸躺在床上数月，陈妈一直守候在她身边。我环视四周，感觉不出还有谁来过。鼻子一酸，眼里湿湿的又有了泪。

雪爸爸说：我知道你喜欢雪爸爸的雕花床，快叫你爸爸拖走吧！

我不要。我只要你。我真不知怎样倾诉这些年来对她的感情。

傻孩子，我不是在这里吗？

你要好起来。

唉！我这样子，过了今天过不了明天。都是阎王老子安排的，躲不过这个劫数。

你多吃一点儿东西就会好的。我端出了雪爸爸平时最爱吃的红烧肥肉。这些都是陈妈准备的。

雪爸爸笑了：我怎么还能吃呢？医生说我的病就是平时不节食，吃多了肥肉吃出来的。

你吃一点点吧，我知道你想吃。

我是应该吃一点点，唉！我也没有多少吃的日子了。雪爸爸夹了块肉放到嘴里，大口地嚼起来。望着雪爸爸的样子，我仿佛又看到了雪爸爸大碗吃饭、大块吃肉的日子，眼泪又涌上来。

傻孩子，不要哭，我会好的。其实这也不算病，医生说只是胖了一点儿，说不定我还可以给你带孩子呢！

嗯！我心里像堵了一块石头，难过地背过身去。雪爸爸以为我要走，一把抓住我：你是我最疼爱的孩子，还有一件事也是我不放心的，你今后找对象，要睁开眼睛找心好的，可是我看不到你成家了。雪爸爸一脸的遗憾，头也转到一边去了。

我喉咙发硬。雪爸爸用了一生的时间只爱了一个人，那就是杨爸爸，而杨爸爸是怎样的让她伤心，雪爸爸的伤心莫过于得不到杨爸爸的爱。即使雪爸爸在与死神挣扎期间，杨爸爸也一次没有来看她。

那天晚上，居士巷突然停电，我给雪爸爸点亮了那盏马灯，那是盏伴她一辈子的马灯。我把灯放到了雕花床里的那排抽屉上，我知道雪爸爸怕黑夜，这样灯就照着她整个床铺。

就在那天晚上，杨爸爸带了两个徒弟突然出现在门口。徒弟拖了两部板车，板车上放着几根很粗的绳子。杨爸爸往里张望，边望边对徒弟说先将雪爸爸抬到旁边床上，然后拆后墙床板。

雪爸爸还没死就来抢床了。我死死堵在门口不让他们进来，然后拼命地关上门。这时，雪爸爸向我招手，我跑过去，您想喝水！她摇着头，双眼落在我的身上，眼里有稀薄的泪涌现。外面的推门声音越来越大，雪爸爸一阵呻吟，我把头伸过去，雪爸爸从枕头边摸出一把锁对我说，叫你杨爸爸一个人进来，他进来后你出去把大门锁了，我有话跟他说。

尾声

雪爸爸的那盏马灯放在床柜上，杨爸爸走进来感到屋里有些暗，他有点不习惯这种暗。他摸索着走了几步就嗅到一股煤油味，到雪爸爸跟前时，煤油味更浓了，杨爸爸下意识地捂着鼻子。雪爸爸突然坐起，双手抱住杨爸爸，然后一脚踢翻了床柜上的马灯。火舌从她身上弥漫开来，燃着了杨爸爸的衣服。雪爸爸抱住杨爸爸滚到了地上。他和她在地上滚来滚去，谁也不想接近床，床成了比他们生命更重要的东西了。在他们的滚动声中，雕花床奇异地摇晃了，接着轰然一声，神奇般地垮了。那个杨爸爸一直没能解开的榫结，猛然显示在他眼前，那是一块两寸多长的凸形木片，是那么简单，简单得让杨爸爸目瞪口呆。但杨爸爸只能对它鼓着一双血红的眼睛了。

陈妈丧着脸帮他们办后事。办完后事后，陈妈脸上的水分就没有了，一下子显出许多皱纹，老态龙钟了。后来的岁月里，居士巷的那些婆婆姥姥都陆陆续续走到另一个世界，而陈妈却活着，她把自己门前的小摊变成了小推摊，推到了电影院门口。可是她从来没有认真做过生意，人家给点钱，她摊子上的东西随便拿。有的小孩没有钱，也让小孩拿糖果和酸水萝卜吃。她风雨无阻，天天推着小摊去，遇到风和日暖的天气，她就睡在小摊旁。也许她太老推不动小摊了，也许她怕寂寞。直到有一天清早，她护在小推摊旁，清洁工扫地下的垃圾时要她让一下，她不动，再推她一把，她就倒下了，脸上一派祥和。

那几年，桃花江城里依然是遍地桃花，只是雪爸爸屋前的桃花没有开。

原载《芙蓉》2003 年第 6 期

你要去北京

我是一九七八年知青大返城的时候，娘从红薯土里捡回的弃婴。那年哥哥只有五岁。

一

火车一声鸣笛又停站了，我赶紧移到窗玻璃前。我和所有回家过春节的大学生一样，买了张北京至长沙的坐票。火车对我来说还是挺新鲜的，虽然开学时坐过一次，但不过瘾，因此每听到鸣笛进站，我都会将脸贴着窗玻璃朝外看，看乘客们幸福地上上下下，再听到鸣笛我又跟着走了。这趟车好像专门为我设置的，它傍晚始出第二天早上到长沙，这样我就有充足的时间转长途车回家。

车厢有些晃动，昏暗的灯光下到处是人，凳底下、过道上以及厕所门口都是蹲着站着的人。他们穿着各色冬装挤在一隅，就像挤在沙鱼罐里一样。这时，一个男人突然把一双腿伸到我座位下，然后从一个蛇皮袋里拿出被褥，严严实实盖上，一会儿打出了呼噜。他是北上打工的民工？还是？我想象着我的哥哥也和他一样，挤在某个车厢往回赶。这样想着又看了一眼打呼噜的男人，想看出他与哥哥有什么相同和不同。脚边挨着哥哥给我买的小拖箱，里面放了几件衣服和我给哥哥买的一双手套。我从小拖箱里拿出手套，戴到手上。手套很大，五个指头没有撑起来，我想，要是把哥哥的大手和我的小手一块儿放进去会怎么样？这样想时很温暖。

我座位离厕所很近，可几次上厕所都没有成功。我只能忍着，嗅着从那里散布出来的臭气。火车到达长沙，我第一件事就是找厕所。从公厕出来买了两个馒头，边吃边找去桃江月亮垭的长途汽车。混在车站里，我发现两种人最多，一种是民工，一种是学生。他们身上虽然没贴标志，但一眼就能看出。我刚坐进长途班车，天就下起了雪，是南方那种少见的大雪。去月亮垭的人不多，车也只有这一趟，车上，我又听到月亮垭特有的方言，这种方言使我感到既亲切又漠然，它使我在北京不能与人交流。

月亮垭十里外有个小镇，叫桃花镇，车停在那里也算到了终点站，我马不停蹄地往村里赶。天有点黑，纷飞的雪下个不停，随着往前走，雪一点点深入一层层加厚。这么大的雪，哥哥一定站在村口等我了。想到哥哥，我加快了回村的步伐。

哥哥叫薛秋林，哥哥也是到了八岁读书才有“薛秋林”这个名字，但爹和娘以及村里人仍叫他山崽。我一开始就有个很好听的名字“婷婷”。据说是月亮垭学校的老师给我取的。

“月亮垭”这个名字听起来很有诗意，可村子没有诗意。村子的贫穷是凤凰不停路，兔子不拉屎，麻雀不筑窝。村子的遥远使这里像个原始部落，外面前进了十年，这里才进步一年。这里的人没有见过县干部，就是公社干部也很少来这里露面。村子以它特有的节奏变化着，村子里的人就像栗子肉紧包在硬壳里，深藏在大山的腹地，过着远隔外界、与世无争、吃喝都靠大山施舍的生活。他们最大的乐趣就是到队部看一场露天电影，或听听广播。

往往是这样，吃过晚饭他们就往村部赶。村部有间仓库那样大的房屋，里面摆了木桌和椅子，既是村里人开会的场所，又是大人小孩玩耍的天堂。房屋顶端吊了盏煤气灯，照得房间雪亮。放电影的晚上煤气灯黑着，没有了电影煤气灯亮着。这时姑嫂们就端个鞋底到灯底下钉，男人带着烟叶和酒来这里抽烟喝酒。闷了，对着门外的大山说几句悄悄话，起兴了，仰脖子喝几碗自酿的苞谷烧，然后醉醺醺地倒在桌子边。

爹带哥哥去村部总要灌上一小瓦缸苞谷烧，在村部雪亮的煤气灯下邀两个男人喝苞谷烧，喝得醉眼朦胧。哥哥跟爹来队部是为了看墙上那个四方盒子。

爹问，山崽，那四方盒子有什么看头？

哥哥说，不是看，是听，盒子里唱歌。

那个四方盒子是公社安在村部的广播，公社的会议通知和天气预报都是通过这个盒子传播过来的。盒子里播送一首《挑担茶叶上北京》，这首歌让哥哥着迷。每唱到“我挑担茶叶——上北京啦！”哥哥都会热血沸腾情不自禁地喊，爹，不知北京要不要你织的凉簟，要的话，我们也挑几床凉簟上北京。

谁要你的竹簟？爹觉得自己很有理，卷起一支烟，点燃，吧嗒吧嗒地抽。

难道北京没有夏天？北京不热吗？哥哥有几分不服地说。

于是村里人说，山崽想去北京呀，那还不容易，你家婷婷是北京的呀！你可把她送到北京不就去了北京吗？

哥哥偏着头问，妹妹是北京的，为什么我不是北京的？

爹含糊地说，因为你是你爹的。

于是村里人又神秘地问爹，知道你家婷婷是谁的女崽吗？

爹说，是知青的，包女崽的布写着“北京知青”四个字。

知青没几个好东西。听人说，他们开始返城了，不是丢崽就是闹离婚。那些和农村姑娘结了婚的知青闹离婚闹得你死我活呢？

爹说，我们总不能见死不救吧！凤凰落到家，带着嘛！

这时，广播里又唱起了《挑担茶叶上北京》：

桑木扁担轻又轻呃
一路春风出洞庭啰呃
有人问我哪里去哟
北京城里（呃）探亲人咧

哥哥随着旋律唱道：我送妹妹（呃）上北京咧。逗得队里人一阵疯笑。他们笑他们的，哥哥是认真的。哥哥从小种下了去北京的种子，这颗种子一直在哥哥心里发芽生长。

二

我一直认为哥哥去队部就是去北京。那时，我搞不清北京是个什么地方，但相信那一定是个很好的地方，因为哥哥总是经常提起又无限向往。于是我缠着哥哥带我去。哥哥说等你长大了带你去。

到了大雪封门的晚上，哥哥和爹就特别烦躁。哥哥不是怕冷，而是通往村部的广播线冻得唱不出歌了。爹见哥哥不去也懒得去，就赶我上床，这样可以节省一些油钱。我和爹娘睡在一间大房的大床上，哥哥睡在隔壁的一张小床上。往往是这样，第二天早上，爹拿着我尿湿的裤子，经过我身边时把湿裤子叭的一下打到我脸上，我脸上一阵灼痛，但我不哭。我不像别的女孩子受了委屈就哭。我只是对着爹尖叫一声。我喜欢尖叫，好像尖叫比哭更有力量。

哥哥走到我跟前，说我像猪，睡着拉尿。哥哥说我像猪，这还了得！我把在爹那里受的委屈对准了哥哥。我有一双长指甲的手，长得又硬又尖，十个指甲就像十支利箭。我伸出利箭在哥哥脸上狠狠地抓了一把。哥哥一声号叫，脸上立即出现十条血迹，深点的地方还流出了血。我虽然出了口气心里仍不甘，见娘在地坪里晒我尿湿的被子，跑过去向娘告状。娘说你怎么像猪？你比任何人都贵气。

娘说我贵气，我在家里真的就贵气起来。全家人吃红薯和南瓜当饭，娘给我吃点白米饭，有时碗里还有蛋汤。我特意把蛋汤喝得嗞嗞响，显示我的贵气。哥哥望着我的碗，默默地扒了一阵饭后，坐到门槛上去吃。爹看了一眼哥哥又用眼角扫着我，嗡声说崽才是自家的。娘狠狠地瞅了爹一眼。爹不再吭声了，脸却拉得很长。我怕爹抢我碗里的蛋，赶紧站起来，端着碗，手脚怯怯地绕过爹的椅子走到哥哥身边，挨着他坐到门槛上。我把碗里的蛋拨一点给哥哥，然后说带我去北京。

去北京干什么？哥哥吃惊地望着我。

你不带我去北京？我腾地站起，又把哥哥碗里的蛋拨回来，昂头一口口往嘴里划。

其实哥哥也不知道到北京去干什么，他也是到八岁读书才对去北京有个明确的目的。那是他第一次看到课本里那张彩色天安门图片才有了明确目的。那张彩色图片印着天安门和三面红旗，红旗下有三个军人庄严地敬着礼！哥哥非常羡慕那三个军人。他把那张彩色图片撕下来，贴到墙上，又认真地在图片上面写着：

长大了我要去北京当国旗手

哥哥去学校的早晨，总要学着国旗手的样子，两只手很规则地往胸前摆动。有时边摆边对着墙上的图片纠正动作。我以为哥哥去学校就是去北京，扯着他的衣角跟着去。哥哥甩开我跑了，边跑边说，等我回来背你到山上拾果子吃。

我问，哥哎，什么时候回？

太阳落山就回来！

我去望太阳，太阳正往山上爬，太阳要往下爬哥哥才能回来。我没有人玩，只好找地坪里的鸡说话，鸡一见我翻动翅膀飞了，飞到娘床上拉了坨屎。我举着手喊：好呀！敢在娘床上拉屎。我把鸡赶到外屋，鸡又在爹竹椅上拉屎，我拿根竹棍朝鸡打去，鸡一声惨叫，翅膀扑腾一下飞了。鸡被我打跑了，哥哥还没有回来。我坐在门槛上，伸长脖子朝田埂望去。田垄上有一条狗在那里蹭来蹭去和几只麻雀懒懒地飞。太阳像个球还稳稳地挂在天空。

太阳终于吊在山窝上，远山有风的呼声和蝉在树上叫着快了快了，我听着快了快了时候，哥哥背着书包一蹦一跳地出现在田埂上。我跑过去趴在他背上。哥哥伸直背，起步时后脑勺往前一伸，脚把地下的枯树枝踩得喳喳响。哥哥的后脑勺鼓出一坨，像水缸里舀水的葫芦。我觉得好玩，用手拍他的后脑勺。哥哥也不恼，嘿嘿地笑。

山上有很多小朋友等他玩。哥哥和小朋友玩疯了，忘记背上的我。我肚子饿了，捧着他的后脑勺用舌头舔，舔不满足又猛地咬一口。哥哥哎哟地惊叫，把我放下来，喂我米汤。我吃饱了把一泡尿尿到他背上，哥哥脱下衣服，赤膊背着我。小朋友见哥哥光个赤膊，拿根狗尾草痒他，边痒边说，山崽背媳妇，还是背个野媳妇。哥哥怒火万丈地追过去，抓到哪个就打哪个，打得他们鼻青脸肿，直到他们不敢再喊了为止。

我不知道“野媳妇”是什么意思，因为我不知道我是娘从红薯土里捡回的。

三

哥哥没有回来。我回家的喜悦就像一块掉进深井里的砖头往下沉。哥哥怎么没有回来？不可能呀！我马上想到拥挤的火车。难道哥哥没有挤上火车？如果是这样，哥哥明天肯定会回来。我这样安慰自己开始动手搞家里卫生。我想让我和哥哥的家不像过去那样，让哥哥回来后看到一个干干净净有点特别的家。我拿起扫帚，家就在我手里，我却感到一点陌生。我先把哥哥房里扫了然后清理自己房间，桌子椅子我用湿抹布一遍遍擦。橱窗里的灰尘，我伸进指头去挠。我十个锋利的指头，曾无数次挠在哥哥脸上，哥哥脸上出现的血痕都是我的功劳。

房里干净了，天上出了一轮太阳，我把门窗打开透透气，又把苞谷、高粱和未曾去藤的红薯挂到四壁，然后在门框上贴一副对联。这样一来，寂寞的木板房忽然变得温暖无比。我把房里几张竹椅子收拾成一排，我坐在一张竹椅上，并排靠在一起的竹椅子，无声地挨着，就这样，它们像有灵性一样，陪我等哥哥。

太阳在山窝里隐藏最后一缕光，月亮才从黑云里游出来，碎银般洒在山坡上。山坡上的一栋栋农舍偎依，周围开着各色杜鹃，俨然像花环围在农舍的脖子上。农舍相望的两座山峰，仿佛睡美人的乳峰。峰顶处凹进一个弧圈，组成个圆月，这个圆月叫月亮垭，山下的村子就命名为月亮垭村。据说月亮垭村是由一对表兄妹发展起来的。很久以前，月亮垭是一片荒无人烟的深山，有两个如花似玉的表兄妹在这里迷路了。他们走呀走，饿了啃一把路边野草，渴了喝口山边溪水。他们走过了春花和夏柳，走到大雪飘飞的时候再也走不动了。他们在一个山洞里住下来，播种，生儿育女。若干年后发展成现在这个四十多户人家二百多个人的村庄。

月光下跑来村里的几个小女孩，她们喊着姐姐回来了。我让她们并排坐到竹椅凳上，给她们分发糖粒子，她们高兴得拍起手来。我问她们读几年级了？她们摇着头。我问她们为什么摇头？她们说女孩子家不要读那么多书。我心里一沉。小女孩吃了一阵糖走了。望着她们从田垄上一节节矮下去，我仿佛看到了另外一个小女孩，她比她们幸运，她读了书，一直读到今天的大学。

我不记得是七岁还是八岁的一个晚上，总之是晚上，我们都睡在床上。门外的牛在长一声短一声地叫。娘对爹说，牛在叫呢，是不是牛没吃饱？爹说不要说牛，人也不一定能吃饱。娘问为什么？爹说队里的禾苗全被虫子吃光了。也不知么子鬼，田里的虫子药都打不住。娘说如果这样下去，我们种的那些红薯只怕会接不上来。爹说这个时候就不要送婷婷读书了，留着钱买红薯当口粮吧！娘说婷婷不能像村里的女崽一样不读书。爹说饭都没吃，她还有书读吗？女崽送书也是白搭，女崽大了反正嫁人，送再多的书也是赔本货。倒是山崽我们讨米也要送上去，山崽读书代表我们薛家，我们薛家要送出个秀才。娘说还是把猪崽卖了让婷婷读点书吧！床头的油灯发着丁点光，爹坐在床头吸烟，黑暗中的烟头像鬼火一明一暗。娘陪在爹旁，影子拖得很长。我睡在他们脚头什么都不知道。

第二天，娘带着四个人来抱家里猪崽。我拦在猪牢前不让他们抱猪崽，结果他们还是要抱猪崽，等我拿了棍子跑过去他们跑得无影无踪了。我哭着要猪崽。哥哥说你想不想上学？我说想呀。哥哥说不卖猪崽哪有钱上学。可是我不听，我要上学也要猪崽，结果我还是只能要上学。

上学那天我背着书包在地坪里跑，嘴里喊道我要去北京了，我也要去北京了。哥哥说不是去北京，你是去读书。我问我不是去北京读书？哥哥说要等你长大了再去北京读书。

我这才知道我这不是去北京。也是这时，我也想和哥哥一样把书读到北京去。

哥哥说，快点，哥哥带你去学校。

我说我还没有穿上娘给我买的新跑鞋呢。我要换上新跑鞋，在那些打赤脚的女崽面前显露我的与众不同。我还要让全村的人知道我是穿新跑鞋上学的。我在那里慢慢系鞋带，鞋带系好了，我对哥哥说，哥，背我到村里走一圈再去学校。

你是学生了还背，不怕人家笑？

我不咧。

哥哥虽这么说，人却蹲了下去，我飞快地爬到他背上。哥哥背起我往村里转，做着早饭的村里人都伸出头来看，山崽，又背妹妹呀！你是背的妹妹还是媳妇呢？自从哥哥治服了那些喊他背野媳妇的小朋友后，再没有人喊他背野媳妇了。哥哥憨憨地说，我是猪八戒背媳妇上学呢？走在我后头的小朋友跟着喊猪八戒背媳妇上学。我趁机扬起脚，显示着自己的与众不同。

学校在大队部，去那里要翻一座山出村再走几里羊肠道。出了月亮垭就开始爬山，哥哥翻到山腰时就像牛样喘气，我挣扎着要他放下。哥哥说也好，这座山实在太高了。我从他背上爬下来，哥哥捏着我的小鼻子说，脸圆得像西瓜，小鼻子还长了一颗西瓜籽。于是我去摸鼻子，不知为什么，我喜欢哥哥说我鼻子上长着一颗西瓜籽。

我们开始爬山，哥哥一手拉我一手扳着小树往上爬。山上尽是毛栗子刺和尖石头，哥哥光着脚走在前面。

哥哥，脚痛不痛？

不痛，我穿了皮鞋。

在哪里？

是双肉皮鞋。

我笑了，本来没有那么好笑，可是我觉得哥哥是天下最好笑的哥哥。哥哥见我笑，咧嘴唱出：

桑木扁担轻又轻呃
茶叶飘香歌不停啰呃
船家问我是哪来的客哟
我湘江边上（呃）种茶人啰呃

中午不能回家，我们带了饭到学校吃。乡里的孩子野，趁老师不在，追呀打的闹翻天。我刚拿出饭碗，不知从哪里飞来一把沙子撒到碗里，几个同学得意地叫起来，撒胡椒粉啦，吃了肚子不痛！我不服，想使用我的武器像对待哥哥一样对待他们。我刚伸出十支利箭，他们像泥鳅一样溜走了。我气鼓鼓地移到课桌边。哥哥走进来，见我这样子，对着教室里骂起来，你们这些小砍脑壳的，害人害得死的，看我不跟老师讲！哥哥转过头对我说，不要生气了，生气，那颗西瓜籽会掉下来。我舍不得鼻子上那颗西瓜籽就不生气了。哥哥把他的饭给我吃，我不要。哥哥凑近我说，让我看看，听说女孩子嘴巴小，一口吞不下一匙羹饭，只怕你也不行吧！

你们才嘴巴小呢！你看！我把嘴巴张得大大的。

哥哥赶紧将一匙羹饭放到我嘴里。

哥哥又说，我看你吞不下的，保证会吐出来。

我一口吞下了那匙羹饭。

哥哥又说，一次不算，再来。

再来就再来！我将嘴伸得远远的，像小鸭子等着妈妈喂食。哥哥接二连三地将饭送进我嘴里，一盒饭舀光了我这才知道上了当。哥哥笑着说放学后在教室门口等我，我背你回去。

四

明天就要过年了，哥哥还没有回来。

哥哥是不是还在深圳？深圳也是我从他信里读到的。哥哥说他在一家公司当保安，包吃包住还有工资。我坐在大学教室里，常常想象着哥哥穿制服的那个标致模样。哥哥不要我写信，他说没有具体的地址怕收不到。哥哥每月给我寄生活费，从不提他是如何打工又是如何生活的，只要我安心读书。其实，我在学校比别人发奋，成绩也比别人好，可这些都无法告诉哥哥，无法让哥哥去分享。

门外又开始下雪，前两天下的雪没来得及融又被新雪盖住了。山上的竹子被雪压成了个驼背，小溪的水也流不动了。横搁在空中的电线都成了一根根冰棍。这样的天我在家里却坐不稳了。我要找村里人打听，哥哥为什么不回来。

村庄里的门一扇扇紧闭着，只剩下一个孤零零的雪地。我敲开那一扇扇门，门内都是热气腾腾，一家人围在火炕喝茶抽烟打牌。哥哥同他们一块出去打工，为什么不同他们一块回来？他们告诉我，哥哥不是同他们一块出去打工的。离开一扇扇门时，他们都安慰我，你哥哥会回来的。过年了他不回来能到哪里去呢？所以一定会回来。

月亮垭村没有人相信哥哥会不回来，他没有理由不回来。

我又往村里的翠姐姐家走。翠姐姐应该知道哥哥在哪里，如果翠姐姐不知道就没有人知道了。我走进翠姐姐家，翠姐姐穿件毛衣坐在火炕边。她见到我连忙把我往火坑边拉。我还没等她开口就知道翠姐姐也不知道哥哥的下落。

我问，翠姐姐，哥哥会不会出事？

翠姐姐说，不会，不会。

我说，那他为什么不回来？

翠姐姐说，也许你哥哥在一个工地值班，春节期间更需要保安，春节期间值班工资是双倍的。也许你哥哥赚的钱不多，想到你开学要缴学费就想节省这笔车费钱。也许……

也许什么？

翠姐姐看了我一眼说，也许他给你找了个嫂子，去她那里了。

别说了。我往火炕里压了个树蔸，火炕冒出一股浓烟，一会儿燃起了大火。我们坐在火炕边，谁也没有再说话，俩人看着门外的雪花。

离开月亮垭的早上，天上出了一轮太阳。翠姐姐送我出村，一副心事重重的样子。我到小镇快要上车的时候，翠姐姐像有什么重要事告诉我，欲言又止。翠姐姐有什么事要告诉我？我猜不出。车子开动时我从窗口伸出手说，一有哥哥消息，我会和你联系的。其实哥哥在哪里？我们心里都没底。

哥哥考上中学的那天，我正在堂屋里数一群小鸡崽，小鸡崽像绒球在地上滚来滚去，害得我无法数清它们。我开始数第二轮，一个、两个……突然，火坑边扑通一声，爹倒在火坑边。爹满脸光辉地倒在火坑旁，手里还拿着小酒缸。我跑过去拉爹，爹反手抓住我手，嘴里不停地说，婷婷，你哥考上了初中啦！盘古开天啦！你哥是为我考上初中啦！是为我们薛家考上初中啦！是为我们祖宗考上初中啦！我的小手在爹的大手里弄痛了娘也不管。娘只说让他醉，是该醉的时候了。

准确讲爹是为哥哥喝醉的。

月亮垭没有人考得上中学。曾经有个专家来村里考察，得出结论：由表兄妹发展成的这个村庄，男子长得挺拔英俊，女子长得如花似玉，但是没有一个智商高的。

哥哥成了村里的中学生后，也成了本村父母和年龄相仿男孩子的羡慕对象。村民们对哥哥，推而论之对爹和娘的称赞，唉，同是种田人，他们怎么就生了个秀才呢？每当听到这些话，爹和娘都会笑得合不拢嘴。村里的孩子基本上是拖拖拉拉上几年学就休了学。他们不出村，看不到知识的前途，觉得能到镇上买卖东西算个数就非常不错了。也有看到了前途的，可是他们的孩子考不上中学，越是考不上，越对读书人看得贵重。那些天，只要有人来家里，爹对娘说拿酒来。爹要留他们喝酒，喝酒把哥哥也拉到身边，用筷子沾一点酒给他喝。这样一直延续到爹把那坛准备过年喝的苞谷烧喝完才醒过来。

哥哥考上中学的那年，正是国家实行乡、村、组建制。月亮垭生产队改成月亮垭组，第二年组里实行土地责任制，我家分到九分水田，五亩山。

爹说，我带你们去看我们家分的山。

我们随爹爬上山，山上全是郁郁葱葱的竹子，可是山上除了竹子还是竹子。哥哥说山上怎么没有树？爹对天打了个哈哈。爹说这是竹山，长不成大树。可是竹子全身是宝呀，竹子可以织凉簟，竹叶子可以做扫帚；竹尾巴可以做涮把。山崽，你不是想去北京吗？爹用这山竹子供你读书，你就长劲读吧！读到北京去。

那当然。哥哥晃着脑袋说。

我说哥，我也要读到北京去。

哥哥说，你当然要去北京，你是北京的。

我好奇地问：我是北京的？

爹突然说，回家。

爹把从山上拖回的两根竹子割成几节。他对哥哥说，你是中学生了，爹给你做一张书桌。爹把竹子破开，拼成个长方形的桌面，又把竹子锯成四个一样高的竹筒，桌面刚好搁在竹筒上。

爹又问哥哥，我明天去镇上给你买东西，你要什么爹给你买。

哥哥望了一眼墙上那张国旗卫士的画片，对爹说，给我买套军装。

爹说，你要军装做什么？

哥哥说，爹，你看墙上的国旗手多威武？我是男人，我可以读书读到北京，也可以参军去北京。

爹望了一眼墙上的图画，出了口粗气，嘴里嗡嗡两声，用劲把那四口竹钉锤进桌面。钉完书桌，又用剩余的竹子给我做了个小床铺摆在哥哥房里。两张床并排摆着，中间隔着爹做的竹书桌。

第二天，爹从镇上给哥哥买回一套军装却没有给我买，我嘟着嘴对哥哥说，给我军装穿。哥哥说等我穿小了再给你。好呀！我又使用了我的武器，哥哥又像杀猪般号叫，脸上立即出现了十条血痕。我可能比以前抓得更重，用了吃奶的劲。我说哥你给不给？哥哥捂着脸说，这样吧！白天我穿，晚上做作业我脱下来你穿。我又伸出了十个指头。哥哥连连说，好，你先穿。我不是看你比任何人贵气，我早就打你了。哥哥脱下军装往我身上套，扣皮带时把我屁股也包进去了。

哥哥说，穿吧！像个小老鼠装在口袋里。

我不想成小老鼠就把军装脱了下来，我又去拿哥哥的军帽戴。戴着军帽，我一下子爬到窗台上，又一下子爬到屋梁上。哥哥说你怎么变得像一条飞天蜈蚣呢。在学校也有人叫我飞天蜈蚣。那是我不走正门进学校总是从围墙上爬过去。我从屋梁上跳下来坐到哥哥身边，看他趴在竹桌上很认真地写字。

五

回到北京，宿舍的同学都争着谈他们回家的感慨，我没有感慨，只有从月亮垭带来一肚子的失落。我只好痛苦地坐在床边无聊地摆弄自己的长指甲，我的长指甲像十支利箭也像十把小尖刀。夜深了，我躺到床上她们还在谈，谈到兴奋时哈哈大笑，那快乐的情景让我非常嫉妒，我恨不得用我的长指甲在她们脸上绣几朵大红花，看她们还能笑得出来。

我和宿舍里的室友关系处理不好，都源于我的自私和霸道。平时该我打扫宿舍的时候，我借故推了。我不喜欢上食堂打开水，常常把她们打的开水用得精光，使她们经常没有水喝。有次我听到有人说我没公道，这还了得，我用我的利箭抓了她脸一把，谁知女同学的脸不经抓，肿了几天才好，为此我受了同学们的指责，在她们面前我不敢再使用我的长指甲了。

同学们寒假生活足足谈了几天才安静下来。这天，我突然接到哥哥打到我宿舍的电话。

我说，你是哥哥吗？

对方说，我是哥哥。

我握着电话的手有些抖动，我说哥，你现在在哪里。春节怎么不回家？急死我啦！

对方没有回声。

你怎么不回答我？哥，你来北京吧！我带你看那些国旗卫士升旗。我急促地说，眼泪一下子冒了出来。

对方仍没有回答。

我又在电话里“喂喂”两声。对方说，只要你在北京好好读书，哥就放心了。

哥，你怎么啦？

哥哥那头电话挂了。

哥哥你怎么就挂了电话呢？我还有好多话要对你说，那些话塞在我心头快要爆炸了。这时我又想，哥哥是从哪里打来的电话？电话里是哥哥吗？我觉得电话里的人不像哥哥。电话里的人是个冷漠无情的人，而我哥哥是个热情奔放非常爱我的人。这时我想起哥哥背我的情景；想起枕着哥哥的胸部听着他心跳嗅着他气味进入梦乡的那些日日夜夜。

哥哥读中学不跟我一所学校，我只得一人回家了。有天下雪，我从学校的围墙里爬出来，结果在雪地里滑一跤。我艰难地爬起来，村里几个男同学站在我面前说，没有哥哥背你摔跤了吧！要不要我这个哥哥背你？我说我哥哥是中学生你配吗？我拾起书包离开，发现以前那一双双羡慕的目光变成了一双双嘲弄的目光。我突然变得孤单了。到现在我也没有弄清，村里的小朋友为什么不和我玩，我也不知为什么哥哥不让我跟他们玩。有时放学背着书包走，也会碰到几个背书包的同学，他们一块儿蹦蹦跳跳、嘻嘻哈哈地从我身边走过，最后就剩我一个人在路上走。没有人告诉我这是孤独，我认为一个人就是孤独。有时我看到我前头有个人，我会跑起来追那个人，明知道追不上，只是为了跑而不孤独。现在我又为不孤独追前头一个人，刚追到村口，哥哥像从天而降突然出现在我面前。哥哥的军装上面插了支小木枪，他摸摸小木枪又把头上的帽子正了正，往我面前一蹲。这样我反而有些不自然了。哥哥二话没说，熟练地把我拉上背。

我问，哥，谁给你的小木枪。

这是我缴获狗崽的武器。哥哥歪着头问，我腰上有了枪，你看我像不像国旗手。

不像，他们的枪要比你的长。

我知道，我知道。等以后当了国旗手就有那样的枪了。只是不知道他们是怎么升旗的，以后去北京看看。

雪花夹杂着生硬的小沙子，打在我们身上，也打在那些树叶上，树叶被打得沙沙响。路有些滑，几次差点把哥哥滑倒。哥哥小心翼翼走，脚上只穿了双草鞋，光光的脚丫给雪地里浸了一层浅红，我的脚上穿着娘做的棉鞋。

我说，哥，放下我，我自己走。

哥哥说，我走都费力，你怎么走。

哥哥又走了一截，他发现两只裤腿有些缠脚，把我放下，索性把裤脚卷到大腿上，他刚把裤腿卷到大腿上，哥哥脸色发白，嘴角抖动的响声就像风中的落叶一样。我趁机走到前面去了，哥哥追赶到我面前，硬把我拉到上背。

我问哥冷不。

哥哥说你不记得了，哥哥是穿了肉皮鞋，不冷。

村里的翠姐姐从田垄走过来拦住我们，不让我们从这条窄窄的田垄上穿过去。

翠姐姐是哥哥的小学同学。哥哥朝她嘿嘿地笑着。

翠姐姐说初中生了还背个大妹妹，累不累？哥哥说不累，谁叫我妹妹比任何人贵气呢？翠姐姐还要说什么，哥哥从她身边巧妙地绕过去了。快到家时，发现屋门口围了有很多人，首先看到村主任在那里走动，然后是妇女主任和会计，他们的表情都不对。我扒开他们冲进去，发现地上两床木板，爹和娘分别躺在上面。我爬到娘身边，娘的眼睛鼓起好大，眼珠子暴突出来。我喊声娘。娘好像没听见。我大声喊。村里人说我娘死了。

我说娘死了？娘怎么会死了，早上她还悄悄放了一个熟鸡蛋在我书包里。

他们说你娘真的死了。

我娘真的死了？

我们又说，你爹和娘在山边开垦一块新土，没想到是块神仙土，土从顶上垮下来把他们压在里面，村上的人挑开那堆土，你爹和娘就死了。

突然的变故像天塌下来，从来不哭的我这才知道哭。那些天我和哥哥都没去上学，天天在家哭，哭得眼泪鼻涕涂了一面。哭得整个屋子瑟瑟发抖，哭得树枝树叶落了一地，哭得鸡鸭满天飞。哥哥默默地抱着我，腾出一只手来给我揩泪时发现泪水沿着他的面颊往下流。就在那天晚上，我在黑暗中突然惊叫一声，哥哥不知道发生了什么，从床上仰起赤膊，问我怎么啦。我赶紧将被子裹住头伸出一只手指着屋顶说，你看，你看，上面有蛇。哥哥走到我床边，抱着我轻轻地拍，有哥在，不怕。不怕，有哥在。我躺在哥哥胸部上，睁开眼睛，没有了爹和娘，我感到屋子好大，好空，空荡荡的。这个空荡荡的屋子只有我和哥哥相依为命了。

也是从那天晚上起，我由哥哥抱着睡，这样一直延续到我读中学。

六

接哥哥电话的第五天收到他的汇款单。汇款单是从广东东莞汇来。看到“东莞”两个字我欢喜若狂，我按这个地址给哥哥写信，写了满满三页纸，写得情真意切，然后把自己的思念装进去寄走。那些天，我天天盼着东莞的回信，然而信又是石沉大海，我热乎的心又一次掉进冰库。

班上有个从东莞考来的男同学，叫秦岭。我向他打听情况。秦岭告诉我，那里是个开放区，去那里的民工地址不稳定。我说怎么会不稳定？秦岭见我懵懂无知的样子，非常热情地说放了假，我带你去东莞找哥哥吧！我说东莞那么大，到哪里找哥哥？秦岭说他有办法。

对找哥哥有了着落，那段日子，我做什么都是欢快的。那些天，秦岭天天来我房里跟我讲东莞的建设，从一个小商店说到一条河，又从一条河说到高楼大厦。我人还没有去东莞，熟悉那里就像熟悉我的家乡月亮垭一样。秦岭有时带来一袋水果，有时拿来一盒巧克力。他一进房，其他女同学都借故走了。他也不在意，进门大大方方坐到我床上，眼睛盯着我看。他来的次数多了，眼里的东西也越来越多，我却感到越来越不轻松。想到哥哥，我不能拒绝这样一个热情人。有次秦岭来宿舍正好停电，我正要往外走，他伸手把我揽进怀里，捧着我的脸狂吻起来。我又一次使用我的武器，他捂着脸号叫着跑出宿舍。第二天我望着他脸上十条血痕想，是他的脸不经抓还是我劲用大了些？秦岭对我宿舍的人说他不再来我宿舍了，说我太狠毒了。那天我把秦岭堵到教室门口问，你真的不来了？他说要来也要等他脸好了再来。

快要放暑假时秦岭又来了。我说你怎么又来了？他说脸好利索了。我说有事吗？他说你不找哥哥了？我说怎么不找？他说我是来和你商量订哪天去东莞的火车站票。我说越快越好。他说那就订后天的火车票吧！

我们刚订好火车票，哥哥又汇来一张汇款单。上面写着珠海枫林绿洲小区保安处。我立即向那里去了封信，然而又是石沉大海。哥哥怎么不回我的信？我要去找他问个究竟。

班上没有珠海的同学，我决定自己去那里找哥哥。我订了珠海的火车票。同学们劝我不要去，他们说我这样做是没有理智的盲目，但我还是去了。他们不知道，我找不到哥哥，这个假期怎么过？他们不知道，哥哥对我有多么重要。

那是个大地快要燃烧的季节，从屋后面升起的太阳像一个火球死死地挂在天空，满山滚动着热气。山上的树叶耷拉着脑袋；山下的小花耷拉着脑袋；栏里的猪崽耷拉着脑袋；屋檐下的鸡咯咯耷拉着脑袋；菜园里的菜叶黄黄地爬在开裂的土地上。哥哥放学后给菜地浇一遍水，还是挽救不了它的生命，眼巴巴地看着它死去。后来村里人告诉我们这是百年不遇的干旱。

哥，我们吃什么？

我们吃酸菜做汤！

酸菜汤吃完了，我又问哥哥，我们吃什么？

我们吃鱼。

吃鱼？我惊奇地望着哥哥。

哥哥没等我反应过来，拉我往村头跑。村里头有棵古银杏树，它是村里的风水树，树干粗得像枯巢，敲着里面还会发出空洞的声音，但它比别的树先吐绿后落叶，村里人叫它神树，几百年就站在这里。我们经过古银杏树时，喜鹊正含着泥草落在古银杏树梢上。野花在古银杏旁开得粉扑扑，蜜蜂在花丛飞得“嗡嗡”叫。古银杏树下有条小溪，光滑晶莹的卵石在清澈的溪水里看得一清二楚，那些叫“捧儿”的小娃娃鱼漂到石头上歇息。哥哥举起小石子，朝“棒儿”砸去，“哐”的一声，水花四溅，“棒儿”震昏后，成了哥哥的俘虏。我欢快地捡着鱼，一条、两条、十条……我用一根狗尾巴草穿成一挂向哥哥邀功。

哥，有十五条了。

回家给你做汤喝。

那些天，我们天天来小溪砸鱼，后来砸不到鱼了，我伤心地嘟着嘴。哥哥把我带到一口塘边，从家里拿出竹箕，里面放几粒饭，沉到水里去，等鱼跑进竹箕吃饭时，哥哥把竹箕猛然提出水，那些贪食上当的鱼儿在里面活蹦乱跳。捕获的鱼我全不认识，哥哥坐在塘边告诉我：这是游叼子，这是木脑壳，这是洋令婆。他抓起一只螃蟹，张牙舞爪地对着我，吓得我乱喊乱叫，哥哥咯咯笑，气得我用小拳头捶他的后脑勺。

那个干旱的季节很长，全村人都面临菜荒，想办法捞菜吃。山里的野菜和蘑菇吃光了，小鱼小虾没有了。偶尔活下的猫狗也毫无生气地缩在墙角。后来村里人开始吃盐水汤。吃盐水汤的日子吃得满脸青色，满脸青色的村人没有力量干活，整个村庄变得很安静。

有一天，哥哥拿个青布袋出门，见我还在镜子前梳头发，有意停下。我说哥你学校比我远，怎么还不走？哥哥说你先走吧！哥哥在家里磨磨蹭蹭，嘴里哼起顺口溜：

大娘娘打碗汤，二娘娘来喝汤；

三娘娘调羹舀，四娘娘碗来装；

五娘娘烫了脚，六娘娘敷草药；

七娘娘何该搞，八娘娘急得哭；

九娘娘不要急，十娘娘想主意。

我把辫子扎成个马尾巴，背起书包走了。晚上回来我感到好奇怪，哥哥的书包在家里人却不在。到傍晚吃饭，哥哥兴高采烈地回来，手里的青布袋鼓起很大。我问哥袋里装的什么？哥哥不理，他找来个木桶，把布袋里的东西对木桶一倒。我看清了，是大蒜须。我问哥，你去饭店捡大蒜须了，哥哥呀了声！我又问，你没去上课？

我刚从学校回来。

书包呢？

书包？呃，丢在学校里了。

我从房里拿出他的书包，哥哥不笑了，抓出一把大蒜须去厨房炒，把剩余的大蒜须放上盐，然后像洗衣服一样在木桶里揉几把，再塞进坛子里。几天后拿出来吃，不光酸、香、脆，而且好看，雪白雪白的像白菊花瓣。在吃盐水汤的日子，大蒜须是个救星，家里不仅靠它走了一段难走的路，而且我养成了吃大蒜须的习惯。

后来一件事让我感到奇怪，哥哥每天同我一块出门，放学后又在村口同我一块回来，哥哥没有时间打理菜园和田土，菜园的菜怎么发芽了，土里的红薯挂上了比别人还好看的花，田里的禾苗也长得绿油油的，只是哥哥变得一天比一天沉默，常常一个人坐在门槛上发呆。更奇怪的是哥哥作业也不做，只一股劲地教我做作业，发现我稍有懒惰就对我吼。

那天我肚子痛没有做作业，哥哥把我按到墙壁打了我一个耳光。我捂着脸惊异地望着哥哥。这次我没有使用我的武器，我抓起桌上的书一页页地撕，边撕边喊不读了，我不读了。书成了片片雪花在空中飘舞。哥哥恼怒了，操起小板凳举起老高，那样子就像要打过来。我勇敢地站在他面前，说，你打呀，我不怕你打。

你怕我打你有鬼，小时候你撕我的书不敢打你，因为你小，现在你是学生，我就敢打你。

你打死我吧！你和爹一样不爱我，我像捡来的一样。

哥哥手里的小板凳突然掉到地上，一脸严肃地喊，谁说的！你听谁说的！你今天和谁在一起，今天是不是和村里人一块回家的？

没有呀，我一个人走的。

没有就好，再不准你乱说了，哥哥爱你。

我不知道哥哥为何变得那样凶，也不知道哥哥的脸为什么一天比一天绷得紧，我见了都有些害怕。直到学校因他长期逃学开除学籍，我才知道哥哥一直在逃学，才知道哥哥让我害怕的原因。这时我到了报仇雪恨的机会，我操起一根木棍，朝哥哥劈头盖脸打过去。

哥哥说，你这样打？你舍得？

我说，你逃学就要打，我要打死你。

我死了，谁供给你读书。

我突然停住了。是呀！哥哥死了，谁供我读书？哥哥死了，家里就我一个人了，只我一个人也必死无疑。我不想死，哥哥也不能死，我还需要哥哥供我读书呢。可是哥哥供我读书哥哥就不能读书了；哥哥不能读书就不是中学生了；哥哥不是中学生就只能和村里狗崽一样当个农民了；哥哥成了农民我又不能在同学们面前炫耀了。我不要一个农民的哥哥，我要一个中学生的哥哥。我又举起棍子在哥哥的头上乱舞。嘴里不停地喊，我不要一个农民的哥哥，我要一个中学生的哥哥。哥哥也不躲藏，只用手捂着头，任我的棍子在他头上飞舞。

打了一阵我又想，哥哥要是继续背着书包读书，我就不能背着书包读书了。我如果不读书就和村里那些女崽一样。想起村里那些女崽心里就发怵。我不能成为村里那些女崽，我不可能像村里的女崽一样打着赤脚下田穿着草鞋上山，我比任何人贵气。我要通过读书走出这个村庄。我偷偷望了一眼哥哥，哥哥不知在想什么，定定地望着那堵什么也看不到的墙壁。也许哥哥在回心转意了，我不能让哥哥回心转意就不能再打哥哥了。再打，哥哥要是屈服我就不能读书了。哥哥可以不读书，我可不能不读书。我只能要哥哥不读书来供我读书。我突然丢下棍子，诡秘地跑进房。

就这样，哥哥当了个扎扎实实的农民。其实，哥哥的心一直被一条神圣的缰绳牵着，那就是他想读书到北京去。

七

珠海是座漂亮城市，那一栋栋高楼大厦看得我晕头转向。我好不容易找到枫林绿洲小区，我知道小区都是私人住宅，但是我却看到这里有很多的树，还有几座小石山，小石山下面流着水，让我感觉这里更像个公园。我不知道怎么找哥哥，就跑到门口去问保安处，问这里有没有个湖南来的薛秋林。他们告诉我，薛秋林曾经在这里做保安，他为了多赚钱，晚上干一份保安，白天到对面建筑工地干一份泥工。他赚了钱不和我们打牌，我们去看电影他也不去，舍不得那张电影票的钱。

我又问他们，我哥哥现在在哪里。

他已走了一个多月了，据说是去一个什么地方淘金。

你们就没有和他联系？

没有，他走后就和我们失去了联系。

寻找哥哥的线索就像一根丝线一样断掉了，我只能一无所获地回北京等哥哥的信。就在开学的第五天，哥哥又给我寄来汇款单，这张汇款单是从湖北一个乡寄来的，上面只有十二个字，“在北京好好读书，不要想哥哥”！我拿着汇款单呆了，哥哥怎么又跑到湖北的一个乡？那是个什么地方？我拿出地图册看，上面根本没有这个地方。

这个暑假我决定去湖北的那个乡找哥哥。

这个学期的五一节放假，班上组织郊游，我们去了郊区县的一个竹山，同学们不管来自乡下还是城里，见了这片竹林都装出一副很夸张的新奇，纷纷钻竹林摆出各种矫情的样子在竹子前照相。他们见我站竹林外发呆，就嘻嘻哈哈地叫我去照相。这片竹林没有我家的竹林好看，在没有哥哥线索的日子里，这片竹林只有让我更加迷茫和沉重。

哥哥在山上嘿嘿地砍竹子，砍得竹屑四散飞溅。那些下地的人看到哥哥砍竹子就说，那是山崽，他怎么砍得动一根竹子，他才十四岁。哥哥系在腰上的那条毛巾，砍一下竹子，取下来擦一把汗。擦一把汗又砍一下竹子。一根竹子倒下了，期期艾艾地让葛藤左牵右绊，倒了很久才倒下。哥哥咬住牙，鼓足力气把那根竹子拖回来。竹子拖回来太阳就快落山了。哥哥趁天还有些光，又进山砍一担柴第二天挑到镇上去卖。在我的脑袋里，太阳出来的时候，是哥哥进山砍竹子的时候；太阳落山的时候是哥哥砍柴的时候，只有点灯的时候才是哥哥进屋的时候。我总是在点灯的时候做好饭菜。

哥哥把竹叶子砍下来留着做扫帚；再将竹尾巴按节锯下来，留着做刷把子；然后将竹子锯成几个八尺左右的竹筒子，竹筒子劈成两瓣，去里面的节，然后两瓣劈成四瓣，四瓣劈成八瓣，直到二十瓣，再把每瓣剔出死黄，每瓣再横开十片，十片变成二十片，二十片变成四十片，四十片变成八十片。最后将薄如纸的竹片挽成一个圈，丢进大铁锅和水煮上两小时，再提出来冷了，用刮刀刮去两边的毛细和粗皮。

哥哥告诉我，这样要分出青篾六层，头青二黄，三黄四黄。三黄四黄织晒谷的晒簟，最薄最青的那层才能做人睡的凉簟。哥哥宽肩细腰，蹲在地上用十五片篾打架子时上身前倾，一弯一直，如一只蜗牛爬行，他身后织出的是一版人字路或骨牌图案。织累了，放开嗓子哼一段：

桑木扁担轻又轻呃
千里送茶情意深
香茶献给毛主席
家乡亲人（哟）一片（啊）心哟

哥哥歇下来时，用绿色和黄色竹片给我织一对小箩筐。边织边说，你要长劲读书啦！把书读到北京去，成为北京人。

我问，北京人很重要吗？

哥哥说，很重要，对你非常重要。

有一天，也不知怎么的，心里有一种说不出的烦躁，很懒散，像有一把干稻草在心里磨。我拿着哥哥给我织的小箩筐在家里走来走去，一根横放在地面的树根狠狠地扎了我一下，痛得我几乎昏过去。我觉得大腿间湿漉漉的，一摸，血。我惊叫起来。

让我看看。哥哥跑过来，他见我裤上一片红，有些慌张。

让你哥看什么？翠姐姐从地坪里走进来。她对着我和哥哥诡秘地一笑。哥哥脸上立即红成大虾公。翠姐姐来邀哥哥去村里开会。

哥哥说，你来得正好，有件事正要麻烦你。

哥哥走到翠姐姐跟前，在她耳边咕隆了几句。翠姐姐就拉我进房，告诉我一些女人的事。我们再走出房，翠姐姐笑着对哥哥说，没事，一切都搞好了。我咧，要走了，我还要通知其他人，记住明天按时来开会。

哥哥看她走远了，转过头来，戳着我的额头说，从今天开始你是大姑娘了，再不要疯疯癫癫像个野小子。

我说，哥，我痒，痒死人哪。

哥哥说，哪里？

胸前。我揭开上衣让哥哥看。

哥哥说，是沙痱子，不要抓，洗个澡就不痒了。

我放下衣服时，发现胸前突出两坨。我说哥，你看，我的奶咪咪像两粒蚕豆，手按它，还有点痛呢。

不要管它。哥哥赶紧把我揭起的衣服盖下来。

月亮垭村召开修路的动员大会，哥哥和翠姐姐坐在台下。村主任说，我们月亮垭是个容易被人遗忘的村庄。它的贫穷及遥远是凤凰不落路、兔子不拉屎、麻雀不做窝，就是乡干部也很少在这里露面。为什么？是什么原因？是因为没有一条好路。路不好走，谁愿意到这地方来？现在乡政府来了个甘为贫困地区做贡献的李乡长，他上任的第一件事是要领导我们修路。李乡长说的，只有路通了，才能向外面发展；只有路通了，才能脱贫致富。我们今天要修的就是一条富裕路。

那些日子，我只看到哥哥和村民们白天黑夜地修路，夏天收割完了就秋冬两季连着修。半年下来，一条崭新的机耕大道通到了月亮垭。路修好了，村里开始了翻天覆地的变化。以前的幢幢木房层层相叠，像表兄妹的紧密血缘，也是这紧密血缘使村里的人没有一个走出去的。如今有了这条富裕路，村里人一个个走出去看世界。青年人从外面回来，身上的衣服变成了四个荷包的国防服，赤脚上也套上一双塑料凉鞋。白天，机耕大道上也偶尔听到拖拉机的突突声。晚上，村民们走路不再举火把了，手里捏着个手电筒晃得野兽老远躲藏。后来李乡长又组织村民架起了电线，每家每户通了电，个别村民在自家地下打了口井，吃上了自来水。

翠姐姐从这条富裕路去镇上，回来时手里多了块花布。她拿了这块花布径直走到我家，神秘地对我们说，山里那些龟壳纹路的石头，手指头一块大就能卖钱；那些娃娃鱼、背水鸡，只要是活的，能卖几十块；哥哥说真的呀，哪天让我捉些去卖。翠姐姐又说：还有呢？镇政府有台电视呢！四方一个大匣子，把下面的按钮一转，就有花花绿绿的人影子晃来晃去，还能说会唱。翠姐姐说话的情景好像刚从神话世界走了一趟回来，骄傲得不得了。哥哥也被翠姐姐感染了。

哥哥说，村里要是有台电视机你就不用跑到镇上去看了。

是啊！是啊！翠姐姐展开手里的花布说，我看完电视就去扯花布，结果布扯多了，可以给婷婷做件衬衣。

哥哥问，多少钱？

翠姐姐说，我不是专门为她扯的，要什么钱？

哥哥往椅后背一靠，嘀咕说，只怕是你拿了你娘让你上街换蛋的钱买的吧！

翠姐姐脸红了，我给翠姐姐端上茶，眼睛盯着她手里的花布眼都不眨一下。

翠姐姐说，你喜欢不？不喜欢我就拿走。

我说，喜欢。

哥哥说，你收下布，翠姐姐也和哥一样喜欢你。

翠姐姐将花布往我身上比了比，嘴里不停地说，好看，好看。哥哥说，我们留翠姐姐在家里吃饭，我去做饭。

翠姐姐说，不啦，我出去一天了，要回家。

哥哥把翠姐姐送了好远才回来。

第二天，哥哥从街上给我买回一个蝴蝶发夹。蝴蝶发夹闪着红光，我夹到头上甩动着辫子，蝴蝶夹就像在头上飞舞，惹得好多小朋友看，我又感到了自己的与众不同。可是第二天翠姐姐来我家，我发现她头上夹着一个和我一模一样的蝴蝶夹，蝴蝶夹到了翠姐姐头上，熠熠闪光，楚楚动人。

你也有蝴蝶夹？

还不是你哥哥送的？

哥哥也给你买了？我的小嘴立即嘟起来。翠姐姐不理我，走进门对哥哥说，出大太阳了。哥哥说，今天的太阳真大，有小阳春的感觉。翠姐姐说，立冬了，不会经常有这么大的太阳，我来帮你把被子洗了吧！我见翠姐姐要帮我们洗被子，心里更不是滋味。

那个该死的太阳天，翠姐姐是又洗又晒又缝被子，在我家待了一整天。哥哥也没出门，给她做饭，陪她说话，直到晚上她才离开。她走了，我取下头上的蝴蝶夹丢到地上用脚踩，蝴蝶夹在我脚下粉身碎骨。哥哥似乎知道我为什么生气，把我拉到他跟前。我不甘心，趁机又利用我的武器在哥哥脸上狠狠抓了一把。哥哥一声号叫，捂着脸说，你，你，你还这样随便抓人，你以为我怕你，今天我要把你的指甲剪了，看你还能抓人？我说你剪吧！剪了还会长的。我勇敢地伸出双手，一副宁死不屈的样子。哥哥从抽屉里摸出一把剪刀，看了看我十根长指甲说，算了，留着吧！说不定你还能防身呢？我趁机说再给翠姐姐买东西，我还要抓你。哥哥把我揽进怀里，笑着说，翠姐姐送布给你，又给我们家洗了被子，哥哥是还礼给她。你课本上不是学过"有礼不还非君子吗"？

说来也巧，只要哥哥把我揽进怀里，我就不生气了。有天晚上，我做了个梦，梦见翠姐姐做了新娘，新郎是哥哥。他们都跑了，不要我了。我被吓醒，向旁边摸索过去，发现我还枕着哥哥的手臂呢！

八

在武汉下火车的时候，天下起了大雨，我冒着大雨转汽车到了那个乡。我向那里的人打听刘坊河怎么走。很快有人告诉我，搭五元钱的中巴就到了。又有人问，你是去那里买沙金吗？那里可有好多人淘沙金呀。我对他们摇摇头。我坐上五元钱的中巴来到刘坊河。发现这里是一条沙河，河滩上挖了很多坑，有几辆货车停在沙坑边运沙子。也有很多男人赤膊站在河里，腰间系个小盒子，手里端个用纱布做的木盆子，盆里装着沙在水里筛。筛出点滴金色的粉倒进小盒子里。

我脱掉鞋子，蹚着水在他们中间挨个地找，没有发现哪个像哥哥。我问他们认不认得薛秋林。他们说秋林呀，他在这里干了好长一段时间呢，你是他妹妹吧！他经常和我们说起你，一说起你非常骄傲。我心里有些激动，又问他现在在哪里？他们告诉我，这里走了一批人，因为来这里淘金的人太多，几乎淘不到金。不久前来了个煤矿老板招人，你哥哥就和几个朋友一块儿跟那煤矿老板走了。

又一次没找到哥哥，我就像一个淘金的人，只淘到了一堆沙子。

新学年开学不久，我果真收到了从江西一个煤矿寄来的汇款单。我欢喜若狂，马上写了信按汇款单地址发去，信又石沉大海。我接着又去了几封信，仍然没有回音。我一次又一次找不到哥哥的下落，心里不光为哥哥着急，而且越来越痛恨自己。如果不是小时候的那种依赖和霸道，也许哥哥也在北京当兵。

我知道当名国旗手一直是哥哥一大心愿，但是那年我没有让哥哥参加体检，因为我不想让哥哥离开我，我要哥哥供我读书。

那年，乡政府的干部到月亮垭征兵，武装部长响亮地说，这次的兵是开往北京。哥哥得到这个消息正在田里春耕。他擦了把汗，把牛拴到水沟旁，嘴里哼着“我挑担茶叶去北京啦”朝村部跑去。那天我放学回家没看到哥哥，等我看到哥哥的时候是晚上，哥哥带着村里的狗崽、建军崽和满崽兴致勃勃回家。他们也和哥哥一样，属于应征青年，也像哥哥一样要去北京轰轰烈烈地当回兵。那晚他们谈得很晚也谈得很具体，以至我做完作业从里面出来他们还在谈。哥哥坐在爹那张竹椅上，健壮的身子坐得笔直，眼睛望着门外，一副踌躇满志的样子以至我从他面前经过他都不知道。哥哥望着漆黑门外突然说了一句很有哲理的话，他说，门前的方向应该是北方，我目光所不及的北方应该是北京了。于是狗崽他们都朝那个方向望，好像北京果真在那个方向。哥哥更是一副神圣的样子，一手端着杯子，一手在竹椅上打着节拍。在以后的日子里，哥哥一回家，总喜欢坐在门口，对着北方的方向望一阵。

我见狗崽他们都往那个方向望，不由也望过去，那里什么都看不到。那里虽然什么都看不到却有一种恐惧涌上来。哥哥就要朝那个什么都看不到的方向走了。他走了我怎么办？我想象不出一个人在房里的恐惧，想象不出我看不见哥哥将会什么样子。我却想到了鱼儿离开了水、瓜儿离开了秧、禾苗离开了土地、鸟儿离开了天空的结果。我不能没有哥哥，就等于鱼儿不能没有水一样。我要把哥哥从那个方向拉回来。

我装着拿脸盆洗脸，把瓷盆碰得叮当响。哥哥的目光看着我时情绪一落千丈。哥哥的情绪影响了狗崽他们，狗崽他们离开时很有些不甘。哥哥送狗崽他们出门时说了一句，明天村上见！哥哥再返回时很大一声喊：婷婷——他的声音在整栋房间响。他见无人应答，又在四间房里跑进跑去也没找到我。哥哥准备到外面去找，刚走出地坪又停下了，他发现屋顶上有个影子。我站在屋顶上双手抱胸，身子往前倾，一副要往下跳的样子。哥哥猛叫一声，婷婷——

我没有作声。哥哥又叫了一声，我站着没动。

你怎么站到屋顶上去了？你这是干什么？快下来。

哥，你去当兵吧！我不下来了。

哥哥当兵不好吗？

你走了，我怎么办？

哥哥突然哑了，哥哥这时才感到自己与狗崽们的不同。

我又说，你一直想当兵，你走吧！

哥哥说，哥哥怎么舍得丢下你呢？快下来吧！急死我了。

那么你不去了。我一阵惊喜。

哥哥一下蔫了，突然蹲在地上。

你还是会去的。我在瓦片上走动，把瓦片用脚掀下一块，听到瓦片掉到地上的脆响，我高兴地拍起手来。

你下来吧！我的活祖宗。

我不下来了，今晚就睡这里。我做了个要躺下去的姿势。

哥跟你说，哥不去了。

狗崽他们去你也不去了？

狗崽他们去，哥也不去了。

真的？骗我的是小狗。

哥不骗你，只要你下来。

你不去了？

不去啦！只要你下来。

你真的不去了？

真的不去啦！只要你下来。

你一定不去了？

一定不去啦！只要你下来。

我顺着屋顶的横梁荡秋千一样，荡到竖梁上，顺着竖梁滑下来，一身灰地站在哥哥面前。哥哥拍了拍我身上的灰，去睡吧！再不要爬梁了。我拉着哥哥的手，我要哥哥也去睡。哥哥说，哥这就去睡。到第二天哥哥突然不见了。哥哥把早饭和往常一样放到桌子上，他忘了今天是星期天，我不用上学。

哥哥赶着他心爱的牛到田边，他不给牛装犁，一脚踢倒了田垄上的犁，把牛往田里赶，边赶边举着牛鞭拼命地抽。牛在田里疯跑起来，哥哥跟在后面疯跑，嘴里爆出的声音像牛叫。过路的人望着哥哥，不知道哥哥狂叫着什么，只见牛鞭叭叭地落在牛身上，牛的嘶鸣声分不清是牛叫还是哥哥叫。田里的青蛙从地里钻出来又躲藏到地里，刚落到树上的鸟也被惊飞。牛终于被哥哥打得倒在烂泥里。哥哥仍拼命地抽，嘴里喊它起来。牛没有站起来，眼睛流出了眼泪。哥哥见牛流泪就抽牛的眼睛。哥哥疯了，哥哥同疯子没有两样。

听到田间发出惨烈的声音我正在吃哥哥做的早饭。我吃完早饭跑过去，才发现哥哥在拼命地抽牛。我喊了声哥——哥哥突然停住了手里的鞭子，才动手把田垄上的犁装到牛身上。牛也很通人性，见主人不再抽它，乖乖地站起来。犁在哥哥脚下哗哗哩哩，身后掀起的土地散发出泥腥味和青草的甘味。

哥，你还是去参军吧！

哥哥站住了，说，你怎么不去上学？

今天是星期天。

哥哥不吭声，弯腰又去犁田。

哥，我想通了，你去当兵吧！

哥也想通了。你长劲读书吧！把书读到北京去，成为一个北京人。

你真的想通了？我仰着头去看哥哥的脸，想从他脸上、眼里看出他表露出来的不甘心。哥哥把手里的牛放慢了速度，脖子微微硬了硬说，不走了，真的不走了。

狗崽他们体检合格后在县里集训几天穿了身新军装回村。

哥哥说，脱下来，脱下来，让我穿穿。

哥哥穿上狗崽的军装，手不停地往身上摸，嘴里说这才是真的军装，你可以天天穿了。

狗崽说，那还用说，我是军人了。

狗崽他们穿着军装在村里威武了几天才走的。村里人都说，他们去北京啦！那是毛主席住的地方啊！他们活到这个分上，死了也值得。这件事在村里议论了好些日子，刚要冷下来的时候，他们寄来了在天安门前的照片，那份喜色从照片透过来。他们成了村里的名人，村民们把他们的照片一传十，十传百地看，然后一张张贴在堂屋里，很是光彩。

哥哥经常跑到狗崽家看照片，狗崽分在首都卫戍部队，这是哥哥一辈子都想去的地方。后来哥哥再不去看照片了，一个人在地里挖土，一下子到处都有哥哥开垦的土，也不曾看见哥哥种上什么。

九

哥哥在地里开垦，我揣着瓦茶壶，蹲在干活的哥哥旁边。哥哥干活累了，我就同哥哥坐在一块望天上的太阳，听树上的鸟叫，嗅山里的花香。田里的禾苗，在潮润猩红的泥土里散发着腐乳气息，远处的山脉，起伏成一片蠕动驼背。

哥哥突然说，我给你讲月亮垭那对表兄妹的传说吧！

我说，好呀！

哥哥只讲了个开头，突然站起来。

我说，哥哥怎么不讲了？哥哥像是一惊，又随意地望我一眼说，这件衣服不要穿了，换件宽大的吧！我也站起来，一转身，发现哥哥就在我身后。哥哥也许没想到我会突然转身，脸不经意地变了点色。哥哥又说，裤子也小了，做条新裤子吧！哥哥说这句话时，脸逼得通红，额头冒出些汗珠。

我说，哥，你热不热。

哥说热啦。

我走到哥哥面前，帮他脱衣服。哥哥像小孩一样举起双手让我脱。我把脱下的衣服在小溪里搓一把，晒在树枝上。等日头偏西，山上出现一片暗红时候哥哥的衣服就干了。我再给哥哥穿衣时，哥哥回身朝四周望望。明明知道空旷无人哥哥还是要朝四周望望，就在哥哥朝四周望望的日子里村里正在悄悄发生一件事，这件事差点使我放弃了读书。

那几年，国家突然冒出很多开放区。开放区首先是办工厂和增加第三产业，即服务行业。这样就需求大量的人员来充实工厂和服务行业。而办厂的单位正看准了农村这些既年轻又廉价的劳力。这些劳力只需稍加培训就能动手而且能吃苦耐劳。

月亮垭这一代的年轻人再不是他们祖辈那一代，再不能满足面朝黄土背朝天的日子。他们想去外面看看，所以他们也在到处寻找机会。有商业眼光的商人把眼光盯住了这些正在寻找机会又闭塞的村民。商人通过这条富裕路进来招工，他们惊奇发现，这里虽然穷，但长出的女孩个个水灵，皮肤像绸缎一样细腻，男孩高高大大，有点欧洲人的帅气。

当招工人向村民们说，包吃包住四百元一月，村民人简直像捡了宝。当招工人说每人交二百四十元介绍费时，村民们慌了，他们不知到哪里弄这笔介绍费。招工人又说，也不要你及时给，在你第一个月的工资里扣除。就这样，亲戚朋友一个介绍一个，像一根绳索一样一个牵一个，通过这条富裕路走出去，整个村庄不到一年走得只剩老弱病残了。他们是后方的守护者，他们带小孩照顾老人。哥哥成了村里最年轻的后方守护者。

翠姐姐是在这个时候走进我家的。翠姐姐告诉哥哥，她一个亲戚刚办了个氮肥厂，需要人做保安，问哥哥去不去，她准备到那里去当工人。

哥哥脸上掠过一层难以察觉的变化。他在我和翠姐姐脸上看来看去，喉咙里却像有什么东西哽着，发不出声。

翠姐姐说，那里是沿海一带，休息时，我们可以去看海。你还记得吗？读书时你说带我去看海的。

哥哥眼里突然闪烁一缕光，那是瞳孔缩小聚集的光。也许哥哥此时看到海了，也许他在想象着海。

翠姐姐又说，那里包吃包住五百元一个月。

哥哥的眼光好像从遥远的海边回来，看着翠姐姐，看得很仔细。然后突然说，我很想去，可是我去不了。

翠姐姐诡秘地一笑，望着我。她这一望，我心里反而踏实了。哥哥是舍不得我的。

翠姐姐又有进一步的举动，她说哥哥的鞋子要换一双了。哥哥说还能穿。翠姐姐说怎么能穿？我给你做一双吧！翠姐姐弯下腰，用一只手在哥哥的脚上比画了一番。再伸腰时对哥哥说，我要回去了，送送我吧！

哥哥送翠姐姐出门很晚都没回来。后来我不知道哥哥是什么时候回来的，也不知道他什么时候起床的，总之我醒来就是早上，他做好的早饭放到桌上了。也是从那天晚上开始，哥哥每晚出去，在我睡后才回来。有天晚上我睡不着，想等哥哥回来一块睡。哥哥没有在我的等待中回来。哥哥是不是去了翠姐姐那里？我突然感到翠姐姐像个贼，会把哥哥偷走，我不能让翠姐姐把哥哥偷走，我要把他找回来。

那是个月清星朗的夜晚，星星如透亮的珍珠一串一串悬在天空，幽静的田野能听见青蛙的叫声。翠姐姐家没有哥哥，我又走到哥哥织凉簟的工棚。工棚的人说哥哥早就回去了，后来我又去几个地方都没找到哥哥。正当我纳闷时，发现后山的灰屋里有一星红火，像萤火虫。我走进去，哥哥蹲在里面抽烟。

哥，你躲在这里呀，找得我好苦。我跑过去就往他背上爬。

你长大了。哥哥把我拉下来，望着我。

谁叫你是我的哥哥呢？我又往他身上爬。

不许爬。哥哥厉声说。

哥，你要翠姐姐，不要我了？

回家吧！哥哥站起来拍拍身上灰。

我回到家眯着眼睛假装睡着了，哥哥给我盖被子时说了声好好睡！就去隔壁房了。我爬起床，悄悄走到哥哥床前，哥哥把我猛然一推，我跌坐在地上。

回自己床上去睡。哥哥坚决地说。

哥，让我睡到你这里吧！我往哥哥床上爬。

不行。哥哥脸上的肌肉抽搐了几下。

好呀！你不让我睡？我又使用了我的武器。哥哥一声号叫，双手捂脸。我想哥哥这下没办法了。我站在床边，待哥哥来抱我上床。哥哥不但没把我揽进怀抱反把我推到门外，我刚被推到门外，门“砰”地一下关了。门的响动把墙上的泥土震动了，灯泡也震得摇摆不定。

哥——！让我进去吧！哥——

我在外头拍门，大喊大叫。然而，任我怎么喊叫，那张门始终没有打开。第二天早上，我没吃早饭去学校了。

十

学校刚放暑假，我迫不及待地赶到了江西，按汇款单上的地址打听哥哥做工的煤矿。很快有人告诉我，有这个煤矿，好像没开多久关闭了。这样的结果是我潜意识中想到过的，但我还是像走进茫茫荒原一样不知所措。我向这里的人打听这里还有哪些煤矿。他们告诉我这里还有一家叫井山的煤矿。我坐上了去井山煤矿的客车，客车把我拖进一个小镇，我在镇上的一个小店住下，第二天去了叫井山煤矿的山上。山上能看到开采煤矿的洞穴和一些简陋的工棚，但已经荒无人烟。我走到村里向他们打听煤矿的人。村里人说，来这里挖煤的民工，只干了两个多月走了。

怎么走了？我着急地问。

因为一次塌方被政府查封。

死伤了人没有？我的心快蹦出来了。

死了两个，伤的几个不是断胳膊就是断腿。

有没有一个叫薛秋林的？

姑娘，我们不知道，只知道那次事故闹得很凶。

后来那些人去了哪里？

你到山那边的一个建筑工地去看看，那里正在建一个高楼，好像去了好多煤矿里的人。

我跑到那个建筑工地，建筑工地用钢筋木头搭了个庞大的架子，架子外周用尼龙绳网着，我要头朝天才能看到建筑顶峰。远远看去，那些挑泥沙的民工就像一只蜗牛在那里爬行。接下来的一幕我没看到就好了，可是我却赶上了那一幕。一个像蜗牛的民工从顶峰摔下来。立即有很多人朝那个方向跑，又有很多人喊，出事了！出事了，等我飞跑过去，那个像蜗牛的民工脑浆涂地仰卧在地上。当这个只在电视里看过的镜头活生生地出现在我面前时，我浑身哆嗦，嘴角抽筋说不出话来。这个民工虽然不是哥哥，但这个镜头已经凝固在我心里了。

从江西煤矿回来，我几乎每天想那个镜头，想那个镜头时总会联想到哥哥，而且越想越怕，越怕越想。直觉告诉我，哥哥也会在某一天出事，虽然这些想法有些莫名其妙，但这种莫名其妙一直困扰我。我开始头痛，注意力不集中，后来我开始不说话，封闭自己。还好，学校生活无须多说话，可我整天不说一句话还是引起了同学们的注意。他们怀疑我是不是在江西受了什么刺激，要不怎么会这样反常。后来他们见我一直这样，就往深处猜测，怀疑我是不是被哪个男人强奸了。我没有心情跟他们解释，因为任何人体会不到我是生活在一种怎样的恐慌中。

哥哥寄来这学期汇款单的时候，我已经没有任何喜悦，我仿佛收到的是一颗炸弹，他随时都有可能再次炸掉我找哥哥的线索。

我怀疑哥哥是有意不给我回信，可是哥哥为什么要不给我回信呢？他为什么不给我留下一个可以让我找到他的地址呢？这样一想，我就变得心事重重，精神恍惚起来。同学们安慰说，不要失去信心，你会找到哥哥的。我说，那他为什么不和我联系？不回家？不来看我？同学们说，你哥哥一直给你寄钱，证明他一直在和你联系。说不定今天或者明天突然出现在你面前，给你一个惊喜。我觉得同学们说得有道理，因为哥哥总是在我最绝望时候给我一点零碎的信息，我就相信这一点，我就抱着这一点相信天天跑传达室，想从传达室等到一个电话或一封信。同学们发现我天天跑传达室，认为我这样下去会出问题，他们开始拯救我，他们拉我游西山，可是没有拉动我。他们又跟我咨询心理老师。其实都无用，除非有一个哥哥的消息，哪怕是个坏消息。

北京的秋天开始萧瑟，树上的落叶在空中飘零后匍匐地上，整个校园就像铺了一层黄地毯。秦岭又来到我身边，诚恳诚惶地说，婷婷，你能不能再抓我一次。你不能这样消沉。如果你想要个哥哥，我愿意做你的哥哥。我猛然抬头，朝他笑笑，哥哥在哪里？我像问自己又像问秦岭，秦岭被我吓跑了。我又突然不说话了，和以前一样像个哑巴。这样过了一段时间，秦岭跑过来突然对我说，你哥哥不来看你可能有什么隐情。我说他有什么隐情？秦岭笑着说，你还能说话呀，你不说话我真怕你的某种功能会退化。我又说了一句，啊！他是否不要我这个妹妹了？秦岭把我拉进他怀里，怎么会呢？怎么会呢？不要胡思乱想。我在秦岭的怀抱里，脑海里闪现出哥哥为我放弃读书的那个憨相；哥哥使劲砍竹子的那份蛮干；哥哥为我放弃当兵的那份无奈；哥哥为我失去翠姐姐那份伤心以及哥哥为我读书卖血和吃青菜糊。我的眼泪像决了堤。我以为我是个不知道哭的女崽，其实，我的眼泪或许只为哥哥一个人落下。

那个夏日把田地烧成一团火，连空中飞的鸟都在叫“热哇热哇”，鸟也流汗了，我却感到格外凉爽。因为那个夏天我顺利地考上了县一中高中。我将这个消息告诉哥哥时，哥哥正在堂屋里修农具。

哎呀呀！你比我厉害，你是考上县一中的高中啦！不得了！不得了！哥哥放下手里的农具，大声说话放声大笑。他放声大笑时，像地坪里放了挂爆竹，连着响，响到四间屋子都听到，响到对面山上都能听见。哥哥又快乐地修他的农具，嘴里却唱开了：

桑木扁担轻又轻呃
我挑担茶叶出山村
乡亲们送我十里坡哟
都说我是幸福（啊）人

送我去县城读书的路上，哥哥情不自禁地说，北京离你不远啦！长劲读，读到北京去。快到学校时，哥哥又突然问我，你记得路吗？下次回来就你一个人了。我说记住了。哥哥说你说说看。我说要走一节弯弯曲曲的羊肠道，好远好远的。要翻山，翻很多山。过小溪时要不停地脱鞋，卷裤腿才能过小溪，才能到这条马路上搭车。哥哥笑了，笑我说得真多。

农村来的学生都是寄宿，学校专门有一栋房子，每间开一溜通铺，睡二十几个学生。我在学校一个月回一趟家，也是从家里拿些钱和带些换季节的衣服来。我每次回家，哥哥都跑到村口接我，顺便买了肉给我改善生活。

哥哥说，看你热的，赶快去洗个澡。

那天哥哥给我提桶水，送到偏房门口。偏房是用竹子和泥做的墙，屋顶上盖的是稻草。偏房只放了洗澡木盆和一条搁衣的小板凳。我脱了衣服，坐在木盆里仔细地擦每个部位。在学校和同学们一起洗澡时都惊讶我农村来的皮肤怎么这么白？他们不知道，我不用做农活晒太阳，我比任何人贵气。我洗到胸部，胸前那对白亮亮的乳房像小白兔样欢蹦乱跳。突然，我身上感到一阵灼热，好像有双眼睛在窥视。我站起来，朝四周观察，发现房顶上好像有个小洞，一双眼睛是从小洞俯视下来，这双眼睛好像在哪里见过。再细看时，眼睛忽然不见了，那个洞也随即消失。我怀疑是否有过洞，又好像明明有过洞，一下子又被什么封住了。我马上笑了，觉得是自己心里作祟。有哥哥在，谁敢有这个胆呢？我放心地洗完澡。

从偏房出来，哥哥手里洗着菜，眼睛却盯着我。我当然不会感到奇怪，在县城读书一个月才回来一次，哥哥自然要仔细看我了。而且这次回来，村里人都说我长漂亮了。

哥，肚子饿了。

哥哥哦哦两声，抓紧洗手里的菜。菜刚洗好。哥哥又问我学校的事，问得非常仔细，我答得非常仔细，他听得也非常仔细。

哥哥问，班上有没有男同学追你？

我脸一下子红了。班上有两个男同学追我，他们为我背地里还打过一架。这些都是班上女同学告诉我的。可我看不上他们，我心目中的男朋友应该像哥哥一样英俊高大。

我说哥，这是我的秘密，不能告诉你。

哥哥不再问，只用眼睛看我，看得长长远远。我有点被他看得不自在起来，但心里还是喜欢他看我的，甚至想听他说句我长漂亮了。哥哥没有说，却说了另一句话。

你的衣服有些紧，要换件宽大的了。

哥哥又是这句话，我嘟着嘴。

天突然下起了雨，哥哥跑到地坪里，赶紧收地坪里晒的菜。哥哥做了干酸菜干辣椒和干豆角，有备无患，这都是当年菜荒的教训。雨越下越大，哥哥收完菜又去追地坪的一只母鸡，追得母鸡满地乱飞。看哥哥在雨中跑动的笨重样子我笑了。哥哥说你还笑，还不帮我一把。我跑过来，偷偷从母鸡后面来个突然袭击，母鸡就被我逮住了。

哥哥说，我去杀了，一半炖了吃，一半给你小炒带学校去吃，好吗？

我说好呀，我最爱吃鸡。

那你就耐心等着，晚饭要晚点吃。

哥哥把一碗黄油泛泛的鸡肉端到桌子上，要我趁热吃，自己匆匆进了里屋。我嘴馋，见到好吃的就什么都不顾了。我大口大口地吃，想把学校里亏损的补回来，一下子，大碗鸡肉吃光了，才想起哥哥还没有吃，才发现他把自己一个人关在房里做什么呢？走到哥哥门前，门却闩了。这就奇怪了，大白天闩什么门？好奇心促使，我爬到窗口上，看见哥哥在翻我的课本看，边看边吃一个红薯坨。

倏然间，心里有一种说不出的愧疚。

翠姐姐在这个时候来了，她怀里揣着一双新布鞋。我看到她怀里的新布鞋，大声朝房里喊，哥，翠姐姐来了。

哥哥从房里走出来，翠姐姐把哥哥按到凳子上，试她做的新鞋。哥哥像傻子样坐在那里任翠姐姐摆布。翠姐姐弓下身给哥哥穿鞋，边穿边说，亲戚家的厂子又来信了，你去不去，我肯定要去的。哥哥没有回答，默默地点燃一支烟。

翠姐姐抬起头说，你看，穿着正好，正好。她又将脚摸了摸。那亲热劲头令我非常反感，我极不友好地看着她。她也不恼，笑着对我说，我也跟你做了一双，等你下次回来就可以穿了。

我说，谁要你做的鞋，土不拉几的。

你——哥哥狠狠地瞪着我。

我，我怎么啦！我转身走进房，“砰”地关上门。

那晚，我把自己一个人关在房里，哥哥没有追进来哄我。我不知道翠姐姐是什么时候走的，也不知道哥哥是什么时候睡的。也是那次后，再也不见翠姐姐来过我家。

第二天回校，哥哥破例没有送我去村口，我知道哥哥仍在生我的气。

十一

月亮垭下着大雪，我走在村路上，意外地感到了一种声音，这种声音充塞着我的耳鼓，是一种久远的声音。哥哥，是哥哥向我走近的声音。这种声音使我在那段村路上走了好长好长。前面那栋倾斜的矗立在竹山里的生着绿苔的木板房是我和哥哥的家。我把家里的火烧得很旺，坐在火炊边等哥哥。窗外的雪里站着个人，那人背靠这边，他头发结着雪，肩上背一个青布袋，单薄罩衣裹着一个宽宽的身子，他的背以及后脑勺我感到了某种熟悉。是哥哥回来了？没错，是哥哥回来了。是哥哥回来了！我飞奔出去，从心底迸发出一声：哥——！雪地里那个人猛然回头，然而，撞过来的那双眼睛，瞅着我时那畏畏缩缩的样子又非常陌生，我怔住了。

同宿舍的人叫醒我，婷婷，你又梦见你哥哥了。

我哭了，很伤心的，躺在宿舍的铁床上。

我从县中学回家，发现家里出现了成堆的苎麻，哥哥坐在一片绿色苎麻上面摘那些麻叶，看上去像一幅绿色油画。

哥，家里弄这些苎麻做么子？

哥哥说给麻纺厂呀。县里成立了麻纺厂，需要大批的麻，我还种了几块苎麻呢。这个东西易生，种一季能生长三次。

哥，苎麻有什么用？

用处可多呢，苎麻做成麻坨，麻坨可做蚊帐、做衣服；也可搓成麻绳打鞋底、包粽子、系东西。哥哥呵呵地笑，像捡了宝似的。

哥不织凉簟了？凉簟可是我们家的祖传呀。

哥哥一下哑言了，他点燃一支烟，吧嗒吧嗒地抽。

哥——

哥狠狠丢掉手里的烟。你说的正是哥遇到的一件恼火事。现在的人不喜欢这种织的凉簟了，喜欢那种用机子压的骨牌坨凉簟。

哥，苎麻能卖到钱？

当然能卖到钱，卖不到钱哥哥不会做。

那好，那好。只要卖到钱，我就会买很多漂亮衣服了。我想象着穿上漂亮衣服在街上一摆一摆地走过去。我兴奋地笑起来，哥哥问我笑什么，我说没笑什么。

我给哥哥递苎麻秆，故意在他面前晃来晃去，哥哥就会停下手里的活，拿眼睛看我。这时我会夸张地扭一下身子，故意说，哥，你怎么不做了？哥哥就说去洗把脸吧！看你脸上的汗。

我洗了脸去倒脏水的时候，哥哥突然伸手抢过我手里的脸盆。哥哥说，我去倒水。我这才知道我洗脸的时候，他一直站在我的身后等待着。他端着脸盆跳着去屋外倒脏水的样子很帅。我喜欢看他这个样子，可这个样子也只一瞬过去了。哥哥又坐在那幅绿色的油画里，他没有做活却抽着烟。我见哥哥这个样子不由想起了翠姐姐，直觉告诉我，只要哥哥心里有事，肯定与翠姐姐有关。

哥，翠姐姐还来帮你洗衣吗？

翠姐姐走了。

走了，去哪里了？

去深圳打工。哥哥朝村部的方向望过去，望着村上那一幢幢空下来的房屋时，脸一派茫然。

我说，翠姐姐也要出去打工？其实我对翠姐姐出去并不感到突然，甚至心里有种莫名的喜悦。这时我又假装地问，她还回来吗？哥，怎么不跟她一块儿去？

哥哥没有吭声。他抓起一根麻，剥去叶子，麻成一根光秆后又横腰折断，把白色的骨头剔出来，只留下那层绿色的皮。然后又用一把小刮刀，在绿色皮上刮去外表粗皮，最后，这层皮就成了丝一样薄的皮。

我问，就这个样卖给麻纺厂吗？

哥哥说，还要把这层皮用石灰水泡，晒干、撕细，搁在膝盖上搓成绳子，挽成麻坨送到厂里。哥哥懒懒地说着这些。我知道此时这些都不是哥哥要说的话，我也只是找些话来说，把空荡的时间填起来。

屋门口的马根草疯长起来，一根连着一根，散发出一种春的气息。哥哥却拼命地剥苎麻，不剥苎麻了就严严地关上门，把阳光、大山、鸟儿一块儿关在外面。

这时候的世界似乎风平浪静，无声无息，从表面上看，天上又开始出现了彩虹，庄稼又开始了生长，哥哥又开始了日出而作日落而归。只是到了晚上，哥哥一堵墙似的坐在门槛上，像石头一样沉默。这个时候我会在他面前走来走去，有时会突然叫声哥。哥哥会浑身一震，会搬山移海样把目光移到我身上，漠然的脸上开始会有些鲜活。这时我突然发现，哥哥虽然想翠姐姐，但更舍不得丢下的是我。

哥哥吃什么呢？神神秘秘的。那天下午，我从县城突然跑回来，哥哥站在锅边不知吃什么，他一见我赶紧把碗放进锅里，将锅盖捂上。我上前揭开锅盖，啊，一锅青菜糊糊不见一点米星子。我吃惊地望着哥哥。

哥哥说，我正准备去喂猪。

我们家不是还没买猪吗？

我给那几个鸭子吃。

那样的菜糊糊鸭子也不一定爱吃。

你怎么回来了？现在是高考复习的关键时刻，你怎么往家里跑？

哥，给我三百元钱。

要钱干什么？

学校办了个英语强化班，班上的同学都参加了，我怕高考的英语难，想参加这个强化班。

好——的。什么时候要？

现在就带走。

现在就要？

没有钱？

不是。这样吧，你先去报班上课，我明天给你送过去。

哥哥说这话时，没有了往日的平淡和平静，脸上有一层不易觉察的愁云。可哥哥在我心里没有解决不了的事，也没有什么事他扛不动的，哥哥的能力只差把天上的月亮戳下来了。但我万万没有想到，县里的麻纺厂已垮台，苎麻不再需要，哥哥又陷入了一种危机。

哥，我回学校了。

哥给你做饭，吃了再回学校。

不咧，我下午有课。

我跑到学校按哥哥交代的先去上强化班的课。

第二天上午，学校安排高考生去县人民医院进行体验。我们班整队赶到医院，发现前面的班还没体检完，还需要一段时间。老师要我们自由活动一个小时。我看到其他同学到街上去买吃的了，我没有钱就在医院周围走动。我看到医院有个窗口排着长队，不知是干什么，我走过去看，意外地发现哥哥排在队伍里。哥哥来这里干什么，他病了？还是？我没有叫他，躲到一旁看哥哥随队伍移到医生面前。医生问，你叫什么？哥哥说叫刘勇。哥哥什么时候成了刘勇？好奇心促使我继续观察。哥哥挽起了胳膊，医生举起针头又突然停下了。医生说，你不就是那个薛秋林吗？你昨天输了血今天怎么又来了，你不要命了？哥哥说，医生你看错了，昨天的不是我，我是刘勇。医生说，你骗不了医生。哥哥说，医生，就这次，求求你了，就这次。

我再也看不下去了，跑上前喊了声，哥——

哥哥见是我掉头就跑。那样子仿佛做了坏事被人当场抓住那样狼狈。我说什么好呢？我只能小心谨慎地跑在他后头，轻声地、几乎是自言自语地说，哥，那个班我不参加了，那种班是骗钱的，对我学习没多少帮助。

哥哥不作声。

我又喊了声哥。

哥哥站了一下。我试图伸出胳膊去抱住他，他却跳到了回村的长途车上。他背对着我，一直到车子开走。我回到学校，主动取消了那个强化班。

第二天早上，班上有位同学问我晚上为什么不去上课。我说，那样的课没多少意思，我不想上了。那个同学说，那你为什么交钱？我说交钱？谁交钱了？那同学说，你哥哥呀！我看见你哥哥交的钱。

这下把我弄糊涂了，哥哥是怎样搞到的钱？

十二

我感到哥哥出事了，这种感觉我从江西回来它就像一件又破又湿的旧棉袄一样粘在我身上。

这年春节回家，仍然下着雪，我坐在老屋的门槛上想哥哥出事了，想着想着我会对着雪突然尖叫起来，好像只有通过这样才能从恐惧中解放出来。

雪下得很大，山上竹子压成了一张弓，地上结了一层厚冰，我要在这么个雪天回北京，走上来时的村路，几次差点滑倒。我站稳定了定神，向村口望去，却意外地看到山坡上有一只鸟从结了冰的树上摔下来，在地上蹦跳几下立即断了一条腿。这个镜头让我心里一阵紧缩，突然感到哥哥就像这只鸟，这种感觉顽固地在心里不走。回到学校后我又无缘无故地想起那只鸟，想起那只鸟我就忍不住流泪。

我以三分之差高考落榜。落榜的那天，我躲在房里生气。我辜负了哥哥的期望，我不能把书读到北京了。哥哥说没问题，复读一年把那三分挣回来。我说，我为什么要复读一年，万一又考不上呢？那又要浪费钱？那几天我反复在想一个问题。甚至想我为什么一定要考学校？我也可以出去打工呀！村里打工的人都显出了成绩，他们不是把旧木房掀掉盖起了水泥楼房，就是把大彩电搬回村。以前要爬十几里山路，去镇上才能看到的西洋景，现在坐到家里就能看到了。而我和哥哥仍在破败的木板屋相依为命。我十八岁了还依赖哥哥生活，我为什么就不能赚钱来回报哥哥呢？想到那些和我一样大的女孩子穿着高跟鞋在田垄上一扭一扭，委屈的样子很幸福。我为什么就不能穿那样的高跟鞋呢？

我知道说服不了哥哥，我一不做二不休，偷偷离开月亮垭，跑到友谊宾馆去工作。我的工作是站在大厅做姿客，我发现我穿上旗袍站在大厅里迎接客人是多么自如，好像我天生就是吃这碗饭的。我甚至还后悔没有早些来，浪费了那么多大好年华。我很满意这里的工作，这里包吃包住还一个月给我四百元钱。我想好了，发第一个月工资就给哥哥买双皮鞋。哥哥还没有穿过皮鞋。我这样想的时候，大堂经理对我说，门外有个人找你。我笑容可掬地朝大门走去，刚走出几步就收住了脚步。透过大厅玻璃，发现哥哥蹲在门外的花坛上。

哥，你怎么来了？

你让哥急死了，来也不和我说一声。

我说你会同意吗？

哥哥将烟蒂狠命地往地上按，我知道你读书苦，你就再考一次，这次就算你为哥考吧！

哥，你打死我也不考了。

如果再考不上你就死了这份心。

哥，你就饶了我吧！我已经和他们定了合同，回不去了。假若哥要我去北京的话，我可以去北京打工呀！

你睁开眼看看，几个打工成了北京人？我是要你成为真正的北京人，成为有知识的北京人。哥哥又突然一句，本来你就应该是北京人。

哥你说什么？我本来就是北京人？

我没说什么，跟我回去。哥哥大声吼，眼睛直直地望着我。我没有看过哥哥发这么大的怒，但我没有屈服。

好，你就在这里。哥哥朝北的方向意味深长地望一眼，转身走了，走得一歪一歪。我望着哥哥渐渐消失的背影想，哥哥不会再来了，我让哥哥彻底伤心了。其实我自己也伤心，我比任何人贵气不到哪里，我也是个打工妹。

第二天，我刚站到大厅里，发现有个人蹲在门外的花坛上，那个花坛正对着门，也正好是我能看到的方向。我心里一沉，又是哥哥，哥哥又来拖我回去，怎么办？怎么办？我看到保安在那里走来走去，心里一亮，要是哥哥硬要我回去，只好请保安帮助了。心里有这个准备我就安心工作了。我跑进跑去地送客人上楼下楼。奇怪的是，哥哥只蹲在花坛边，并不真正走拢我，好像我是他一个完全无关的人。整个上午过去了，他就这样蹲在花坛边。

第三天哥哥又来了，手里提个塑料袋，袋里的烤红薯看得清清楚楚。他吃着红薯，不吃红薯时就抽烟，烟一支接着一支地抽，他被包围在烟雾里。第四天，第五天，哥哥都蹲在花坛边，背对着我和大门。

我走过去，我说哥你要在这里住下吗？

哥哥笑笑说，我在这里也不碍你的工作。

你等吧，等得天荒地老我也不会回去。

这句话刚说完，天下起倾盆大雨，我想这个雨下得好，这雨可以把哥哥赶走。当我回到大厅再转头时，哥哥仍蹲在那里，身上的衣服全湿了。我撑了伞跑过去，他不理，一任雨淋在身上。我只好又回到大厅里。雨越下越大，天好像要塌下来，我又跑过去送伞，哥哥把伞丢了。我没法，就请保安去劝哥哥，哥哥却像一尊神，丝毫不动。

那场雨连续下了两个多小时，大厅里的人围着门口看哥哥，像在看一个傻子。我也在看哥哥，表面上在看一个与自己无关的人，实际上心急如焚。我忘记了我的工作，忘记了周围人对我的不满。大堂经理喊我去吃饭，我没动，喊我送客人去房间我也没动。我站在大厅里，看着哥哥，哥哥看着我，那场雨像发了疯似的下个不停。就这样看着，终于，我向哥哥跑去，大堂经理在后面喊，你去哪里，丢下那么多的客人不管。我没有停住脚步。大堂经理又说，你还要不要这份工作？我仍没有停住脚步。我走到了哥哥面前，哥，我们回去。

哥哥抹了一把雨水，笑了。

十三

焦灼、悲伤以及我对未来生活的茫然，让我无法冷静下来，我胡思乱想，渴望用我的一切来换回我过去的生活，那时我是快乐的，尽管有时也忧伤，但那是种美丽的模糊不清的忧伤，我知道，我的复杂心绪是哥哥传染给我的。我千万次问自己，是谁把哥哥送到我的面前，每每如此，我觉得有些对不起我的爸爸妈妈，因为我对哥哥的思念已经远远超过了给我生命的人。为什么？我无法自圆其说。

每到这时，我也会莫明其妙地想起月亮垭那对表兄妹的传说，这个传说并不美，但很实际，我用这个传说来对照自己，最大的区别是我不想创造月亮垭，只想离开她，一直就想，现在想，离开月亮垭我不是为了自己，而是为了我的哥哥。哥哥想方设法让我离开月亮垭，真正离开了，又感到哥哥并不想我离开。有时，我还真弄不懂哥哥。那段日子，对哥哥，我是满脑子的迷惑。

哥哥，这是我的录取通知书吗？哥哥打了个赤膊，满身大汗地从田里跑回来，他卷起身上的汗背心嘿嘿地笑。我手上的通知书快在我手里揣烂了，我既怕它是假的又怕它不翼而飞。于是我又问哥，哥，是不是邮递员搞错了，是不是有和我同名同姓的人。哥哥仍然朝我嘿嘿地笑。哥哥没有回答，我心里更加没有信心了。在家乡我连电子手表是什么都不知道，也是我去县城读中学才知道的女崽竟考上了北京师范学院，这简直有点天方夜谭。

哥哥不笑了，他说你要是考不上，还有谁能考得上呢？

哥哥这句话给了我力量，他一直就是这样。这下，我对着镜子反复照，如果说外面的世界像这面镜子，在这面镜子里，我看到了自己的价值。我觉得我将起一个质的变化。那些日子，做任何事情都是快乐的，我沉浸在一种快乐中。我把坪里的鸡撵来撵去，在几间房里跑进跑去。不跑了也会像哥哥一样，坐在门槛上朝前望去。前面是山，山那边呢应该是北方。我曾听哥哥说过，北京在北方。

哥哥说，你就要去北京了，北京可是全国人民的首都，是红太阳升起的地方呀。我说是呀是呀。哥哥又说你要坐火车去北京。我长到二十多岁连火车是什么样都没见过，现在你要亲自坐火车去北京，去看比县城更大的世界了。我说哥咧，你可以坐火车去北京看我呀，我们一起去天安门看升国旗。哥哥说那当然。这是我多年的愿望，当不了国旗手，我可以去看他们升旗。哥哥说完，走到牛栏边，手里抓一小把稻草，弓下腰，给那头心爱的牛喂草，样子很专注。

我突然觉得我就像哥哥喂草的那头牛。

婷婷——哥哥的声音，我回头看，他正倚在门口，手里拿着一个带拖的箱子。哥哥从镇上给我买回一个带拖的箱子。他要我把衣服装进这个箱子里。我接过箱子，对哥哥做出一个开心的笑。

明天就要动身了，抓紧清衣服吧！哥哥说着，帮我打开箱子。我瞧着他轻轻地拉开拉链，然后慢慢地把背带套到箱子的两边。我开始往箱子里放衣服。

你真要去北京吗？

我猛然抬头，奇怪地望他一眼。哥哥双手插进口袋里，身子有些弯地站在我身边，默不作声又很细心地看我清东西，好像刚才那句话不是他说的。

凤凰总是往亮处飞的。哥哥又补一句。

哥，你怎么啦，我是你妹呀！

哥哥莫明其妙地望着我，突然冒出一句，我是你哥吗？“哥”字使他的嗓音变得呜咽，眼睛一点一点地暗淡下来。

你不是我哥？我笑了，笑得眼泪冒出来。哥哥没有笑，轻巧地帮我把装好衣服的箱子合起来，回头凝视我一下，再回过头时说了声，早点睡吧！哥哥从我房里消失了。我茫然地站在房中间，把房里的灯加大，发现哥哥那边房没点灯。家里为了省电钱，哥哥在我上县城读书时又点上了煤油灯。

我说哥，你就这样睡了吗？

哥哥没有回答，他那边像在整理床铺，木板发出压榨的吱吱声。

我又说，哥——

我心里荡漾着一种情绪，好像这种情绪突然就来了，在我刚才清衣服时没有，在我刚才点灯时没有。我很想哥哥走过来，走近我。在这个秋夜，我等待着，张着一双企盼的眼睛等待着，却又不知在等待什么。

木板墙像娃娃嘴歪着，白皮纸糊着的木格窗，在夜风的拍打下，发出嘶嘶的声音。

睡觉吧！

哥哥的声音，干净利索。倏然间，好像有股风从木格窗口钻进来，钻到我身上凉飕飕的。我孤零零地在这间房里，感觉好空，越来越空，我的整个身子仿佛腾空而起。可是我知道，我心已经飞出月亮垭，因为这个，我觉得很对不起哥哥。这种感觉很奇怪，我迷迷糊糊，房门口传来哥哥的呼喊。是哥哥，我惊喜地爬起。

哥说马上出发。

我嘟着嘴出门，发现外面还是漆黑一团。哥哥手提肩背我的行李独自走在前面。秋后的田野一片空旷，鸟儿被哥哥的脚步声惊飞。我走在哥哥后头，琢磨怎样主动和哥哥说第一句话，可又不知说些什么话。哥哥宽阔身躯在我前头晃动，我默默地跟在他后头，一直到上汽车，也没说上一句话。我们在省城找火车站时，费了不少周折才找到火车站。哥哥把我的行李放到行李架。

我说哥我要走了！哥说到了学校不要节省钱，把需要的东西买齐。我说我走了你怎么办？哥哥说你跟同学一块出去，同学买什么吃你就买什么吃，你不比同学差。

哥——

你就安心读书吧！

我说哥你来北京玩，你也可以看到我们村的狗崽。

哥哥一听狗崽，脸上呈现出了一种复杂的表情。哥哥也知道，狗崽那年当兵后，留在了北京。

列车员在车厢里不断地喊送客的人赶紧下车。哥哥走下车跑到我窗口前，我从窗口伸出手向他告别时，手正好够着他的头，就在开车的一瞬间，我摸了下哥哥的后脑勺，没想到这是最后一次摸他的后脑勺了。随着车的开动，车厢里响起了孙悦的《一路平安》。哥哥向前小跑着，泪水一下子涌出来。我是第一次看见哥哥流泪，哥哥使劲地擦泪，身子拼命往前倾。我忘了和哥哥招手，只呆呆地看着哥哥。哥哥有一米七八，胸部宽宽的，腰板挺得溜直，那件褪了色的汗衫，没有盖住他一身肌肉，露出的胳膊肌一瓣瓣往外鼓，脚上那双塑料拖鞋仿佛承担不起他的重量，往一边歪了，但他走路很精神。哥哥是村里女孩子的偶像，他随便往哪里一站，女孩子都要鼓着眼睛看他，眼睛鼓出火来。

十四

就在我等待哥哥新线索的时候，哥哥又从湖南平江寄来了汇款单。我知道平江在湖南的岳阳，那里还有个世界著名的洞庭湖，它使我非常向往。但是现在，我觉得哥哥就像洞庭湖的一滴水，淹没在茫茫人海。我知道再给哥哥写信他也不会回信的。恰好这个时候学校正在定实习去向，于是我便争取到平江去实习，尽快赶到那里去寻找哥哥。同学们在讨论去哪里实习时，我便向学校请示要求去平江一中。同学们都很支持我，并把我寻找哥哥的经历向学校汇报了，我的请求很快得到了学校的批准。

我在平江实习的两个多月里，尽管我每天都在打听和寻找哥哥的下落，可是哥哥从平江传递给我的那丝希望又像洞庭湖的风一样飘得无影无踪。

两个月的实习结束了，我不得不返回学校。这天，我拖着哥哥的那个小拖箱来到汽车站。汽车站前面停了很多等客的摩的，我夹在摩的中很不耐烦地走来走去，突然一辆摩的从我身边开过，我发现摩的司机的后脑勺有点熟悉。摩的绕了个弯在我前头停住，车上的乘客下摩的后，摩的司机从车上下来，缩成一团傍在摩的旁跟另一个摩的司机说话。我实在无法相信在这里看到一个和哥哥这么相似的人，但是这个摩的司机缩着一团的身子又无法让我把哥哥魁梧的身子连在一起。但是我不甘心就这样离开，哪怕他不是我哥哥我也想再仔细看看这个特别像我哥哥的男人。于是我绕过一些人朝摩的那个方向走去，那辆摩的就在我前面了，那个摩的司机背对着我继续和人说话。这时我越往前走，那个背影越清晰。那个背影越清晰我心跳得越快，因为我已经清清楚楚地认出来了，他就是我哥哥。我来不及走到他跟前，从心底迸发出一声：

哥——！

被我喊哥哥的那个摩的司机慢慢转身，转得非常艰难，几乎要倾倒下来。他右手腋窝里支着一根拐棍，全身心落在左腿上，右腿的裤管里空荡荡的。

原载《钟山》2006 年第 4 期

倾　　斜

一

都走了！该走的都走了，只留下空落得让人感伤的房子。

徐嫦娥煎饼似的在床上翻来覆去地折腾了一阵后懒懒地爬起来，套上衣服便习惯地抬头去看墙上那架带日历的石英钟，然而，她眼前一片空白，定定地没有看清那钟上的日历，更没看清她起床的时间。她迷糊地记得，儿子起得早，洗漱特别地小心，在她耳边说了几句什么话，然后就离开了房间。不过有一点她是记得的，今天是她的厂休假日，是她几十年千百个厂休假日中的一个。她穿上鞋，去厨房前又愣愣地盯着自己睡过的床。这是张老式架子床，宽大无朋的床垫上，深凹着她久恋的人形。一个女人，仍有姑娘般的热情，仍有四肢撩天的睡姿，但身边却是空空荡荡的。因此，近年来每个厂休日，每个早上，都会触景生情，心中涌动一种莫名的苦涩。从这天开始，她将变得老态龙钟，步履蹒跚，行为迟钝。将对任何事物不产生欲望，将像一颗熟透的果子在空荡的岁月里枯萎。然而，她还只是一个四十六岁的女人，一个人生刚刚嚼出味来的女人。

昨夜里没关掉电视，此刻主持人正预告着日期节目。她心里蓦然一缩，脑际闪出一个亮点，今天是离婚不久丈夫母亲的生日。她猛然省悟，儿子不是去加班，是瞒着她给祖母祝寿去了。唉！连儿子也不说真话，像他……

她看不清电视在播演什么，哆哆嗦嗦掏出一支烟，点燃，一圈圈白色烟雾向周围扩散并包围着她。去年的今天，丈夫石磊然的母亲、儿子成玉的祖母，照南方人俗称她家娘的生日宴还是由她唱主角的。她是石家大媳妇，每到这天一张大圆桌架在老寿星面前，徐嫦娥围裙一系下厨了，一道清炖的仙鹅下蛋放到了桌子中间，仙鹅下蛋就是一整只母鸡下面放一些剥出壳的圆蛋和桂园，老寿星是最喜欢喝这里面的汤。接着一碟红辣椒爆炒卤牛肉，专为石磊然下酒的菜，往往石磊然吃得满头是汗满脸红光。然后是专为小朋友做的肉丸子。一桌红红绿绿老少咸宜的佳肴做完后，徐嫦娥围裙一解拿了瓶酒坐到了老寿星旁边，她不会喝酒。只沾一点点就红脸，却会敬酒。说上几句甜酥酥的祝词，就会令那位老寿星脸上笑起彩花纹。

这……这已成了过时皇历。她移到桌子边，拿了一个杯子，放进一把茶叶，冲上开水，喝一口苦苦的，哦，茶叶放多了，水都成了酱油色。她盯着玻璃杯茶叶起落，挥不走的思绪袭上心头。那年石磊然平反出狱热热闹闹做一次生日，石磊然张着红滋滋的脸对着她把手伸向她，抓着她的手，这只五根粗粗糙糙被刀割破或洗衣粉浸坏的手指，他抚摸着，双唇翕动，目光灼亮看着她，慢慢地把她的手放到胸口上，她感觉他的心在跳动急剧加快，她的心也在加快，她感到他的血向她涌流过来，他那低沉富有磁性的声音："这些年真苦了你呀，下半辈子我会好好待你的！"简洁明了的话无半点矫揉造作，听得真切明白，甜滋滋地像喝了蜜糖似的沁渗到她心底。

如今他走了，他把他的承诺也带走了，扔下她孤零零的一个人。男人，究竟是什么东西？说走就走，说离就离，倒进另一个女人怀里。一想到那个女人，她就怒火攻心，火爆起来，他的承诺狗屎不如！

他走了，倒进另一个女人怀里，他的承诺狗屎不如！她摇摇晃晃走进厨房，烧了一碗鱼，炒热一小碗剩饭，直往口里填。她感到最喜爱吃的鱼放到口里如同嚼蜡，心里堵起老高，好在她还有酒，正站在壁橱里。她从壁柜里取出一瓶酒，哗哗倒进一个高脚酒杯。也许这个时候他和家里人吃吃喝喝到了最痛快的时候，或许站在原本属于她位置上的那个女人，正举着酒杯。

她也举着酒杯向前方伸出，喊着"敬老寿星一杯"，然后一仰脖子，咕咚咕咚地倒进喉咙，酒就从她喉咙里流下去，她感到鼻腔发热喉咙刺痛胸腔发堵，但精神上非常痛快，她要的就是这种感觉。

她又倒出一杯酒，满屋走动，嘴里不停地喊："喝，干杯！"她走到大衣柜前，望着镜子的她，猛力往前一送，碰着了大衣柜，镜子里映出了她被酒精烧红的眼睛，她突然发现她头发里飘出了银丝，一绺一绺的那么多，脸也像一张揉皱的白纸，她用手去抹，那细细的酷似石头的纹理怎么也抹不平，她含糊不清地咕噜道:“我真的老了，丑了。难怪他不要我了，难怪难怪……”她瘫倒在沙发上。

她迷迷糊糊睁开眼睛，已经晚上了。

她躺在自己床上，儿子成玉站在床前，轻声说道：“妈，你又醉了。”

“我没醉。”她嘟哝一句，瞟一眼儿子。

自从跟石磊然离婚后，烟、酒和睡觉便像毒蛇一般死死地缠住了她。她曾为此发誓，诅咒，甚至用锋利的刀割破手动脉管，然而无济于事，她是那种需要感情如同需要粮食一样的女人，哪怕只一点点，即便生活在暮色的阴影里亦心甘情愿。然而石磊然离她而去，毅然而然地抛弃了她。

她心里头一团有血有肉的东西被割去了，那深切的疼痛恐怕只有她才能感觉到。

儿子仍然站在床头，她知道，儿子是向着自己的。儿子是她生命的部分，是她的希望和寄托。自他父亲离开这个家后，她不再有这种感觉了，因为他太像他父亲了，面孔、言语举止就是石磊然。他像一柄高悬的双刃匕首时刻挂在她眼前，一点点地剥开她揪心的伤。然而她却又分明感觉到儿子的目光充满了理解和抚慰，于是，她又断定儿子是儿子，丈夫是丈夫。儿子是她的心头肉，丈夫是她感情上的砝码，儿子不是丈夫，丈夫不是儿子。

“妈，您怎么了？”成玉轻轻地问。

“走开。”徐嫦娥大声说。

“妈，您何苦要自己折磨自己？”儿子带着微微的怨艾。

“走开，我叫你给我走开，我不是你们石家的人了，不要你管！”她嚷着，声音却没有劲。

“妈，您别生气——您和爸爸是分开了，可我不能没有妈妈，也不能没有爸爸。我跟您不同，我谁都要。”成玉带着几分负疚的口吻解释。

她全身一阵痉挛，抽搐，没有吭声，目光悲哀地落到地上。

“妈！您千万不要生气，憋坏了身子不好哇！”

成玉在她耳边不停地说着，没有一句说中她的心，到底是“儿无娘心”哪！

她闭着眼，把头往里面扭，一只手托着腮帮：“你走开，让我安静一点。”

“妈，刚才我收到大姨的信，她说近日来玩，也好，让她陪陪您。”成玉欢喜地告诉她。

“谁叫她来的？”她一下子从床上蹦起，瞪着儿子，儿子已经熟悉了母亲的各种目光和行为，他不以为然地离去，

二

徐嫦娥神情恍惚去挤车，那该死的售票员关上车门时，把她的一条腿夹在门子里，疼得她叫起来，引得车上的人把脸都转向了她，那小泼妇似的售票员还絮絮不休地数落她笨手笨脚，她气得和那小泼妇干了一场。下车时，她的袋子又夹在里面。报复。那小泼妇报复！下车后不禁自惜自怜起来。

老了，真的老了啊，连售票员小妹子也看不起她了。有了这个感觉，觉得路上的行人都用一种不屑的目光斜视着她，好像在说：“瞧，这个丑婆子，这个被抛弃的女人。”

真的，她感到行人都在背后指指戳戳，她全身像着火，逃也似的往工厂奔去。进了厂门，又添了一种心虚的感觉，低着头匆匆走进车间。

“嫦娥！”车间的几个大姐立即像众星捧月把她围在中间，说了一堆安慰话。几个年长的女人愤愤不平地说，据说石磊然最近会提拔到厅里当头头，我们几个大姐准备联合上一纸状纸告到省里去，让他官场卡壳，你看怎么样？

徐嫦娥满脸狐疑。

几天后，当她得知石磊然官场卡了壳时，她并不感到痛快。这是后话。

徐嫦娥毅然走进厂长办公室。

“怎么？你要退休！”厂长接过她递上去的一张纸片，浏览了一遍，微微吃惊。

“嗯！我近些天总是犯头痛病。精神不行了。”徐嫦娥说。

“我们知道，你受到那场打击，心里是不舒畅的……”厂长深表同情地说。

“别说了，厂长，请你批准我退休吧！”徐嫦娥又装头痛起来，她忍不住地呻吟着。

厂长怜惜地望着她，发现她确实变了一个样。她那张端庄光滑润泽的脸，不知哪天开始挤进了一些皱纹，显得不那么光滑润泽了；她那排整齐雪白的牙齿也掉了一颗；她那乌黑漆亮的发丝，偶尔摇头时，摇出一些银色来；平常那么爱整洁爱打扮的人，现在变得随便了，就连身上穿的那件现在看起来也还时髦的春装，也布满了油迹。

岁月不饶人啊！过去，过去她是个始终被人注意的人啊！

过去，她那张瓜子脸皮肤白得细嫩，红得透明，那对丹凤眼一眨一眨，晶莹莹的好像也能说话；那两条长辫子拴着一条花手帕总是在腰间摆动，再加上她那张甜腻腻的嘴，不知勾去多少男人的魂。厂里的小伙子有事无事往她那个车间挤，蜂拥在她身边，把个车间闹得火爆爆的。她似乎对谁都好，笑出的一对酒窝把人都醉晕。她就像天上的月亮一样，对谁都有温情，而谁也难得摘到手。她骄傲得像一个公主，美滋滋地朝一个个追求者脸上游刃扫视，她不知道该把手中的彩球抛给谁？被追求的人越多，她的身价越高。直到 1952 年的一天，小伙子们发现她手指多了一枚黄澄澄的戒指，还发现那枚戒指戴在她无名指上，这说明她已名花有主了。追求她的人像潮水般涌退，她反觉空落落仿佛失去了某件东西，是什么？她说不清楚。那时提倡婚事新办，不讲钱，不讲嫁妆，只要分分喜糖，贴上几副对联，两人铺盖搬在一起就可以成亲了。厂长曾经也是追求队伍中的一员。

厂长珍惜的目光再次落到徐嫦娥脸上时，她的心咚地一跳，她不愿看到这种目光，“厂长……”

厂长思索了一阵，终于说：“让我们研究一下，大概问题是不会太大的。”

徐嫦娥断然回厂长说：“我在家等着你们的答复。”

三

徐嫦娥睡了又醒来，她伸出手掌看，看不清五个分开的指头，哦，是午夜了。她把自己弓成虾米，她感到还是冷，以前认为空间小的房子忽然变大，就觉得冷起来。那冷好像从脚底来，又好像从头部往下灌。挪一挪脚，冷空气从脚底钻进来，迅速往上身挺进；动一动头，冷空气又从头部往里梭，向下身蔓延。不动吧！又像是一具僵尸摆着。曾经总嫌石磊然鼾声扰人，如今没有了那鼾声，又觉得静得吓人。她掖掖被子，被子柔软软的，感到缺少一些什么，缺少一种气味，一种令她心动的气味。

紫红色的被子压着她，窗外溜进皎洁的月光，很温馨。望着温馨的月光，她的皮肤和肉体有一种欲望的冲动，她心里一阵惊慌，她的手在无所事事中抚摸着自己的皮肤，脑袋里膨胀着一些东西。平常石磊然躺在她身边，在有月光的夜晚，他的下部会昂起很高像一顶撑开的伞，脸部表现出一种异样的情绪来。她知道他要想干什么了。她虽然四十六岁的女人，像一个熟透了的柿子，只要轻轻一碰，就会涌出一股浓郁的香汁来。石磊然揉着她的肌肤，一寸寸地，她躺着，全身一阵酥软，双腿间涌现暗流迎接着。这时石磊然像醒狮一样全身覆盖着她。这时有一种只有她和他听得懂的音符奏起，同时有一种气味就会迅速扩展，弥漫开来。臭汗不见了，如芬芳的兰香充塞着整个房间，当那些协调的音符结束后，石磊然大汗淋漓，鼾声大起地躺在她身边，睡着时还不忘一只手抱着她，她在他怀里闻着那气味，带着那气味，听着鼾声悄悄进入梦乡。

她想着那鼾声那气味，到凌晨一两点才好容易合上眼，石磊然那种疏远冷漠的眼神又钻进她的梦里，他要和一个女人走，她和那女人闹，和那女人争，闹哇、争哇……等他挽着那女人跑了，粉红色的阳光已经从窗口溜进她的床前，她才慢慢起床。

她移到沙发里，从口袋掏出一根烟，抽着吐着，一圈圈白色烟雾把她笼着，很快茶几上的烟灰缸堆满了烟蒂，那上面还有几个冒着缕缕青烟。想的和做的并非如此，人一退休，全身松下来了，就觉得自己成了一堆多余的肉，儿子上班了，整个空间就是她，她的呼吸，她的叹息。

她在这个空间摆来摆去，弄出点声音来，好像有味，但一想全部是自己的，又怔愣愣地发呆。不弄出声音这房间仿佛像庙，像坟，沉静、死静，她要离开这个庙这座坟。

她抓起一个菜篮子去菜场，还是买点菜去，其实冰箱塞满了菜。她在菜场荡来荡去，一路问过来，问过一条街的菜价才开始买，椒辣一个个选，要尖红小的，鸡蛋一户户还价。她不急，她有的是时间，一路菜买回家就做饭，早了。她放下菜，想去儿子房间整理一下，走进儿子房间，随手从书柜里拿起一本书翻翻，书里尽是描写爱情的，遇到这些场面描写，心里泛起一种腻味，她跳过那一段段文字，翻到后面……还是织毛衣，与其说需要，不如说是为了消磨时间。她把一件不该拆的毛衣拆了，重新编织。

日光轻轻掠过走廊的一头出去，透过百叶窗反射到房里，光线一下变得强烈，到该做中饭时候了。她自言自语，猛然发现儿子留在桌上的条子，儿子不回家吃午饭了，想想又是一个人吃，算了，还是趁着太阳洗衣服。她丢下手里毛线，拖鞋踢踏、踢踏去房里清洗自己衣服；又踢踏、踢踏去儿子房间清理床单，掀开枕头，发现一个乳罩，黑色的乳罩压在枕头下。乳罩捏在她手里很厚，有西装衬肩那么厚，又很软，是海绵做的，隆起的两个窝上绣了两朵红梅花。床上还隐隐露出两个人睡过的痕迹。女人，她马上想到女人，儿子带女人回来过了，这是什么时候的事呢？她有些心慌，害怕是真的。望着儿子房里已封多年的那道后门，堵门的几个箱子好像被移动过，箱子移动门必定启动过，这是一道迎街的门，进来人是不用通过徐嫦娥房间的，她自然一点不知道。离婚后，儿子每天抽一些时间陪她，给她讲一些社会上的逸事新闻，陪她看电视，解说电视里的情节，她在心里渐渐用儿子取代了丈夫的位置，最近徐嫦娥只感到儿子时间不够用，隐隐觉出他在谈恋爱，没想到儿子就和女人睡到一块了。儿子还小啊，儿子和什么样的女人来往呢？

她不敢想象，只觉脑袋嗡嗡响，儿子不是自己那个儿子。儿子也被一个女人从她身边夺走了。

一想到女人，她的神经又紧张起来，他的眼前又晃动出石磊然的影子，儿子太像他了，真是有其父必有其子！为什么不有其母必有其子？都说儿子像娘，银子打墙？为什么儿子一点也不像自己？她回身看儿子的房间，目光搜寻着，却看到挂在墙上的儿子照片。徐嫦娥心头一愣，她分明看到的不是儿子是年轻时的石磊然。她记得清清楚楚，当年她和石磊然在一条街上长大，她和他偷偷相爱在这间房这张床，堵着的这扇临街门。他总是用一片光滑钥匙启开。直到石磊然进了大学，她和他才分开了，但命运之神不知不觉把她和他牵扯在一起，她在工厂里做工，他来厂里设计造房子，漂亮的设计引来多少姑娘的羡慕目光，她也被融进了这倾慕之中。他几个眼神几回微笑，都使她战栗。她记得他是一个不太说话的人，目光灼亮，英气勃勃，宽阔的大脑门潜藏着无穷的智慧。他用行动表示他对她的爱，他送给她第一件礼品是一只纯银蝴蝶发夹。那时的姑娘一刀齐短发，配一只银色蝴蝶发夹已是很奢侈了。第二件礼品是一枚黄澄澄的戒指，这枚戒指一戴，标志着名花有主，追求她的人如八月大潮迅速退去，留下小伙子一串嫉妒的目光。她和石磊然结婚简单又不俗气，在当时算高规格，厂长和局里的领导都到场祝贺。他们没办酒，分分糖果，结婚仪式也简单，在毛主席像前三鞠躬，高唱一曲《东方红》，把一张大红结婚登记证书送到他俩手中，就算是法定的夫妻，应该说婚后三年美满幸福，儿子的降世打破了二人世界，晋升为三人世界。从一个姑娘变成了母亲。那时提倡光荣妈妈，孩子生得越多越光荣。也就在这个时候，石磊然在单位里说了一句不该说的话，说马寅初节制生育的理论是对的，如果中国不节制生育人口将会大爆炸，带来的将是灾难……就这句话，说他是与马寅初穿同一条裤脚的大右派，于是他被投入监狱，叫他在牢里节制生育，这可苦了她，她拖着刚出世三个月的儿子去探监，他摸索着想给儿子一件纪念品，摸遍口袋没有东西，从衣服的领口摘下一颗黄色的铜纽扣，儿子摸着纽扣笑了，她哭了，她把这颗纽扣编织出一只漂亮的香袋，配上红丝线挂在儿子的头颈上。戒指和银色蝴蝶她为了生存卖掉了，唯这颗铜纽扣编织的香袋至今还吊在床边。那时她看到这颗铜纽扣心里就会涌出一股清泉，一股不可抗拒的力量，她相信他是好人，他说的话没错，不是反党反社会主义，不是反革命，她没和他划清界线，她抱着儿子一次又一次去探监，带给他是生的希望：

磊然，你看看，我们的儿子多可爱。

嫦娥，让你受苦了！

你看，儿子在朝你笑。

儿子，你长大了，可以忘记爸爸，千万千万不要忘记妈妈。

可儿子把她忘了，扔下她去爸爸那里了，去女人那里了。她突然感到胸口疼痛，双手揪紧了衣胸襟，两眼痛苦地望着儿子的照片。那颗铜纽扣编织成的香袋在眼前晃动。

四

儿子真的和女人同居了。

徐嫦娥得到这个事实，第一个感觉是会失去儿子，但没想到有这么快，就发现儿子秘密的那个晚上，整个地把儿子失去了。

徐嫦娥捏着女人的乳罩，心里有种家里东西被贼偷走的感觉，于是警惕百倍起来。儿子中午不回来，晚饭总得回家吃的。夜幕开始降临，她做的饭菜放在桌上一两个钟头了，儿子还没有影子，看来儿子晚饭也丢在外面了。

徐嫦娥气不往一处打，一屁股坐在电视机前，与其说电视吸引着她，不如说就这样她心里好受一点。她要教训儿子，她的儿子就得归她调教，不能坏了名声，不能像他父亲。那电视里一声晚安，再一次提醒徐嫦娥，儿子不会回来了，和那女人一起躺尸在外头了。

徐嫦娥“啪”的一下关掉电视机。

她揣着一团怒火往床上移，然而肉体一触床面又空洞起来，她觉得自己那堆多余的肉，对床的概念并不重要了。如果她有一个正常女人一样渴望着男人的胸膛，现在想想也是奢侈和妄想了。

她把自己一个“大”字写在床上，张大双眼，瞪着那天花板。天花板裂了一条缝，那条缝有些发黄了，有一只很大的蜘蛛在那条缝中织网。右边墙上有一只壁虎捉蚊子；左墙边的石英钟已向凌晨一点奔去。耳朵格外灵敏地装着周围，隔壁的猫叫过一声后，好像对门家里的婴儿在哭，可能要吃奶了。这时有扇门“吱扭”了一声，尽管声音轻微，还是听出来了，是自家临街的那扇门，虽然不经过她的过道，她还是听出来了。接着女人的高跟鞋轻轻点在水泥地上的摩擦声，一一灌入她耳。一会儿门又“吱扭”一声。门又重新合上了，紧接着一阵慌乱的“窸窣”门帘声。徐嫦娥眼里的蜘蛛也好，壁虎也好，闹钟也好，全不在她欣赏之内了，只感到那团火又在腹中滚，暗暗骂了一句恶臭的话，又自言自语起来。曾经勾引她丈夫的是女人，如今勾引我儿子的又是女人，我要救我儿子。强大的责任感武装着徐嫦娥。她一下掀开被子，来不及穿衣脚伸进拖鞋，踢踏、踢踏，响到儿子房前，挨到门时，却又不由自主停下来，她先将脸贴到门缝，朝里张望，结果看到的仅仅是她昔日缝制的一面窗帘布，她有些失望，突然将手伸进袋里抓到一串钥匙，尽管她没有穿外衣，还是没忘记将儿子房的钥匙放进内衣口袋里。她想突然冲进去，而又神差鬼使地打了一个顿，徐嫦娥像一个幽灵在静夜里窜来窜去，再次蹿到儿子门边时，对房门嘭嘭嘭敲起来了。

房里没有一点动静。

腹腔里滚动的那团火烧得她双眼通红，她喊开了：

“成玉，你出来。”

“妈，我已经睡了。”

“我不管，你到我房里来，带上那个臭女人。”

她喊完几句，又加上脚踢了两下门，才噔噔噔回自己房里，在床边坐稳，等儿子和那臭女人。

半晌不见儿子那张脸，却听到临街那扇门“吱扭”一声开了，接着又关了。

龟崽子走了。

徐嫦娥掏出袋里的那串钥匙，几步蹿到儿子门前咔嚓一下，门开了，果真，房里只剩下一片狼藉，一片仓皇落逃的狼藉。徐嫦娥一屁股坐在儿子床上，抓起枕头打去，咣的一声打在收音机上，走吧！走吧！你就死在外面吧！今后别再踏进老娘的门了。徐嫦娥骂了好大一阵，骂得嘴唇变乌，腿脚打战，脸开始变形，眼泪也跑出来了。她感到冷，一种彻骨的寒冷。她双手交叉地抱着胸，抱着自己，“咕咚”一声吞了一口口水，然后放出个嗝。

儿子不是好东西，寒冷促使她又开始骂儿子了。儿子和石磊然一样，她把儿子和石磊然一块骂去，可儿子毕竟是自己的心头肉，一骂儿子心就痛起来。她不能失去他，他不能让别的女人把他带走。

她骂儿子，又想那想过几千次的伤心事，骂那石磊然却又想那石磊然，徐嫦娥像蔫了一样缩在沙发里。

五

“嫦娥、嫦娥。”徐秀珍出现在门边。

徐嫦娥茫然地望着对方，眼神却游离着门外，不像观街市，也不像看来人。

“是我呀！”徐秀珍走近她。

徐嫦娥脸上层叠的茫然才像石头投进水里一样，向四周荡漾开来。

“姐姐！”嫦娥惊喜地叫着。

徐秀珍发现她惊喜的神情只一瞬过去了，脸上立刻罩着浓浓的愁云。这些愁云有些陌生，陌生得害怕。房子很脏很乱，窄窄的房子还喂了一对兔子。到处拉着屎，凳上、门槛上，还有地上的小菜堆里。徐秀珍感到，这个家已没有往日的生气了。

徐嫦娥想说什么，话到嘴边又打住了。姐妹间突然没有了往日的寒暄，没有通常该发生的问寒问暖，空气有些凝固。

徐秀珍找个干净地方坐下，收拾自己的东西。

徐嫦娥赶紧移到厨房端出饭菜。

“吃饭吧！姐姐。”

徐秀珍擦了一把脸就上桌了。

“嫦娥，怎么没放盐？”徐秀珍把喝到嘴里的鱼汤都吐了出来。嫦娥把菜再加过工摆到桌上，自己却坐在一边，瞧着姐姐吃。

“呸呸，咸精了。”徐秀珍笑着又嚷开了。

徐嫦娥漠然望着姐姐笑，徐秀珍心里忽然堵了一下，再也笑不起嚷不出声了，埋头扒着饭，心里想着，嫦娥怎么了，石磊然呢？成玉呢？中午都不见他们影子，嫦娥也不提一句他们的话。

“嫦娥，妹夫还好吗？”尽管这样，徐秀珍还是要问问的

“他——”嫦娥把头扭到一边，回避姐姐的目光。

“他怎么了！”

“他死了！”

“他死了？”徐秀珍大吃一惊，“什么时候死的？”

徐嫦娥没吭声，眼泪先流下来了，在姐姐一再催促下，才向她说出了真情：“你妹夫再也不会到这个屋里来了，他有了新家。”

“什么？嫦娥，你说什么，他没死？”徐秀珍像雷轰般怔住。两只眼睛定在嫦娥的脸上。

“我诅咒他死，他才不死哩，他和我离婚，跟一个骚女人走了。”徐嫦

娥抽抽噎噎地诉说那郁积在心中多日的愤懑悲痛。

“不可能！不可能！”徐秀珍叫起来：“他是个多好的人，你怎么随便就离了呢？”

徐嫦娥叹了口气，沉痛地说：“我有什么法子，感情是勉强不得的，只是这么大年纪，上法院离婚，真丢尽了脸啊！”

她想起最后见到他那张和满诚实的面孔，是在法院。

她和石磊然走过法院的民事审判厅时，那里已坐着几对年轻男女，也是来离婚，却把他们当成怪物似的，从头看到脚，好像离婚是年轻人的事，老年人离婚便不合道德规范了。她有点畏缩地望他，见他冷冰冰一副苦相，她一气在离婚证上飞快签了个名字，捂着脸跑了。然后她歇斯底里，心里头一团有血有肉的东西被挖去了，那深切的疼痛恐怕只有她才能感觉到。

“石磊然也太……”徐秀珍没有把话说完，脸涨得通红，她不情愿说他。

“你放心，她嫌我老了，丑了，配不上他那个大厂长了，我偏要好好过，决不沦落到孤苦无靠的地步。让他看看，少了他，我还会过得很好！”徐嫦娥说着，鼻子一酸，眼泪又忍不住掉下来。

难道他真嫌自己老了？丑了？其实嫦娥一直在问自己。无神的眼光定在前方，说实话，她也不知道石磊然为什么要和自己离婚，她觉得，在那些苦难日子里，他们的感情一直是融洽的。

“妹妹不要恼，还有姐姐呢？”徐秀珍怜惜地望着妹妹，心里琢磨应该怎样去安慰嫦娥，也许这样姐妹更亲近一些，也不至于嫦娥那样痛苦。

六

让妹妹多睡一会儿，徐秀珍早早起床，上街买了一斤瘦肉，炖了一些桂圆给嫦娥吃，嫦娥需要补补精神。

嫦娥只吃了一点点就懒懒地靠在床边了。

太阳光顾到门边，拉出一条金灿灿光带，徐秀珍明白自己没有做客人的份了，干脆反客为主，乘太阳好，把妹妹家的几床被子全部拆了，泡在洗衣机里，她去拿洗衣粉的时候，门外伸进了三个脑袋，两个婆婆和一个老头。

“嫦娥吗？我们来打麻将的！”

麻将！妹妹染上了这个，也许打打麻将，可以冲淡心中的不快，只是今天看妹妹这个样子，回答说：“嫦娥今天不舒服，你们改日再来吧！”

“那我们走了。”

“是周婆婆刘老头吗？你们准备着，我就起来。”嫦娥隔着一间房听见来人了。

“我看今天就不打了吧！麻将这东西。”徐秀珍进屋坐到嫦娥床边。

“你也反对我玩？”

玩麻将曾经是石磊然最反感的事，几乎十次吵架九次为麻将，石磊然越反对她越玩，离婚后，她反而不玩了。那时候打麻将是为了什么呢？显然不是为了排遣寄托什么的。一个女子非得活出个什么样吗？显然也不是，因为石磊然似乎没有这方面的要求，她自己亦没想过。当然，现在忆及她仍然有些模糊始料不及的是，如今只有麻将能翻起那些旧的伤痛，而这些伤痛却又像某种体验的东西令她不堪回首。

四方桌子架在房中间，一块四方乳白色绒布铺上，每方绒布的角上还有一个口袋，袋里装着十个筹码，“噼噼叭叭”的麻将在桌面上响开了。别看嫦娥软蔫蔫的，一上牌桌，长了精神，她眼睛瞪得很大，扫视着桌面，手中的麻将迟迟不愿出手。那情景仿佛丢出去的那块牌将决定她的一生命运，然而运气不佳，几圈搓下来，嫦娥的几张“工农兵”分到了三个来宾手里。

徐秀珍洗完被子，晾到高高的地坪上晒着，觉得不放心，又补上个夹子，夹牢才进屋来。

徐秀珍拖条凳子紧挨妹妹坐下，双手支住前额，盯着妹妹看，怎么也看不懂。

“姐姐给我倒杯茶。”嫦娥把杯子推到姐姐手边。徐秀珍给嫦娥倒满茶，又给每个人倒满水。偷偷扯了一下嫦娥的衣角，示意就此打住。嫦娥不理。徐秀珍摇摇摆摆去厨房做饭，刚进厨房，妹妹在喊：“姐，快拿五十元钱来，哦，又输了。”传来一阵哗啦啦啦的洗牌声。

徐秀珍把五十元钱放在桌上，“好妹子你今天精神不好，算了吧！”

“不，我要扳本。”

徐秀珍再次去厨房做饭，隔着厨房望妹妹，妹妹专注于麻将，一切都在身外了。

徐秀珍把晚饭弄好放在另一张餐桌上，说了一声打完这盘先吃饭吧！自己推门往外走了。

徐秀珍没有目的地走上五一广场，驶过街口的汽车门窗反射出夕阳余晖，一幢幢大厦的玻璃门直接能看到里面，徐秀珍的目光从新盖的大厦顶端收回来，来来往往的人们一身如金特别生动，自行车铃声此起彼伏，一阵阵过去又一阵阵过来，夜市的霓虹灯早早亮起了，晚风一阵阵吹来，钻进她的衣领里，她烦躁的心情总算平静下来。她在风中往回走，走到门边，门开着，家里的麻将客刚散，妹妹倚着沙发上抽烟，一副疲惫不堪的样子。

徐秀珍进门来第一件事是把窗户打开，一天麻将下来，房里很大一股烟气，倒了几缸烟蒂，扫了一簸箕的瓜子壳，麻将和筹码散一桌子，徐秀珍一垛垛放进盒子里，心里很不是滋味。

“你在想什么？”徐秀珍把门关上，又给妹妹添了一杯茶。

“我什么也不想。”

“你平常就这么打麻将？”

“你让我做什么？”嫦娥反问，木讷的脸上少有神采，无神的目光凝望着远方。

“做些像女人做的事。”

“女人？”

冷不防，嫦娥啪的一下把灯关了，在黑暗中发出怪异的冷笑，接着怪异的声音在黑暗中又响起。嫦娥讲了很多石磊然和那女人之间的肮脏话。阴损、恶毒，徐秀珍最怕听到这些。

七

徐嫦娥迷迷糊糊从床上坐起，不见身边的姐姐，哦！姐姐一早买菜去了。她努力往窗户外看，看见天灰蒙蒙的一片，还下着稀疏的小雨。南方的女人一般是喜爱在这个季节下这种小雨的，温润、舒展。如果恰在午夜，将是一场欲望的及时雨，很多美不可言的事都在这绵绵雨声中进行的。徐嫦娥望着这雨丝，体内仿佛有什么涌动，她抚摸着自己的皮肤，马上觉得这只是一个奢侈或妄想了。她的天性只能在这无声无息中溜走，在无聊的生活中掩盖天性。

尽管这样，那个强烈的欲望促使她不想马上穿衣服。她穿着裤衩，挺着乳罩在房间走动，然后想去开热水器。平常是晚上冲澡，今天想早上冲个澡。

哗啦啦淋浴喷头下，水丝也像窗外的雨丝，温暖、缠绵。她站在水丝下，一点点享受，水丝毫不吝啬地沐浴她的每个部位，她全身软酥酥的，再去看浴室里的壁镜，壁镜蒙着水雾，有些朦胧，透过朦胧，仍然看清楚自己的轮廓。她站着，照着，惊奇发现自己还不是令人那么遗憾，有些东西仍然捡得起的，她的体形仍然肩是肩，圆浑；背是背，不见一点弓的迹样；腰是腰，腹部虽是凸挺，但腰部还是凹进去的；腿是腿，一双小腿仍然挺立，五个脚趾红红地翘着，像装满着欲望。乳房虽然失去弹性，也不是作家们形容的布袋子，皮肤虽不光滑，也没有完全松弛，那些挡不住的老年斑还找不到。眼睛虽然被皱纹拥挤得有些变形，闪烁着一种模棱两可的光芒，但只要心情好，仍会有妖媚，就像今天。

徐秀珍提一篮子菜，打着雨伞回来了。她把雨伞放到门边滤水，然后提着菜进屋。房里不见嫦娥，也许去串门子了。她放下菜，先去洗茶杯。门外长长的走廊上有一团鲜艳活物朝这边走来。徐秀珍以为是哪家的过路少妇，很时髦的少妇，望一眼，又埋头洗茶杯。

那团活物进门来就站在她跟前了，她吓了一跳，直愣愣看着对方。

“你！”刚出口却变成了另外一句，“去哪里了？”

“去理发店做头发了。”徐嫦娥得意地朝姐姐亮相。

徐秀珍眼珠子一时间转不过来，面前的老妹妹怎么这副模样，像个虚构出来的怪物。早上还是个五十来岁的人，瞬间变成了个少妇，那活鲜鲜一身又像个二十来岁的姑娘打扮。上身的蝙蝠羊毛衫，红杠杠间着黑条条，开个“蝴蝶领”，那胸脯很夸张地撑起两坨，领里的一根金项链拴着一个红鸡心宝石，下面乳白色一步裙，把个屁股包得没有退路，包得高高的，从前面看去，腹部像个大西瓜；从后面看去，臀部像个大南瓜。那新做的蘑菇发式焗了油，青青的一头，可仔细一看，青发下的脖子仿佛从窖里出来，苍白，没有光泽。脸上的皱纹也加倍突出了。特别那层厚厚的粉刷在失去水分的脸上，好像一层层就要掉下来。那红色的口红像个鸡屁股一张一弛的，笑也难看，不笑也别扭。

徐秀珍对嫦娥这类做派既感到很吃惊，又感到十分担忧，是不是老妹妹神经出了毛病？徐秀珍不禁为妹妹捏一把汗，要不要送她去精神病院看看。

嫦娥弯下腰，挪着屁股拉姐姐:“来，别洗了，我带你去一个刘大姐家玩。”

“去吧！去吧！你一个人去，玩得开心一点。”

“那好。”

徐嫦娥摸摸自己新做的头发，扯扯过紧的裙子，缓缓地转过身，朝门外走去。

天！她真的出去了，徐秀珍追到门口，心里暗暗叫苦，这可怎么办呢？

徐嫦娥走在繁华的五一广场，在室外阳光照耀下，她那张脸那身装束，引来了一些目光，特别是同龄女人。徐嫦娥此时的智力等于儿童，她完全领会不了那些目光，自我感觉良好，头昂着，胸脯挺得更高，更夸张地目视前方，仿佛像一个高傲的公主，等待白马王子来拥抱亲吻。

来到刘大姐住宅区前，她略停了一下，情绪变得出奇地好，她一步步有节奏地爬到五楼，背上浸了一些汗，来不及喘口粗气就敲开了刘大姐的门。

刘大姐打开门，着实吓了一跳，脸部肌肉都有些僵，但息事宁人的刘大姐笑容又回到脸上了。

“嗬，认不出来了，半年不见，年轻了，漂亮了。

听着这话，徐嫦娥心境超级好，脸上还奇怪地出现了一些红晕。她从门边取过拖鞋换上进门了。

房里中间摆着一张四方茶桌，旁边坐着她以前厂里一块上班的胡大姐、李大姐，还有刘大姐的老倌。徐嫦娥的出现，使那张桌子周围发生了小小的骚动，立刻三双眼睛盯住了她。虽然那些目光逼得她有些透不过气，但大大满足了她那又俗气又可爱的虚荣心。她很开心地笑了，由于笑得厉害了一点，脸腮上的粉正一层层往下掉。

刘大姐拉过正在做作业的小孙女，拉到徐嫦娥面前，快叫徐奶奶。

小女孩闪着亮晶晶的眼睛，迟疑了一下，叫了声：“徐阿姨。”

房里的人都惊了一下，徐嫦娥却满意地笑了

刘大姐提出打打麻将，四方桌子就围定了。

徐嫦娥突然发现了什么，胡大姐的手上怎么戴了这么漂亮的钻石戒指呢？她心里涌出异样，在她的印象中，胡大姐永远不如自己，永远不配戴这么昂贵的戒指："什么时候买的。"

"我生日的时候，老倌硬要送这个礼物给我。"

"你还不知道吧？胡大姐的老倌现在是一家贸易公司的副老总，手提大哥大，每天小车进小车出。胡大姐现在正在寻宝地买别墅呢？我没说错吧，胡大姐。"接着自言自语，"当初的那个伢子，当初的那个小电工，当初谁也不知道他那么有本事。"

随便一句话，徐嫦娥像被针扎了一下。

今天麻将打得特别臭，徐嫦娥把不该丢去八万都丢去了，拆了自己一个不该拆的门子又让胡大姐和了一个清一色。

徐嫦娥在掏钱时又瞟了一眼胡大姐，胡大姐那身套裙少说也有一千多元，那挂珍珠项链颗粒大而且均匀，少说也要个三五千元，戴着仿佛像个贵夫人。钱能使鬼推磨，钱也能改变一个人啊！胡大姐身上散发出一阵法国香水味，直往她鼻子里钻，她浑身燥热起来。

全厂都知道，胡大姐的老倌当时应该属徐嫦娥的，那小电工是怎样追她，每天下班用单车送她回家，早上上班早早地等在她家门口把她接进厂。厂里的活儿他帮她干，心甘情愿做她的差狗。她呀，也不拒绝。但她的心全不在他身上，一个小电工算什么？她的目光落在石磊然身上，大学毕业、设计师、工程师、国家干部。真正打动她的心不是这四个当当响的名头，名头是死的，人才是活的。吸引她的是他英俊潇洒的气质，他那双炯炯传神的眼睛，这是小电工身上看不到的，她仔细观察过，这种颇具魅力的目光只投向她一个人，她感到很惬意很快乐，这是一个有独立主见、感情专一、可以信赖的男人，她和他相好了，小电工不是不知道，他以为只要心诚心真，金石会开。他用他的行动去感化这尊女神，然而她和石磊然很快结婚了，应该说，小电工该死了心，另攀高枝了，但他苦恋着她。两年后传来一个惊人的消息，石磊然成了"右派"被捕入狱，这下小电工又觉得有了希望，趋前趋后地帮她倒垃圾、买米、做煤球。劝她"划清界线"，趁年轻赶快另找一个。直到小电工大胆地求婚碰了个钉子后，才知趣地退去。才知道她没有左右摇摆，一心等着石磊然。有人夸她守贞节，夸她有良心，是从一而终的贤德妇女……

徐嫦娥整个心思不在麻将上，口袋里的钱输得差不多时，正好吃中饭了。

刘大姐的丈夫将菜做好，摆到餐桌上，那殷红的葡萄酒每个人面前一杯，透过玻璃酒杯映出刘大姐火红的家。

“老倌辛苦了。”刘大姐一边说，一边用揶揄的目光，看着满面笑容的老倌。这种目光暗含着夫妻间的亲昵。在徐嫦娥看来是做给她这个寡妇看的，眼睛中不由流露出失落。

“没有没有。菜还不知如不如几位大姐的意。”说完夹起一块鸡腿放在刘大姐碗里，然后说你们自己吃菜，我还有一个汤上来。说着，毕恭毕敬退至厨房。

刘大姐得意地把目光洒向桌上：“男人吧！有时像小孩一样，要哄。”

“对！”胡大姐感慨地说，“我那位一回家，我就说你坐着，我去给你泡杯茶，或说上几句钱赚不尽多注意身体之类的话，他高兴得像小孩似的，还每天驾着小车去厂里接我下班。”

“我那个老倌虽没什么赚钱的本事，在他那个大机关里也是一个不小的官儿，事事听他的，可回家来听我的。几十年来，洗脸水洗脚水打到我跟前，然后给我捶捶背……”

咯咯咯！大家笑了，徐嫦娥没有笑也没有搭腔，茫然失措在一方，眼里含着悲愤，把噎在口里的饭硬吞下去。

八

徐嫦娥死睡在床上，太阳老高了。

徐秀珍做好了早中饭，去叫嫦娥起床，嫦娥不理，只好自己一个人吃了。

徐秀珍望着脾气越发古怪的嫦娥，她那张今天看来比实际年龄更显衰老憔悴的脸，现在像涂上了一层蜡，再看看那困乏的表情，徐秀珍不由抬起她的一只手，一只软绵绵的手握在自己手里了。

门被轻轻推开了，成玉带着一个漂亮姑娘进来，徐秀珍跑到外面房里，他们一齐喊过大姨，徐秀珍眉里眼里透着笑，上前拉着姑娘的手，问多大年龄，家在哪里，干什么工作，又摸摸姑娘的头，像是自己将来的媳妇，从心底里透着高兴。她给他们沏上茶，又找来瓜子，糖果，猛然想起什么，侧进里房，去掀嫦娥的被子，“你看谁来了，嫦娥！”

嫦娥说我知道了。

成玉喝了一会茶就领姑娘进自己房里。

徐秀珍说："她们来了，我上街买些菜去。"

嫦娥一边套衣一边走到外面房里："不用买，冰箱有块肉，一把白菜，你怕他们未得吃？"说完望了一眼儿子的房，见门关着，嫦娥一脸的愠怒。

"睡一天，中饭晚饭就一块吃。"徐秀珍从冰箱拿出巴掌大一块肉，洗洗，薄薄地切下，四四方方，每片像饺子皮。因为成玉他们的到来而高兴，她还轻轻哼起了刘海砍樵。

"我说嫦娥，你看儿子他们亲亲热热的，你是不是也找一个呢？现在提倡中老年结婚。"

"结什么婚，我一个人过。" 烟呛得徐嫦娥一阵咳嗽。徐秀珍丢下刀，赶紧用双手给她捶背。

"你能不能少抽一点，你看你的手指、牙齿黄成黑色了。你这么抽烟，脸上会生老人斑。"

"你别管。"

"我不管谁管。"

成玉房门开了，提了一个大包。领着姑娘站在嫦娥面前。

"妈，您起来了。"成玉又指身边的姑娘："她叫灵玲。"

"伯母。"姑娘甜甜地叫了一声。

"你们还记得回来呀？"

"最近公司忙，我带几件衣服，妈。"儿子用疑惑的眼睛望着母亲。

"哟，饭马上好了，你们回屋再谈一会儿。"徐秀珍见嫦娥脸色难看，生怕吓坏了姑娘。

"大姨，我和成玉还要去街上买一点东西。"姑娘眨着水灵灵的眼睛。

"吃了饭再去。"徐秀珍拉了姑娘的手。

"让他们走，这已不是他们的家了。"嫦娥说着掏出一根烟巴在嘴上，"吱"的一声划燃了火柴。

"妈——"成玉一脸为难。

姑娘甩开徐秀珍的手出门了，成玉也追上去了。徐秀珍追到门外喊："回头来吃饭呀！"

“姐回来，要你留什么。我主人还未开口呢。”嫦娥已横着脸，站在门口了。

“你还有完没完，你做不好妻子，难道还不认真做个好母亲吗？”

“你说什么？”

“你还要我说什么？”

“你……”嫦娥突然高声说：“你给我走吧！你也走吧！我不想看到你们，不想见到你们任何人。

“好，我走！”徐秀珍拿起自己的皮包把门一甩，去里屋清东西。

徐嫦娥双腿打战，眼眶发热地扶着沙发，并瘫在沙发里了。那根快燃尽的烟不知不觉掉了下来，掉到地毯上。

房里异常地安静，这种安静又使她头脑异常地清醒。石磊然和自己离婚似乎没有什么惊天动地的事情。他一下班回来，就躺在床上闭目养神，她一见这样就烦躁，说他几句，他黑着脸说闭上你的嘴就是一个好女人。难道我说话那么让人讨厌？难道我真的恶毒、阴损？特别是她当着儿子的面数落石磊然时，他总说你做不好妻子，难道不做个好母亲？她一听火冒三丈，难道我不是好女人，我为你生儿育女，我苦苦撑着这个家，没有我当年支持，哪有你今天的大厂长？他说你又来了又来了，受不了受不了，操着手出去散步。后来他不大回家，最后他提出他什么东西都不要，只要一分安静，他就一个人搬到办公室去住，一住到办公室他就再没有回这个家了。

房里所有熟悉的东西在她眼里都是陌生的，那些久远的事情又在她眼里活动起来。门缝里挤进毛阿敏声嘶力竭唱的“爱得实实在在，爱得死去活来”。爱真有死去活来的吗？

嫦娥哆哆嗦嗦又从口袋里掏出一支烟，点着，烟头迅速燃烧，发出一点点猩红的光。这红光像某种潜流的物质，牵引出她心里的一些东西，过去和从前，昨天和此刻。她骤然明白了，她和石磊然的离婚早就开始了，而那些所有的法定程序只不过是形式而已。然而那些在常人看来美好的东西，当真都要离我而去吗？

徐嫦娥狠狠吸了几口烟，站起来去拿酒瓶，对面镜子映出了她那双被仇恨烧红的眼睛，那副变形的脸，嘴歪在一边，她忽然发狂地喊起来：“不是，那不是我，那是巫婆。”酒瓶脱手而去，砸在玻璃镜上。

“咣……”

镜子碎了，她的面孔四分五裂地纷纷坠地。她像出了一口恶气，身子放松，瘫在沙发上。夜幕笼罩着整个房间，没谁去拉一下灯，一股毛焦味从沙发旁冒出来，充塞着整个房间，很快有一团红火从地毯冒起，慢慢形成火舌，迅速向四周漫延，先窗帘，再桌子、椅子……嫦娥没有动一下，睁着毫无表情的眼睛，有气无力地尖叫着：“烧吧！烧吧！烧掉这座庙……”接着一阵刺耳的笑声。

刺耳的笑声把徐秀珍从房里惊出来，立即被眼前的情景吓蒙了：“救火啊！”徐秀珍一声喊，左邻右舍的人端着脸盆、桶子进来了。领头的是来这边玩的胡大姐，胡大姐脱下那套昂贵的时装，挂在树杈上，然后和邻居们一道用脸盆装水，往火上泼……

火终于熄了，一身淋湿的胡大姐又回来，她对嫦娥说我把那只戒指丢了，是不是救火丢的，嫦娥一言不发，靠在门板上，望着胡大姐在那些还冒着淡烟灰烬里拨动的双手，她心里突然感到有种平衡，愉快地笑起来。

胡大姐走了，她那昂贵的戒指不知道找到了没有，站在门口的是她姐姐，正拿条抹布打了一桶水，把房子里的桌椅板凳、柜子和被烟熏得朦胧的窗户抹得铿亮，她甚至把柜子那一角厚厚的烟灰用手抠了出来，然后用抹布把它抹干净了。当徐秀珍精疲力竭地倒在墙边，那双愤怒的眼睛射向嫦娥时，嫦娥已经歪在沙发上睡着了。她即刻心疼起来，不由走近了嫦娥，抽下嫦娥嘴边的那根烟，巴到自己嘴上，把嫦娥扶到床上，嫦娥四肢撩天睡着。徐秀珍本想叮咛几句少喝酒少抽烟，但她还是没有把话说出来。她给她掖被窝时发现枕头下压着一张一尺大小的照片。她抽出来，那是嫦娥和石磊然三十年前的结婚照，以前挂在客厅里。看看嫦娥那双年轻时格外柔媚灿烂的眼睛，那张白皙迷人的脸蛋，再看看眼前的嫦娥，眼泪不由一沱沱下。

“忘了他吧！”徐秀珍带走了照片。

九

家庭是什么？徐秀珍活五十岁了反而迷糊起来。她搞不清是有爱才有家还是有家就有爱。她只是觉得五十岁女人对家的向往与二十岁女人对家的向往是不同的。前者是用岁月筑起一堵围墙，里面有爱有恨，是一份实实在在、沉甸甸的生活。她有一个完整的家，她弄不懂有人真正爱过自己没有。嫦娥曾经被石磊然疯狂地爱过，而且嫦娥还疯狂地爱着石磊然，然而，石磊然又在不知不觉中被嫦娥失去了，整个地失去了，随之家也失去了平衡。嫦娥怎么办，嫦娥应该怎么办？徐秀珍一些不成形的想法很想跟妹妹掏掏，然而，嫦娥那心态，她这个被人称为“神手”的医生也无法诊治。

嫦娥那么红火的婚姻，那么红火的生活已经褪色枯萎。她似乎也发现了自己红火家庭中的潜在阴影。她要赶快回去，做一番新的调整。她要维持住她经营了三十多年的家。唉，妹妹那里……

徐秀珍坐在回归的列车上，心思向两头延伸着。

原载《芳草》1999 年第 10 期

希　望

一

张腊梅去厨房做早餐，经过儿子陈建云房时变得蹑手蹑脚。陈建云迎接高考，复习到深夜，早晨是他补睡也是他为上午复习养足精神的时候，不能有半点响动。张腊梅经过客厅都要停下来，对着墙壁上的相框抹眼泪。相框里装着一个圆脸、柳叶眉、大眼睛、脸上两个酒窝的姑娘照片。姑娘是她女儿，叫湖南。湖南的眉眼就是张腊梅年轻时的翻版，像一个模块刻出来的。张腊梅年轻时苹果脸，笑盈盈的脸上有一对酒窝和一双水灵灵的大眼睛。当年追求她的小伙子排着队，她都没有同意嫁给谁，不是一场轰轰烈烈支边运动，她也不会嫁给陈永嘉。

陈永嘉和她是中学同学，队里能读中学的人凤毛麟角，他们属于队里有知识的人。一九六〇年，中国急需橡胶，中央决定在云南建立橡胶基地。建立橡胶基地急需人去支边开垦，毛主席号召湖南人去支边。支边有个条件，结了婚才能去。张腊梅为了支边，嫁给愿意同她一块去云南的陈永嘉。他们来到橄榄坝农场七分场一队，住的是‘茅草盖顶、竹笆做墙、下雨似水塘’的房，吃的是老玉米。三个月吃完老玉米，接下的日子野菜充饥。吃着野菜在原始森林超负荷开荒，张腊梅承受不了。她怀念青砖木屋、肥沃良田的湖南，产生回湖南的念头。十个月后生下女儿，取名叫“湖南”，表示对湖南无尽怀念。第四年她生下儿子，陈永嘉取名叫陈建云，表示要把云南当成第二故乡建设。陈永嘉对她说，我们有儿有女了，就在这里安心过日子。虽然苦点累点，只要橡胶种好了，会有好日子过。陈永嘉一心建设云南，由一队事务长升为七分场会计，张腊梅升为队里的妇女主任。张腊梅在队里积极工作，回家抚儿育女，日子在她把持下也过得比别人富足，别人家没钱给孩子买小单车，她家孩子有；别人家孩子没有流行的喇叭裤，她家孩子早穿上了；别人家女孩子没有夏天驱热的小花扇，她家女儿能拿出各种样子的小花扇，开心地扇着；别人家小孩要过年才能吃上用河沙炒的红薯片，她家随时让儿女吃到河沙炒的红薯片。

湖南小时候像一只百灵鸟，从学校到农场都能听到她嘹亮的歌声。湖南中学毕业顺利考上师范学校，毕业后成为县城一名音乐教师。好事成双，陈建云考上县一中重点高中。儿女有出息，张腊梅觉得有面子。这天，湖南在家过完暑假回学校，张腊梅提着一袋河沙炒红薯片送她去搭车。湖南去学校先坐手扶拖拉机到农场再转去县城的长途车。张腊梅要湖南坐到手扶拖拉机边上，这样不会夹在人中间。湖南用手帕擦了擦木板坐下，把裙子往没人这边挪些，戴上太阳帽，从张腊梅手里接过袋子。张腊梅说，袋里的河沙炒红薯片拿些同事吃。湖南咯咯咯地笑。张腊梅又说，你爱吃，过段时间妈妈给你送些去。湖南笑得更厉害。张腊梅说，你笑什么？湖南说，妈妈，现在的人不吃这些东西了，县城有好吃的东西，你来县城，我买给你吃。去县城的人陆续上车，手扶拖拉机叭叭启动，喷出一股浓烟走，湖南在车上唱起李谷一的《乡恋》："你的身影，你的歌声"，歌声婉转而绵长。当她唱到"昨天虽已消逝分别难相逢，怎能忘记你的一片深情"。头随着韵律轻轻摆动，突然，手扶拖拉机一个急转弯，她身子往前倾，太阳帽飘落，她下意识抓帽子，帽子没有抓到，人翻到手扶拖拉机轮胎下。一朵盛开的鲜花瞬间凋谢。

陈永嘉看她呆在相框下抹眼泪，觉得不是个事。女儿走了两年，她还不能走出悲伤。陈永嘉经过她面前，像是不小心撞落相框，玻璃碎了一地，他拿起照片。

把照片给我。

女儿没有了还有儿子啦！儿子要高考，你这样会影响他。

张腊梅愣在那里。

陈永嘉趁机带走照片。

二

张腊梅把一碗冒着蒜花香的荷包蛋面条放到儿子面前，儿子埋头吃面，吃得满头大汗。张腊梅坐在旁边看他，像是第一次这样看他。儿子身材随他父亲，一米七五，宽肩窄腰；面相却像她，男人女像，英俊帅气。儿子还有两条他父亲不具备的长腿，跑得极快。他是学校长跑冠军，学校曾鼓动他考体院，他认为体院是培养一些四肢发达头脑简单的人，他喜欢建筑，想考建筑学院，建世界最漂亮的房子。在学校儿子名列前茅，老师对他寄予希望，圈定他考个重点大学没一点问题。

吃完面，陈建云移到书桌前做作业。儿子功课辛苦，我要给他增加营养。张腊梅把空碗送到厨房，从鸡笼捉出一只老母鸡，杀了，用微火炖到锅里才去上班。

陈建云把几道二元一次方程解完，伸了个懒腰，起身去厕所。他从厕所出来看到三个小青年在窗台下嘻嘻哈哈。他走近窗台，看到他们把一点白粉放到小锡箔纸片上，点燃一根火柴，隔着纸片熏一下，嘴挨上去，闭上眼睛，用鼻子吸，那情景像是一顿从未有过的美食享受，贪婪样子有些滑稽。

你们吸什么？

试试就知道。

陈建云觉得好笑，摇着头，回到书桌前继续做作业。

天色忽然变暗，像是有一场暴雨要下。陈建云赶忙起身，跑到窗台去收衣服。小青年不知什么时候走了，窗台上有张小锡箔纸片，上面沾着一层白粉，像细沙样闪着银光。他收完衣，出于好奇，他拿起纸片，展开，点燃一根火柴，隔着烧一下，挨到鼻子前嗅，顿觉神清气爽。他包起纸片，准备换上白球鞋到外面走走，醒醒脑子。发现白球鞋不见了，他爬到床底下寻，只看到一双拖鞋。白球鞋怎么会不见了呢？他觉得挺奇怪。

小青年又在窗台下嘻嘻哈哈，陈建云装出专心复习的样子，偷偷看他们来了走了，走了又来了，窗台上常有遗漏的锡箔纸片，陈建云觉得这是一样好东西，包起来放进书包。

艳阳高照、微风吹拂的日子，陈建云把书包挪到窗台上复习，复习累了，拿出锡箔纸片，点燃一根火柴，隔着纸片嗅，做出个小青年贪婪的样子。

张腊梅下班回来，看到儿子在窗台上。说，建云，天要下雨了，把你的毛衣和运动衫收进来。

好。陈建云站起来，活动了一下头，走到晒衣竿前，只有两个空衣架在风中摆动。

妈妈，没有看到毛衣和运动衫？

再找找，那可是花了我一个月工资给你买的。

陈建云蹿回房，打开衣柜。

怎么会在衣柜里。张腊梅看到儿子把衣柜翻得乱七八糟，生气地说。

我怕你收进衣柜了。

早上我明明晒到窗台上。张腊梅走到窗台，看到两个空衣架说，我就是晒在这两个衣架上。

陈建云说，要是把衣服变到衣架上就好。

家里来陌生人没有。

没有呀！

衣服晒在窗外头，准是被人收走了，好衣服还是要晒到窗里头。

陈建云猛然想起窗台上那三个小青年，不再吭声。

看你，窗台上到处摆着书和作业本。张腊梅拿起儿子书包，把书和作业往书包里塞。

妈，书我自己来清理，你不知道圆规一类东西如何放。

陈建云拿过书包，看到母亲走出窗台，慌忙把锡箔小纸片悄悄放进文具盒。

三

陈永嘉吃过午饭，准备去农场开会，突然接到一个电话，他不顾会议，一路小跑出了七分场，往大门外去搭县城的车。

他站在太阳下等车，汗一股股往下流，心却一阵阵往上蹿。电话是儿子学校打来的，准确地说，是儿子学校的校长亲自打来的。什么事让校长亲自打电话？是不是儿子填志愿的事，不应该这么快呀！儿子昨天才回校高考，按时间推算，今天是高考第一天，只有高考完才考虑填志愿。是不是儿子病了？也不可能呀！儿子活蹦乱跳一男孩，长到十八岁，小感冒都没有过一次，健壮如牛。假如儿子突然生病，也不应该惊动校长，应该是班主任通知他。校长电话只有五个字，“你速来学校”。语气生硬而带命令，不容他质疑挂下电话。

校长他当然见过的，是在高考前一次家长会上见的。校长是个女的，戴一副金丝边眼镜，坐在台上给家长做报告。那天学校的安排是会议一散，准确讲是校长报告结束，家长各自带孩子回家复习。他坐在台下静静听她的报告，报告完又看她从台上缓缓走下，经过儿子班级，班主任老师指着他对校长说，校长，这就是陈建云家长。校长握住他手，微笑着说，陈建云很优秀，是我们学校的希望，回家好好复习。校长柔声细语，手软软的。可今天电话里像是变了一个人，他甚至怀疑电话里是不是校长本人。

按理说陈永嘉今天是最忙的一天，明天是湖南人一九五九年至一九七九年的二十周年支边纪念日，农场、分场要搞一个大型庆典活动，这个活动已筹备一段时间，还有每年一次的湖南领导慰问湖南支边也在明天，湖南领导只到西双版纳农垦局，各分场各生产派代表去局里参加座谈会，领取慰问品，农场下午的会议就是讨论这些事情。他是会计，活动经费开支和具体经办他必须到场，但是校长电话像一道命令，容不得置辩，必须立即去学校。在他心里，如果说工作重要，那么儿子更重要。他和张腊梅一样，自从没有了女儿，儿子成为他唯一希望，只是他对儿子的爱不像女人表露出来。

陈永嘉到学校已是下午两点，校门口黑压压一群考生家长，热热闹闹聊着自家儿女。陈永嘉进校门经过一点曲折，传达室把他拦在门外，等传达室与校长通过电话才放行，说进去吧！校长办公室在教学大楼三楼。

校内和校外两个世界，校内静悄悄，孩子们分布在各个教室考试。陈永嘉说了句：儿子加油！走进教研大楼，一口气爬到三楼，在楼梯口拐弯处就到了校长办公室。校长说了声，来了，示意他在对面凳子坐下。陈永嘉屁股往凳子上挨。校长突然一句，你儿子吸毒知道不。刚挨到凳子的陈永嘉像是砸到钉子上，猛然弹起，说，不可能，不可能。绝对不可能。

怎么不可能？

我儿子一直在学校读书，从未见过白粉。

据你儿子交代，吸毒是从家里开始的。

陈永嘉脑袋嗡地一响，脑海里立即回映儿子在家各种表现，也没有发现什么异常。他轻声说，还是不可能，家里没有吸毒迹象呀！

是你们家长忽视毒品的存在。你们忘记了这里是边疆，地处“金三角”的边疆。全球海洛因来自“金三角”的缅甸。

其实陈永嘉知道云南随着国际、省级口岸开通，从缅甸沿古代“南方丝绸之路”走向欧洲成为最便捷的通道，流淌了几千年的澜沧江、湄公河国际水道在中国境内有了通航运输港口，天然水道与现代交通将中国、缅甸、老挝、泰国、柬埔寨、越南六国紧密相连时，毒品这个魔鬼悄悄潜入边境，又在边境上空肆意游荡，以致外地人一进边境，嗅到空气里都有那股味。边境线长，就有边民从边境小路把毒品偷偷背进来；边境河也长，也有边民悄悄划船把毒品装进来，在田野用竹子塑料搭一个棚，外人以为是守甘蔗的休息场地，他们就在棚里交换毒品。缅甸有人晒片坨，片坨流进境内手段离奇，男人把片坨藏匿在死婴里，女人把片坨做成胶囊吃进肚里，遇到买主吐出来，公安人员曾在一个寨子抓到五十多名妇女。他还看过一个资料，吸毒的年轻人占百分之七十，年纪最小只有十四岁。尽管如此，他仍一百个不相信儿子吸毒的事实，不相信这件事会发生在儿子身上。

校长，是不是弄错了？

我没弄错，这件事确确实实发生在你儿子身上。白天他躲在厕所里吸，晚上躲在被窝里吸，今天考试，考场上找不到吸毒机会，毒瘾发作，双手抽筋，口吐白沫，考试无法进行下去。

陈永嘉颓然坐到凳上。

你带他回家吧！校长埋头理她手里的文件。

陈永嘉感到无地自容，他快步离开校长办公室，一路小跑去儿子宿舍。

学生宿舍空荡荡的，他走到尽头，看到儿子坐在地上，耷拉着脑袋，身边放着打好包的行李。陈永嘉冲上去，想狠狠揍他一顿，猛然想起这是学校，举起的手放下了。陈永嘉背上儿子行李，从地上一把拉起他，吼道：回家！

四

永嘉，你怎么带儿子回家？他不是在高考吗？

张腊梅纳闷，陈永嘉没有理她，他一进门把儿子压到墙上，拳打脚踢。陈建云被他打得满地打滚，嘴角渗血。

你疯了！张腊梅被陈永嘉突然举动吓蒙了，她挺身拦阻。陈永嘉又搬起一条板凳砸过去，她拼命抱住陈永嘉，大声喊，儿子怎么啦！轮到你这样狠命打。

陈永嘉吼道：你问他，他做了什么？

张腊梅转头去望陈建云，陈建云连滚带爬，爬到自己房里，“砰”地关上门。

他吸海洛因。陈永嘉丢下凳子，咽声说。

张腊梅显然没听懂陈永嘉话，问了句，你说什么？

陈永嘉吼道：他吸白粉，毒品懂嘛。

这下她听懂了。这个不详的、与自己家没有任何关联的事发生在儿子身上，她第一个反应是不可能，绝不可能。我相信任何人吸毒，绝不会相信儿子吸毒。

怎么不可能，他已被学校赶出门，连高考的资格都没有了。

开除了！被学校开除了？

陈永嘉朝她点点头。

张腊梅得到肯定，如五雷轰顶，差点晕厥在门边。她突然明白从不打儿子的陈永嘉竟然出手这么狠打他，是出了这么大的事，大到天快要塌下来。她倚着门柱，嘤嘤哭起来。

哭吧！你就哭吧！儿子在家吸毒都不知道。陈永嘉一屁股坐在门槛上，吧嗒吧嗒抽烟！

你也没有发现呀！

这个龟崽子把我们都瞒过了。

陈永嘉抽完烟，拿出工具箱，在陈建云门上钉锁套。

你要干什么？

不许他与外人接近，关在房里戒毒。

你这样关着他，他会反抗的。

吸毒一口，落入虎口。食毒者像骡子，十匹骡子九匹倒，还有一匹半死不活。你儿子就那匹半死不活的骡子，我要挽救他。

陈永嘉钉好锁套，一把大铁锁“咔”地锁上，又从口袋掏出钥匙，说，钥匙你拿着，不许你偷偷放他出来，要是你偷偷放他出来，我连你一起关。

太阳从木窗格溜出去，房里暗下来，张腊梅一直倚在门边，没有吃饭也没有睡觉。太阳快升起来的时候，陈永嘉走了，今天是湖南支边的庆典活动，一堆事等着他去安排，他不能出半点差错，张腊梅没有心情去参加庆典。

陈建云从昨天起一直把自己反锁在房里，张腊梅木头似的走到门边，没有敲他的门，也没有心情给他做饭。她从来没想到儿子会出事，竟然还是这么大的事。这件事毕竟太大了，大到儿子前途就要毁灭。农场曾经有人把子弟送到湖南读书，然后回云南考试，以湖南学的好成绩来云南高考，可以得到少数民族地区加分，进重点大学。她也想过这样做，觉得没有这个必要。觉得别人子弟成绩不好，而儿子成绩名列榜首。现在想来，是不是他们也有担心子弟染上吸毒才出此下策？

陈建云把自己反锁房里三天三夜，没有一点动静。

在这个时候，儿子可能不想见任何人，都是走进考场的人了被这件事搅乱，大学梦由此离他远去，心里最难过的是儿子。张腊梅走到厨房，做好几个儿子喜欢吃的菜，放到房门口，隔着门对他说，建云，妈已开锁，饭菜放在门口，饿了出来吃点，妈上班去了。

五

这是十里洋场的上海，这里是上海滩的万国建筑群。陈建云走走停停，晃着脑袋都看不过来。哇！海关大楼、和平饭店、汇丰银行大厦都是哥特式、巴洛克式、罗马式、古典主义式、文艺复兴式、中西合璧式的建筑风格。数十万幢低调奢华的石库门房，恍如隔世，像老上海人市井生活的缩影。经典而复古的建筑，是西双版纳完全不同的建筑。西双版纳像个绿色王国，成排芭蕉树像一把把撑开的伞，把城市缩成一条条绿色深巷，绿色深巷的建筑极富傣族特色，房顶上有个黄色三角形，像是戴着一顶华丽的黄帽子。他穿过十里洋场，走进同济大学。老师问他，你是陈建云吗？你的位置在最后一排。他穿过同学身边感觉自己又高又大，像个力士。他在最后一排坐下，怎么往下沉！往下沉？“咣当”，掉下去了……

陈建云醒了，在床上翻个身，才意识到做了个梦。“咣当”是开铁锁的声音，他看到母亲走进来。

你生病了？张腊梅看他大白天睡在床上。

我像白痴一样被关着，还要关到什么时候。

再忍忍。我会说服你爸，让你早点出来。

早点出来。陈建云抬头去看天花板，嘴边浮出一丝奇怪的笑。

张腊梅走出门，在锁不锁门上有些犹豫，她望了一眼嘴角怪笑的儿子，又望了一眼在门前整理柴火的陈永嘉，他把树杈一根根往地上砸，心里像窝着一团火。儿子吸毒事发生后，他脸一直僵硬，话语越来越少。她不敢惹怒他，“咣当”一声锁上门。

抹把汗，吃饭。张腊梅递给陈永嘉一条湿毛巾。他没有理她，走到桌前，端起碗闷头吃饭。

儿子长期关着也不是个事，我怕关出病来。张腊梅端上最后一道菜。

那要怎样？

放他出去吧！他已戒毒。

毒品不是一下子能戒掉的，容易复发。

张腊梅从厨房拿出一个大碗，往里面添满饭，又盖了一层菜，插上一双筷子，说，你送进去，看看儿子。

我不要看他。陈永嘉把嘴里的辣椒萝卜嚼得嘣嘣响。

真的不看儿子？

陈永嘉几口扒完饭，又往儿子碗里盖了一勺饭，端起碗走到儿子门前，“咣铛”开锁，大步走进去，扬了扬手里碗说，大白天不能躺在床上，起来吃饭。

陈建云立即坐到桌前吃饭。

陈永嘉坐到儿子对面，只与他对视一下，就知道眼里的东西。他看到儿子眼里的悔恨，儿子看到父亲眼里的期待。陈永嘉心想，这就是儿子对父亲与母亲不同的地方。看到儿子脸还肿起老高，觉得那天他出手太狠了，心中荡漾出一阵怜爱，多好的一个孩子呀！他怎么也没想到会出事，竟然还是这么大的事。

吃完了吧！我带你出去走走。

陈建云满脸狐疑地望着他。他不想天天被关着，过这种囚犯般的生活，但真正要他出去，心里极度恐慌，他怕遇见熟人。

陈永嘉走到门口，见他还没有动，说快点呀。

陈建云耷拉着头，还是没有过来的意思。

爸爸不会再打你了，只想带你出去走走。

陈永嘉带儿子沿勐汤河走，他告诉儿子，勐汤河是中国与缅甸的界河，河源头是中国的大勐龙地区。旱季时，边民脱了裤子就可以蹚过。雨季涨水时，边民用篾笆架起一座桥，摆渡往来，但界河不能随便架设通道和摆渡，边防部队和外事部门经常将篾笆桥和摆渡竹划子捣毁。边防部队和外事部人一走，边民们照样架桥摆渡来往自如。勐汤河又是澜沧江下游的支流，中缅国境线就是以河为界，与我们七分场相邻的南面沿河居住三万多缅甸人民。

陈永嘉指着前面一块石碑说那就是界碑，“金三角”的标志。上头是老挝，对面是缅甸。缅甸又以曼德勒为界分上下缅甸。上缅甸东北部与中国、老挝、印度等国接壤，它向北是中缅边境的盈江、腾冲等口岸，马帮也就是一天的路程。第二次世界大战修建的这条“史迪威公路”，将中国、缅甸的密支那、八莫地区和印度的雷多地区连在一起。从中国口岸经密支那至印度雷多仅有五百八十九公里。“史迪威公路”北线由密支那与中国的猴桥边境口岸相连，八莫到中国的昔马口岸仅五十七公里。南线由八莫经中国瑞丽对面的南坎、姐兰直达九谷，九谷入境是中国的滇西重镇畹町，境内境外只有一步之遥，形成“金三角”。

爸爸，我懂了。

他告诉儿子，你再看对岸那些开得妖艳无比的花，那是罂粟花。罂粟花果的浆就是熬制毒品的原料。全球毒品从那里种植又从那里制造，贩毒者在巨额利润的驱使下把毒品源源不断走私世界各地。鸦片战争曾告诉我们，如此下去，不用帝国主义列强开着坚船利炮，我们民族的血肉长城就将在毒雾中自行瓦解。

爸爸，爸爸——

陈建云叫着，走到“金三角”界碑下解开裤裆，掏出东西，一泡尿撒过国界。拍着手说，你看，轰炸“金三角”。

六

听说农场招驾驶员，有五个名额。一天深夜，张腊梅对已睡得迷迷糊糊的陈永嘉说，他什么也没听到却点了点头，接着鼾声雷起。张腊梅把他摇醒，重复刚才的话。

早就知道。陈永嘉睁了睁眼睛。

知道了，怎么不告诉我？

告诉你有什么用。

找场长求个情，给儿子一个机会。

还不是时候，场里人还没有忘记他吸毒这件事。陈永嘉哈欠连天。

快一年了。我们总不能关他一辈子吧！

要是儿子能上班，我求之不得。我是想让时间长些，人们不记得他吸毒这件事。

机会难得，怎得去试试吧！

要不你去试试。

陈永嘉翻了个身，又沉沉地睡了过去。张腊梅翻来覆去睡不着，天刚渗出一点光，她爬起床，望了一眼陈永嘉，说，儿子这么大的事，他却睡得像个死猪。张腊梅洗漱完后，打开衣柜，从里面拿出一条碎花真丝裙，摸了摸，又展开看了看，觉得质地好款式时髦，对着镜子穿上。看到露在外面的脖子和手臂又有点犹豫，她想起了女儿，这条裙子是女儿拿到第一个月工资给她买的，她曾问女儿，妈穿这条裙子是不是太露了。女儿说，妈妈脖子饱满而圆润，手臂洁白得像白莲藕，裙子正适合妈妈穿。多好的女儿！眼泪掉到裙子上。她擦了一下眼泪把裙扣扣进眼，又对着镜子往脸上施了点粉，头上抹了点油，直到镜子里光彩照人才松了口气。她提起袋子走出房，经过儿子房门时，要不要告诉他，妈为他去争取工作？八字还没有一撇，贸然告诉他不好。她绕过儿子房门走出家。现在虽然是冬季，热带地区是没有冬天的。记得当年鼓励他们来支边，宣传上说云南四季如春，姑娘们冬天可以穿裙子。她到这里后发现这是真的。虽然这里冬天可以穿裙子，她也常怀念四季分明的湖南。

张腊梅到农场正是上班时间，她走进四合院主楼，曾听陈永嘉说过，三楼最里那间是场长办公室。她走到办公室门口，场长埋头写东西，她站住了，想等他写完东西再进去谈事。

你怎么站在门口？来，快进来。场长发现门边的张腊梅，有些意外。

张腊梅坐到门边沙发上。

好久不见了。场长起身泡茶。

我可在每年的职工大会上见你做报告。

可你是第一次进我办公室啦！场长把茶杯端给她：还好吗？

张腊梅一时不知说什么好，不争气的眼睛开始红，她赶快眨了眨眼皮。

场长回到椅子，身子往后靠了靠，凝视着她，空气似乎有些凝固，张腊梅心里却咯噔一下，一种久违的东西忽然涌上来。二十年前他也是这样凝视她，在田坎上他拉着她手这样凝视她；在树林中他抚着她脸这样凝视她。如果不来边疆，她要嫁的人是他，而不是陈永嘉。可她又一直纳闷，大队点名留他当支书，他怎么来边疆了。

场长一言不发地凝视，张腊梅不自在起来，额头冒出些许汗。她轻轻喝了口茶，过去的事情毕竟太遥远了，现在他一言不发地凝视，是不是在看她笑话？场部人都知道她有个吸毒的儿子。想到这里，张腊梅有些后悔，不该来的，甚至想赶快离开，但儿子怎么办，他是这里的领导，主宰着儿子的命运，为了儿子她只能豁出去了。

张腊梅咳了一声，准备讲儿子的事，结果说出来却是你怎么也来支边了，记得大队要留你当支书。

场长像是从凝视中回过神，正了正身子，说，因为你要来，我报完名去找你，你闪婚了。张腊梅的脸一下子红了，像做错事的小学生样低下头。局面有些尴尬，还是场长打破这尴尬局面。你找我有事吗？

无事不登三宝殿，我想跟你讲讲我儿子。

张腊梅把儿子吸毒编成一个故事，故事里有委屈也有无奈。场长被她的述说感动，长长叹了口气，意味深长地说，都是这个毒品害的啊！你看这个毒品，我们不能把一个有志青年就这样给毁了。

张腊梅赶快说，我想请你给我儿子一个机会，他想考驾驶员。

让我考虑一下。

门边站着两个人，一副着急向场长汇报的样子，张腊梅觉得自己目的达到了，赶快离开办公室。她走到楼下，看到一些人都往一个办公室走，就跟进去，发现里面正轰轰烈烈地招驾驶员，年轻人带着身份证填各种表格。张腊梅感到情况紧急，又噔噔噔地上楼，看到场长办公室里围满了人，又噔噔噔下楼，第二天她又去场长办公室。

我提过你儿子，场部有个别领导认为，吸过毒的人，招进来很危险。

他已戒毒了。

我再做做他们的工作看。

张腊梅隔那么两三天去一趟场长办公室，快把场长办公室门槛踏平了还没有得到落实，她最后一次去场长办公室是下班时候，场部人都走完了，她就坐在沙发上哭诉，请求他救救儿子。场长看到当年那张笑盈盈逗人喜爱的脸蛋，现在泪水涟涟，心里充满了怜惜。毕竟都是离乡背井来支边的人，要是在湖南她儿子就没机会吸毒。现在她女儿没有了，儿子成了她唯一的希望，我不能让她失去最后的希望。

场长上前拍了拍她肩膀，说，都是来支边的，我不帮谁帮呢？叫你儿子来考试吧！

张腊梅破涕为笑，脸上又露出当年令许多小伙子喜欢的酒窝窝。

七

陈建云没有让张腊梅失望，他在众多考生中顺利考上农场驾驶员。陈建云驾着东风牌汽车经过田野，越过山川，把各生产队各分场的橡胶乳液送到橡胶厂，橡胶厂把橡胶乳液制成胶块，他又将胶块送到火车站，由火车运往全国各地。

一个男青年能在农场当司机是件值得炫耀的事，张腊梅逢人便讲我儿子在农场当驾驶员了，她讲得最多的是那些有姑娘的家庭，张腊梅的不厌其烦述说，收获许多羡慕的目光，她要的远不是那些目光，而是有更深一层的打算。儿子面临婚娶年龄，她要为儿子谋一个媳妇回家。她给有姑娘的家庭都讲过了，却没有一个姑娘愿意和她儿子谈恋爱，也没有一个媒婆上门做媒，她感到懊恼。

一次，张腊梅路过七分场小学，一个叫姣林的老师亲切叫她张阿姨。她认真地看了姣林一眼，这一看不打紧，发现这个平常不起眼的小姑娘，像是突然长大长漂亮了，现在又是有知识的教师。张腊梅迫不及待地托人说媒，结果姣林家不同意。张腊梅想不出姣林家不同意的原因，亲自上门问个究竟。姣林妈是个快言快语的女人，她说，我不保证你儿子今后不吸毒。一句话把她顶到墙上，刚愈合的伤疤猛然被人挑开，鲜血淋淋。

儿子吸毒是不可否认的事实，如果她们不放过这件事，儿子很难在农场找到姑娘，找不到姑娘将会影响他终身大事。张腊梅为儿子终身大事担忧，甚至有些绝望，但她没有放弃。既然姑娘们看不上我儿子，我就不对她们抱希望，我就把眼光不只放到近边，我要把眼光放到远处，放到没有人知道儿子过去的远处。张腊梅又看到了希望，脑海里迅速筛选远处的湖南老乡，突然，一个叫秋菊的湖南小姐妹跳进她脑海，记得秋菊生了两个女儿，不知现在婚嫁没有，去她家看看。

张腊梅瞄准陈建云休息这天，叫他开车去秋菊家。

陈建云车刚弯进秋菊家地坪，一群青年围着车子前前后后看，嘴里发出啧啧声。打开车门，他从车上走下来，姑娘们“哇”的一声，眼睛鼓起好大，眼里快鼓出火来。秋菊看到地坪围满人，不知发生什么事，走出门，发现湖南小姐妹带着一个小伙子来了。

张腊梅说，我儿子陈建云，在农场开车。

长得好标志。快，快进屋，秋菊拉着张腊梅的手进屋。

张腊梅进屋看到一个二十岁左右的姑娘，这个年龄的姑娘闲在家，根据她的经验，一定是没有定婆家的姑娘。

张腊梅问：这姑娘？

我家小女儿桃子。

桃子长得真漂亮，和你妈妈年轻时一模一样。

秋菊又对桃子说。这是同妈妈一块支边的张阿姨。

桃子叫了一声张阿姨，起身去泡茶。

你看女儿都这么大了，我们怕有十多年未见面了。

还是那年湖南来人慰问我们，我们在西双版纳农垦局见的面。

秋菊从树上摘了几个芒果，洗了洗，用盘子摆到桌上。

是喽，我抱着两岁的儿子，你抱着半岁的女儿。一转眼都是大姑娘大小伙子了。

桃子端茶到陈建云面前，手有些颤抖，张腊梅看到这个细节，心里按捺不住兴奋。说，桃子，我和你妈十多年未见面了，我们聊聊天，你带建云哥到外面转转，让他开车去。

好哎！桃子脸就红了。

多好的小伙子。秋菊瞅着陈建云说。

他们就是我们来云南的见证。张腊梅说，一晃二十年，当年我们凭一股狂热来到云南。

当年这里一无所有。

宣传上可是吹上了天：什么头顶香蕉，脚踩菠萝，摔倒还抓把花生，出门看大象。结果，我们历经火车、汽车加步行二十多天，行程四千多公里到达目的地一看，两幢茅草舍十间房，我们队里来的九十六个人，只能让老的小的住，其他人搭一个临时避难所。

你们还好一点，我们队连一间茅棚也没有，男女老少就地安“家”。煮饭没锅，拿自家带来的脸盆煮，姑娘们号啕大哭要回去，我是跳上马车想跟马车走。

我们从景洪过流沙河，下南联山，跨麻风河，再横渡澜沧江到达橄榄坝九分场一队，竟是一片荆棘丛生、虎豹出没、猿猴成群、蚂蟥遍地、荒无人烟的原始森林。当年居住橄榄坝的傣族妇女从出生到死都没有走出橄榄坝。就有“汉人进坝十有八九中瘴气、打摆子，活人进去，死人出来”的说法。

来这里没有吃，饥饿让我们见食就吃。我们开荒就要先活下去，不吃怎么活？现在的橡胶林，就是我们用锄头一锄锄开垦出来的。

这里还有战争。到这里训练几天就拉上战场，去缅甸消灭国民党残匪，我男人碰到真枪实弹裤子都尿湿了。

国民党机枪扫射，牺牲了不少湖南人。

秋菊眼睛红了，张腊梅流起了眼泪，这里还有瘴疠，我曾经患瘴疠，命悬一线，硬是从死神里抢救过来。

瘴疠也死了许多湖南人。

有一点宣传是真的，我们一到这里就是工人，国营农场工人，吃国家粮。

张腊梅擦了把泪水，说，二十年了，橡胶种植取得了可喜成就，我们也过上了好日子。

张腊梅与秋菊相视一笑，谈话变得轻松起来。屋子散发出芒果香气，窗台上的鸟叽叽喳喳叫，一切都显得那么温馨。

他们也应该回来了吧！秋菊头朝门外望。

我听到了车子声音。张腊梅正说着，陈建云的汽车驶进来，停到门口。

儿子车里还装了一车煤。张腊梅走出门。

秋菊惊讶地望着陈建云。

回来时经过煤店，就顺便捎带上。陈建云从车上走下来。

秋菊满眼感激，嘴上却说，桃子，你带哥哥玩怎么让哥哥劳累也。

我们平时要花钱请拖拉机拉煤，我看车子能装煤，顺便拉了一车。

这是个会当家的姑娘，谁找到她是谁的福气。

秋菊突然望着张腊梅。

张腊梅乐呵呵地说，今后拖煤给我电话，让我儿子给你拖。

那怎么好意思？

没有什么不好意思，都是好姐妹。张腊梅看了看天，说，天有些晚，我们要回去了。

我们姐妹还是要多走动走动。秋菊往车上放了一袋花生。

你也到我那里去玩。改天，我叫儿子开车来接你们。张腊梅瞅了一眼儿子，他根本没有听她说话，眼睛落在桃子身上，桃子目不转睛地望着儿子。现在的年轻人根本不用人点拨，只要有点机会，自然就粘到一块了。张腊梅要的就是这个效果，她暗自乐了。

八

刚过中午，陈建云从七队载着乳胶准备送胶厂，结果一场暴雨，路被冲得七零八落，车开不出去。队里组织职工突击修路，到晚上还没修好。陈建云把车停到饭店附近熄火，取出驾驶室茶杯、毛巾，吹着口哨跳下车。他向饭店要了个床位，走进房里有三个人在打牌，每人嘴里叼一支烟。他把茶杯放到桌上，进卫生间洗漱出来，倒床就睡。

这么早就睡！要不要一起争上游？一个高个男人说。

你们打，我明天还要早起。

陈建云早上起床，路还没修好，他偷渡到缅甸边境，看了一场电影，中午吃了一餐野牛肉，又偷渡回来，看到路已修好，赶紧发动车。那高个男人跑过来敲开驾驶室玻璃窗，递给他一包烟，说，抽抽国外的高档烟，睡在一间房也是缘分，大家交个朋友，以后搭车行个方便。

陈建云接过烟说，我跑这一带，碰到上车就是。

陈建云把烟放到副驾驶室座上，车出村又下暴雨，行车慢下来。他只想早点回去，桃子在家等他。他想起桃子，体内有一种按捺不住的东西涌动，他和桃子结婚才一个月，应该还算蜜月期。暴雨越来越猛，半天能到的胶厂天黑才走完一半。山路曲里拐弯，沿途找不到饭馆，饥饿和夜行使他疲惫不堪。也许是神差鬼使，他拿起副驾驶室的香烟，金色烟盒上三个“555”字，紫罗兰色点缀金色，别雅精致。他撕开锡纸，抽出一支放到鼻前嗅嗅，香，香，特别香。尝尝洋东西。他点燃一支，猛吸一口，又长长吐出一团烟雾，周身舒畅，精神大振。他又深深吸了一口，自言自语道，洋东西就是不一样，还是洋东西好。

陈建云依赖香烟的刺激，安全到达胶厂。

第二天上午，陈建云去七队收胶，他看到那高个男人站在路边向他招手，他立即停车，高个男人抬脚上了副驾驶室，他递给陈建云一支烟，陈建云深深吸了一口，长长吐出一烟圈，全身舒展，高个男人问，这烟怎么样？陈建云回答，还是洋东西好啊！高个男人说，洋东西就是不一样，我就在前面下车吧。高个男人走下车又递给他一包“555”香烟。陈建云还未等高个男人走远，迫不及待地弹出一支烟点燃，美美抽上一口。车拐进七队，他在等待职工送胶中，烟一根接着一根抽，没有了平时等待的漫长和枯燥，却有一种无法言说的美妙，一包烟就在这种美妙中完结。

陈建云再去七队运胶没碰上高个男人，感到浑身没劲，开车没精神，懊悔自己没留下他的地址。

过了几天，他再去七队运胶，高个男人出现在路边，他立即停下车。

烟还有吗？

没有了。要去国外买。

多少钱一包？

五元钱一包。

高个男人轻松一句话，把陈建云吓得张口结舌。洋东西好是好，就是贵，我那点工资经不起几次抽。现在桃子怀孕了，我要赚钱为未出生的儿子。

今天我去缅甸，要不要带一些。

陈建云没有反应。

我也不是经常去缅甸，一个月才去一次，机会难得。

那就带一包吧！陈建云从口袋掏出五元钱。

明天就给你。

陈建云万万没想到烟里放有毒品，正当他依赖这种烟的时候，毒贩却像一只老猫，屏息凝神地等待在洞口，一旦老鼠出洞，就以迅雷不及掩耳之势扑过去。陈建云就是那只老鼠。老猫把“鱼钓上钩”后就不白给“料”吃，需要鱼饵人自己掏腰包，五元钱只能买到喂婴儿米粉那样一勺的量。陈建云一百五十元月工资，每天抽一包，工资就只能供他抽烟了。以边疆八十年代的生活水平衡量，支出已经高于“小康”生活了。

陈建云平时领到工资都交给家里，最近他领到工资躲躲闪闪，张腊梅感到他的反常，问他工资呢？他先是支支吾吾，然后说，我把钱存起来了，给儿子存今后的教育费。张腊梅觉得儿子懂事，知道存钱。家里四个人吃饭四个人工作，也不需要他这笔钱。陈建云不用找借口逃避，每月把钱装进口袋，以每天抽一包的状况维持自己的需求，刚平安了几个月，毒贩把烟里的毒品量一点点加大，大到每天要抽两包才能维持，而他的工资只能满足每天一包。

他半月抽完一月的烟，毒瘾上来时口袋里掏不出烟。

这天上午，陈建云载着胶水送往胶厂路上烟瘾发作，口吐白沫，手脚抽筋。眼睛看不清前方道路，手控制不住方向盘，脚踩不住刹车，车开进田里。

九

桃子得到陈建云吸毒被农场开除的消息使劲捶肚子，建云，你这个没有出息的家伙，我不要为你生下这个孽种。张腊梅上前抱住桃子，说，你不能这样，不能这样。这样会捶坏我孙子。她又把儿子拉到桃子跟前，说，要捶你就捶他吧，你给我捶死他。

桃子用脚踢陈建云，踢得没力气才安静下来。

张腊梅在桃子耳边说，我一定让他戒毒。

桃子没有理她。

张腊梅大声喊：建云，还不快给桃子发誓。

陈建云拍着胸口说，我保证再不碰毒了。

桃子没有理他。

张腊梅把儿子拉到一边，说，你快要当父亲了，要像个当父亲的样子。

妈，我一定戒毒。

现在你没有工作了，就在家照顾桃子吧！好好哄哄她。要是她情绪不稳定，生出的孩子不是少鼻子就是少眼睛。

有这么厉害呀。

妈不是吓你的。快去。快去呀！我上班去了。

其实，张腊梅的心情不比桃子好受，好不容易给儿子争得这份工作，他就这样把自己的工作弄丢了，一个男人没有了工作，今后怎么立身？

桃子躺在床上，腿脚肿大，陈建云给她按腿，时不时捧着她大肚子喊，儿子，爸爸唱歌给你听，听好了，爸爸给你唱你妈妈最喜欢的《我的中国心》，歌唱完了，桃子翻了个身，背对着他。她还在生他的气，他不怪妻子生气，觉得自己不是个东西。他抬起手抽自己耳光。桃子翻过身说，你也别打自己了，给我把毒戒了。

我一定戒。

陈建云看到妻子原谅了自己，眼里冒出了泪花。妻子要给自己生儿子了，快要做爸爸了，自己要像个父亲的样子。陈建云想好了，等妻子生完小孩，自己到外面想法找一份工作，决不能让母子失望。

桃子肚子一天比一天大，临近产期，除了吃饭，基本上不走动，整天躺在床上睡，没有一点力气。陈建云走到鸡笼想拿两个鸡蛋，煮一碗鸡蛋红糖桂圆水给妻子补补中气。突然鸡蛋掉到地上，他捧着头，头在天旋地裂，眼睛里像有什么东西晃，他想看看不清，心口一阵阵地往上涌，恶心，要呕吐却吐不出。完了，毒瘾突然在身体里作祟。他捧着脑袋不停地往墙上撞，头部鲜血直流，还是没有甩掉毒瘾。他拿起剪刀钻手指，他倒在地上打起滚来仍无法缓解疼痛。他咬着牙再站起来时，眼睛一亮，忽然眼睛又暗下来，不这样，我不能这样，我决不能这样，我宁愿死也不能这样。可身体硬不让他过这一关。他远远望了一眼房里的桃子，轻声说了句，对不起，就让我渡过难关吧！

张腊梅下班回家，发现笼里面少了一只鸡，她喊住从外面回来的儿子。

建云，家里一只鸡不见了？

我不知道。

张腊梅从他身上拾起一片鸡毛。

不是我。

张腊梅扬了扬鸡毛，说鸡毛哪来的？

我没偷。

张腊梅望着神色慌张的儿子，十不离九是他干的。她正要揭穿他，桃子挺着肚子走过来，妈，是谁偷了鸡？

大院里的人。陈建云说。

张腊梅不再逼问儿子，如果硬逼着揭穿他，她怕媳妇闹。媳妇待产，需要儿子陪在她身边照顾。她瞅了一眼儿子，笑着对桃子说，可能吧！大院不准喂鸡，说不定哪个眼红的人偷去吃了。

桃子说，这个人真可恶。

妈去拿把锁把鸡笼锁好。

别锁，锁了不方便。偷过一次鸡的人不会再来了。

锁了保险。张腊梅想，只有上了锁，才是唯一不给儿子机会的办法。

张腊梅拿出一把铁锁把鸡笼锁上，钥匙放进口袋，刚离开鸡笼却听到鸡叫个不停。哦！鸡还没有喂食，看我这记性，鸡一定饿极了。

张腊梅走到杂屋，等她从杂屋抓了谷出来又一只鸡不见了，张腊梅纳闷，鸡笼锁着，鸡怎么出去了？还是赶快找鸡，大院不准喂鸡，她用笼子偷偷喂三只鸡，也是人家看在她媳妇怀孕的分上，开一只眼闭一只眼，要是鸡在大院里走，被人发现影响不好。

张腊梅从院里院外寻到围墙周围都没有找到鸡，她觉得鸡不是自己跑出去的，但感到奇怪的是，谁有钥匙打开鸡笼？钥匙一直放在自己身上。她再检查钥匙，发现身上没有钥匙。钥匙放在外衣口袋里，外衣脱在竹椅上。难道是儿子？应该是他，只有这个家伙才能干出这种缺德事。张腊梅悄悄堵住后门出来的儿子，他穿着一件夹克衫，胸前鼓鼓囊囊。

又有一只鸡不见了？

我没见过鸡。

是不是你偷了？

我就是要偷鸡也只会偷别人的，不会偷自家的。

张腊梅扇了他一耳光。大声道，难道人家的可以偷？你这个畜生，还理直气壮。别人家的鸡更不能偷。

陈建云夹克衫上的拉链被张腊梅抽扇耳光的手往下稍稍带下了一点，衣里有“咯咯咯”的声音。

怎么有鸡叫？

没有！没有！陈建云拍着胸脯说。

陈建云拍胸脯的手又把夹克衫拉链往下拉了一点，鸡嘴就从拉链口伸了一点出来。

你，你，你这个缺德的东西。张腊梅拉开夹克衫拉链，夺过鸡，甩给陈建云两个耳光。

十

桃子生下儿子这天，张腊梅杀了一只老母鸡炖到灶上，她从供销店买了红枣红糖回来，发现灶上炖的鸡不见了。可能是被猫拖走了。她到屋里屋外寻了一会猫后就自笑，看我，媳妇生孙子把我喜糊涂了，猫怎么会吃鸡，猫只会吃鱼。准是被狗拖走了。她在屋前屋后也没有找到狗，张腊梅正感到纳闷，陈永嘉黑着一副脸进门，说，鸡在派出所。

鸡跑到派出所了，怎么跑那么远？

你去看吧！

你怎么不带回来。

我没脸带回来。

张腊梅走到派出所，陈建云跟两个饭馆老板在争吵，两个老板向派出所申诉，这只鸡是陈建云卖给他们的，但鸡只有一只。张腊梅觉得两个老板争得奇怪，原来儿子把这只老母鸡卖给饭店的袁老板，袁老板付钱后把鸡放进橱柜出去了，儿子看到袁老板外出又从橱柜偷出鸡卖给隔墙饭店的吴老板。袁老板回来发现他买的鸡炖在隔墙饭店的灶上，袁老板说，陈建云卖给我的鸡怎么炖到你灶上了？吴老板说，这鸡是陈建云卖给我的。两个老板拿着鸡上派出所了。张腊梅气得浑身颤抖。她向两位老板连声说：对不起，对不起，又把儿子拉到他们面前，还不赶快把钱还给他们。张腊梅感到脸面丢尽，头也不抬地提着鸡小跑回家，儿子耷拉着脑袋跟在她后面。

陈永嘉觉得这件事很丢丑，拿出铁链要把儿子吊起来。

陈建云一把抓住铁链，说，我已是孩子的父亲，你没有资格这样做。

张腊梅悄悄走到陈永嘉身边，说，把铁链给我。现在还不能把他捆起，桃子在月子里还不知道这件事，要是让她知道，不光月子坐不好，还不知她会闹成什么样子。

唉！陈永嘉丢下铁链。

她又对儿子说，你也知道当父亲了，就要像个当父亲的样子。

我保证再不偷鸡了。

再偷，别想进这个门。

我，我，陈建云话没说完，眼翻白眼，口吐白沫，哼哼唧唧。毒瘾悄无声息地来临。

正当恢复正常生活得好好的，那飘游不定的隐形魔鬼又来了。这个看不见的魔鬼人们无法知道什么时候来，又什么时候走了。在你无法确定、毫无防御和控制下，进入你的世界，侵略你的世界。

建云，你怎么啦！你别吓妈了。

建云双手捧着脑袋在地上滚起来。

他可能是毒瘾发了。来，先把他拖到我们房间。陈永嘉说。

轻点，别把儿子弄疼。

陈永嘉横腰抱起儿子拖进房，张腊梅赶快把房门扣上。

妈，给我点钱吧！我难受，难受呀！

你想要钱去吸毒？

这不叫吸毒，叫飘一下。

陈永嘉说，你看看，他到了什么程度。

忍一下吧！忍一下就会过去的。张腊梅起身给儿子倒杯水。

陈建云突然站起，抱住头往墙上撞，头上立即鼓起一个包，他再往墙上撞时，张腊梅把他抱在怀里。陈建云抓起她手腕狠狠咬了一口，疼得她眼泪流出来了。儿子脸色惨白，瘫倒在她怀里，人事不省。

儿子不会死吧！张腊梅被儿子的情景吓住。

望着张腊梅怀里的儿子，陈永嘉没有回答。他点燃一支烟，猛抽一口，指间的烟雾在房间漫开，想起他和农场领导班子从勐汤河进入缅甸边境考察时看到缅甸边境的哈尼族寨子种着罂粟抽着大烟。这里遍地罂粟。村寨以种罂粟作为主要生产方式，妖冶的罂粟花开得漫山遍野，而老百姓却一贫如洗。吸食毒品的人面黄肌瘦，眼窝深陷，目光呆滞，骨瘦如柴。毒瘾发作时鼻涕满面，丑态百出，让人恐惧。在寨子里让他触目惊心的是，今天某寨子吸食毒品死了人，明天又是某寨子因吸食毒品死人了。寨子没有一间像样的房子，偶尔从茅草棚里钻出一个人也是见人就伸手讨钱，讨到不管是几块钱，转身就跑去买毒品。在寨子里吃顿饭，连个干净碗都找不到。

陈永嘉把烟头往地上按了按，对张腊梅说，我们把儿子送戒毒所吧！

不行。听说那里折磨人，儿子会受不了。

那怎么办？

在家戒毒。

我们要上班，又不能让桃子知道。他在家怎么戒毒？

家里有个月婆子，谁来照料？

你能指望他？只能靠你辛苦一点。

我们要是在湖南就好了，在湖南儿子就不会染上吸毒。

湖南就没有毒品？

陈永嘉不得不承认，如果在湖南，儿子吸毒机会微乎其微，当然不是没有可能。毒品存在由来已久，中国从清朝开始就深受鸦片毒害，中华人民共和国成立仅用三年便解决了旧中国长达一百多年的毒品问题，让世界对中国刮目相看。新时期随着国门打开，“金三角”海洛因越过天然屏障，人们惊呼“狼来了”。当有人把海洛因当成一种时尚一种品位时，缥缈的缕缕白烟转眼把辛苦积攒的财富化为乌有，最后以鲜活的生命化为一堆白骨终结。

如果儿子去戒毒所，我们怎么和桃子交代？张腊梅表现出从未有的担心。

你不用担心，我们就说建云这段时间出去找工作了。

十一

送儿子进戒毒所不是一件光彩事，陈永嘉只能悄悄联系戒毒所。不远处有一家戒毒所，他不想把儿子送进去。他在这地方上班，儿子在这地方戒毒，脸面往哪里放。再说，戒毒所刚办，没有正规的医疗设备，他不能委屈自己的儿子。他要去县城，县里虽然戒毒所不多，但办得比较成功，有专门的专家和医疗设备。可是，还没有联系好戒毒所，陈永嘉给七分场买治橡胶病药的钱却不翼而飞，他感到天要塌下来了。

你想想看，是不是拿回了家。

张腊梅从睡房找到客厅，把屋里每个抽屉翻遍也没看到这笔钱。

昨晚明明放在抽屉里。陈永嘉一拳擂到桌上，懊恼地说，都怪我偷懒，准备早上带着钱直接去县城买药。

那钱会去哪里呢！张腊梅急得团团转。

陈永嘉仍在懊恼，他说，农场有规定，公款不准带回家，我这段时间怎么啦？

要不再去单位看看。

我连钱带回家没有都分不清，还当什么会计。陈永嘉难以压制的情绪流露出愤慨。

我们再仔细找找。

早上看到儿子没有？

没有。

他还在睡？

儿子不会有这样大的胆吧！

那家里还会有谁？

陈永嘉心头突然发紧，难道是儿子？儿子不应该有这么个胆吧！不会的，不会是儿子。他越着不想是儿子，心头越发紧，身子跟着一阵阵往下沉。他狐疑地望着张腊梅，张腊梅不敢正眼看他，只是说，你去看看。

陈永嘉跑到儿子房，儿子不见了，果然是他。大喊：这个该死的，这是公款啊！这不要了我的命！陈永嘉来不及穿衣，赤着上身，跌跌撞撞往外跑，边跑边喊，我要找到这个畜生，杀了他！杀了他。张腊梅追出去，边追边喊，建云，你在哪里。你在哪里啊！你拿的是你父亲带回家的公款啊！张腊梅追不上陈永嘉，他一下子没有踪影。张腊梅喉咙喊哑了，她嘶哑着声说：建云，你不要躲着我们，交出公款就没事了。

陈永嘉心里揣着一团火，眼冒金花，人像一头疯马，只顾往前跑，前面的巨石他没注意到，人飞奔过去，身体砸在巨石上又反弹出去，脑浆迸裂，当场死了。

陆续上班的职工围上来，发现死在血泊里的陈会计，不知发生了什么事，当场有人去找张腊梅，等张腊梅跑来看到场景，当场傻了，她抱着倒在血泊里的陈永嘉，捶胸顿足，歇斯底里：我要杀了这个畜生！我要杀了这个畜生。大家弄清这件不幸的事后都流下眼泪，女职工擦着泪水抱住哭得死去活来的张腊梅，男职工找来单架把陈永嘉抬回场部。

张腊梅送走陈永嘉后，桃子再也无法忍受丈夫吸毒这件事，她清理自己衣服，带着儿子回娘家了。张腊梅不怪媳妇狠心离家，媳妇并不是故意离开的，换作自己跟一个吸毒丈夫生活，也会离开。

十二

陈建云一直没有音信，张腊梅每天都在想怎样找到他。

云南进入雨季，雨一天连着一天，张腊梅撑着雨伞，从七分场出发寻找到农场，找到儿子朋友，他们没有看到陈建云；她又从农场出发寻找到县城，找到儿子同学，他们也没有看到陈建云。有人说陈建云被人打死了，又有人说陈建云在贩毒，张腊梅都不相信，她每天撑着雨伞，站在公路上，相信儿子会沿着这条公路回来。

这天夜里，张腊梅忽然听到敲门声，她身子一缩，头蒙进被子。早上，敲门声又把她惊醒，她睁着眼睛想，是谁在敲门？还有谁会敲这扇门。儿子？是儿子！儿子回来了。

张腊梅来不及穿鞋，光着脚打开门，一个骨瘦如柴、衣服褴褛的人歪在门边，她望了他一眼，又瞧了瞧大院左右，除了飘扬的落叶，连鸟都没有一只。

刚才是你敲门？她怔怔地望着这个人。

是啊！妈。

你是谁？

我是建云呀！

你是儿子？

我是你儿子。

张腊梅上前推他一下，人就倒下了。

你怎么像我儿子？身体像纸一样薄，十来岁的孩子都可以打赢你。

妈，我真是你儿子。

真的是我儿子。

妈，我没有钱了。

你怎么成这个样子。

张腊梅拉起陈建云进屋，他瞅着中堂上父亲的照片，“砰”地跪下。

父亲是你害死的，他永远住在黑框里了。张腊梅擦着眼泪。

我不是人！我不是人。陈建云举着拳头擂脑袋。

你要回来呀！这段时间你去了哪里，我怎么也找不到你。张腊梅眼泪婆娑。

我没脸回来，我不敢回来。陈建云撕扯自己的头发，眼泪流了一地。

回来了好，回来了好。

张腊梅擦了把眼泪，起身拿出一套干净衣服，说，赶紧换了吧！臭死了，像是刚从臭水沟爬出来。

陈建云没有动，赶忙把四肢抱紧。

赶快换衣吧！这么热的天，还穿着长衣长裤。

陈建云把四肢抱得更紧了。

赶快换了吧！整个房里都被你搞得臭烘烘的了。

妈，给我一套长衣长裤。陈建云抱着四肢不停哆嗦。

你怎么啦！我来帮你换。张腊梅走到他跟前，陈建云想推开她，没有力气。张腊梅脱下他衣服，蒙了，儿子胳膊和大腿针眼密布。

打针害的。

你注射毒品了。

陈建云点着头，身子像打摆子样地筛起来。

我的天啊！这怎么得了！这不要你的命嘛。张腊梅举起双手打他，说，你这个要死的，怎么发展到注射。

那天毒瘾发作，无意中发现抽屉一沓钱，就想搞一点白粉满足需要。我先是想到外面飘几天就回来，我找的那个人说给你打一针，会有绝妙体验。我静脉注射后，像是进入另一个世界，那种飘的感觉，像一团雾在心间游荡，又像一层薄纱在心间飘动，人像袅袅炊烟，飘飘欲仙。当它从仙境回来，就像撕扯你的魔鬼。身体里就有一道电光，一枚出膛子弹，意识里我像一尊神，众人仰慕的英雄。药效过后，我像是从天上摔下来，砸到地上，意识成一片残片，身体虚弱不堪，连站起来的劲都没有。

张腊梅知道，静脉注射是通过脑血屏障进入中枢神经，效应快如闪电，整个人产生一种爆炸性快感，厉害程度远远超过药用价值，毒性强，极难戒断。

在这种状态下，我开始注射一针又一针。我把父亲公款注射完又不敢回来，我背个蛇皮袋靠捡破烂维持吸毒，可又维持不了。

你把爸爸的巨款都拿走了，难道海洛因把你变得没有人性了吗？

我当时的感觉是，爹亲娘亲不如海洛因亲，天地下最好的东西就是海洛因。

你这个没人性的家伙，你就吸吧！吸死了也别回来。

妈，我也后悔呀！

家里只有我和你了，去戒毒所吧！把毒彻底戒了。

妈，刚回来就赶我走呀！

张腊梅没有理他。

妈，我想在家戒毒。陈建云可怜巴巴地哀求。

妈没办法留你。走吧！

张腊梅觉得她必须这样做，如果说她的生命重要，那儿子更重要。女儿、丈夫相继去世后，儿子成了她唯一活下去的希望。

十三

陈建云从戒毒所出来，张腊梅看到儿子人长胖了，脸上也有了光泽。她也想好了，儿子既然戒毒了，就有理由把媳妇、孙子接回来。

明天我们去把桃子和孙子接回家。

听到母亲要去接桃子他们回家，陈建云面露痴相，身体里就有了微妙变化，他想桃子了。

桃子会同意回来吗？

那就看桃子会不会原谅你。

就是怕她不原谅我。陈建云懊悔地摇着头。

妈会去努力说服她。

陈建云经过葫芦口，嗅到一股熟悉的味道，这是只有他知道的味道，他吸了吸鼻子。

张腊梅说，前面有个代销店，我进去买些礼品。去桃子家我们不能空着手去。

好。我就在外面等你。陈建云昂着头吸鼻子。

张腊梅提着满满一袋礼品出来，发现陈建云手捧脑袋，眼珠乱翻，汗珠从额头滚下来。

你怎么啦！

妈，赶快回家。

陈建云撒腿就跑，遇到铁栏杆，他从铁栏杆上飞过去，摔倒在地，爬起来又跑。陈建云曾是学校的长跑运动员，爆发力极强，跑的速度就像“飞毛腿”一样，张腊梅眨眼就不见他的踪影。儿子怎么啦！不会出什么事吧！张腊梅心一阵阵往下沉，提着礼品小跑起来。

你是不是毒瘾犯了？张腊梅回到家，看到他抱头撞墙，头撞得鲜血直流。

妈，我周身不舒服，难受。

戒毒所不是说已戒毒，要我接你回家嘛。

妈，给我搞一点白粉吧！

来，我们去戒毒所。

妈，不要送我去戒毒所。

张腊梅从抽屉拿出纱布，给儿子包扎头部，被他一把推开。

不留我在家戒毒，撞死算了。陈建云捧着脑袋又往墙上撞。

好，好。在家戒毒。

张腊梅心里矛盾，继续送他去戒毒所还是留在家里戒毒？起初她舍不得儿子进戒毒所，担心他受苦，现在进了戒毒所他还犯毒瘾。

陈建云眼睛空洞，脸色苍白，哼哼叽叽歪在地上。

张腊梅想起戒毒所人曾说过，毒瘾患了也可以用替代和转移办法戒毒，食物和磨炼也是替代和转移的戒毒办法。她走出门，去代销店买回脑心舒、阿胶浆、安神补脑液和糕点。她把这些东西放到陈建云面前，说，留在家戒毒可以，你就吃这些东西替代毒品吧！

妈，这些东西昂贵，以后不要买了。

只要你能替代毒品，再昂贵妈也给你买。

陈建云吃了这些东西，人变得安静，躺到床上睡下了。

看到儿子这样子，张腊梅感到莫明地兴奋，她想好，只要这些东西能替代毒品，我就坚持给他买。

张腊梅也只努力坚持了一段时间，口袋空了。她触到空空如也的口袋想，我一月工资才一百多元，拿什么坚持给儿子买替代品？她想经商，又没有这方面本事；她想做生意，又没有资金。张腊梅摸着空空的口袋愁得吃不好睡不安。每天下班回家，她想到的第一件事，如何在上班之后还能赚到一笔钱，张腊梅休息这天，她挖出土里的红薯，把红薯一个个码到屋角落时突然想起少数民族把红薯粉条当肉吃的故事。那是她们刚来云南，没有东西吃，为了活命把少数民族埋在土里的死猪死牛挖出吃，少数民族笑湖南人什么都吃，后来有个湖南人做了红薯粉条去换他们的猪肉，少数民族以一斤粉条换一斤肉，他们边吃着长长的粉条边喝酒。现在红薯粉条虽然不那么宝贵了，至少证明少数民族喜欢吃红薯粉条。何不用这些红薯做成粉条试试，红薯粉条不要本钱，只要多种红薯就行。

张腊梅把红薯洗干净，切成小块，磨成浆，再用纱布袋滤去渣，将汁掺适量水搅匀后放进大铁锅煮沸，再盛入冷水冷却成粉片，然后取出粉片晾晒半干，用刀划成条，再晾晒干，最后用竹篾捆成一市斤一捆。她把红薯粉条提到街上卖，每捆红薯粉条能卖到六元钱，四捆就能维持陈建云一天的替代品。她下班回家做红薯粉条，次日大早提到镇上卖，然后赶回来上班。她风雨无阻地按这个计划进行。

正当她庆幸自己能做红薯粉条，能用红薯粉条钱维持儿子替代品的时候，儿子精神恍惚，脸色苍白地跑到她跟前，妈，给我搞一点点白粉，只要给我搞一点点，我有办法戒毒。

你，你，你！张腊梅抬手指着他，又无力地放下手，直直望着他，摇着头说，用营养品都替代不了毒瘾，我没辙了。

妈，只要一点点，我有办法戒毒。

张腊梅没有理他，她走到堂屋，跪在陈永嘉的遗像前，哀求他显灵帮助儿子戒毒。

陈建云看到母亲苦苦哀求死去的父亲，他跑到门外，跳进水塘里，想借助冷水冻死体内那个毒瘾，陈建云差点淹死也没冻死那个毒瘾；他又用几块木条捆住腰，噔噔噔上楼，噔噔噔下楼，连续十几次。大汗淋漓了，给自己灌水，灌足水继续爬楼。张腊梅看到噔噔声变小，屋里沉寂时以为毒瘾过去，她走进去，陈建云却喊：妈，快把我手脚绑在床上。

陈建云手脚被绑在床上，动弹不得，哀号声像一把把利剑刺痛她，她问儿子，毒瘾熬过去了没有。

还是没有熬过去。陈建云又喊：快往我口里塞衣服。

张腊梅把衣服塞进他嘴里，看到他一口口把衣服咬碎，汗珠一颗颗滚下来，直到他没有一点力气。这时，毒瘾的魔掌又伸向他，潜入体内兴风作浪。没有从魔掌缝隙逃脱，成了魔鬼的牺牲品，几天下来拉得不成人形。

看到儿子像死人一样躺在床上，张腊梅疼惜之心油然而生。儿子已有两年的吸毒历史，现在毒品给他的快感永远大于痛苦。她犹豫要不要给他搞点白粉，让他吸一口时满足需要。陈建云突然拿出小刀，把手指割得鲜血淋淋。

你疯了。

这样我好受些。

你今天能割手指，明天就会割脖子了。怎样才能不想毒品呢？张腊梅喃喃地说，眼睛碰到陈建云目光，一时就没了话。她起身进屋，把其他衣服一件件往袋里塞。

妈，不要送我去戒毒所。

你只能去戒毒所。张腊梅撕心裂肺地疼，但她只能把这种疼藏起来。

陈建云嘤嘤地哭，眼泪鼻涕一坨坨。

张腊梅没有抱住儿子哭，她拉起他的手说，一个活人不能叫一个死东西管着，你一定要戒毒成功。

十四

陈建云再从戒毒所出来时，已经是一个戒毒成功的青年。

张腊梅说，妈带你去桃子家，把他们母子俩接回来。

妈，不急，家里现在被我搞成这个样子，我还是先赚到钱再去接他们吧！

可是你到哪里去搞工作呢？

我种些红薯跟你学做红薯粉条，等有了工作再工作。

这个办法好。

陈建云把家里周边的空地挖松，垒成墒，全部种上红薯。红薯滕喂猪，他把红薯洗净、切块、磨浆、滤渣、煮沸、冷却、晾晒，划成条，再把红薯粉条绑成小捆，放进一个大背篓。

我的独门绝活你都学会了。

妈，卖红薯粉条也交给我吧！

张腊梅狐疑地望着他。

我没有工作了，说不定我靠小本生意能赚钱呢。

你会有耐心吗？卖红薯粉条要有耐心。

总得让我试试，一个大活人闲在家里，总不能长期靠你养着。

陈建云背上红薯粉条，走在春暖花开的路上，有如鱼得水、小鸟重飞的幸福。他没有按母亲指定的地方去卖，怕遇到熟人，他背着红薯粉条去了十里路外的小镇。他有一双长腿，十多里路半个多小时就到了。

陈建云选了一个位置摆下红薯粉条地摊。一个身穿筒裙的傣族女人走过来问：农崽（傣语，比自己小的男人叫“农崽”）开不开（卖不卖）？

开，开，开。陈建云开车时学过几句傣语。

水水水（就是酒）。

水水水。陈建云边点头，边做了个往嘴里喝的动作。

傣族女人买走两捆红薯粉条做下酒菜。

傣族女人刚走，来了个身穿黑襟衣、腰插长刀的爱伲族男人，他瞪着好奇的眼睛看陈建云，陈建云瞪着陌生的眼睛看他。他拿起一捆红薯粉条看了看，再放下红薯粉条时把红薯粉条全部买走了。

陈建云为了摆脱那人，去了更远的一个小镇，他把红薯粉条地摊摆到人流比较大的地方。一个卖小木偶的人在他旁边摆下地摊，他发现这个人神神秘秘，就尽量不去看旁边发生的事，可在他身边发生的事不得不看。

卖小木偶的人看到一个人走到摊边，他悄声问，要不要搞点去？一瓢还是两瓢？那人伸出一根手指头。卖小木偶的人把一个小木偶劈开，从里面拿出一包白粉。陈建云吓了一跳，那人付钱拿白粉走了。卖小木偶的人对陈建云说，你要是说出去，捅死你。说完，收摊赶忙走人。

到中午，一个卖西瓜的在陈建云旁边摆下地摊，他喊着西瓜哟！西瓜哟！一个人走近西瓜摊，问一拽多少钱。卖西瓜人伸出几个指头。那人点点头。卖西瓜人把一个西瓜切开，西瓜里装着一袋白粉，袋子上写着三市斤，一拽就是三市斤。那人拿一拽白粉走了。卖西瓜人左瞧右望，见没有人走过来，赶紧收摊走人了。

发生在陈建云身边的两件事让他有些害怕，他准备收拾背箩回家时却意外地发现背箩里有一小袋东西，捡出来看，白粉，他像拿到一块烫手的山薯，赶紧丢了，拿起背箩走人。刚走了几步他又撤回来，还不能丢，白粉是他们遗漏的，要是他们中哪个找到他，他拿什么还给他们？那是赔不起的。陈建云捡起来放进口袋，准备明天带给他们。

第二天，陈建云没看到他们。

第三天，第四天，第五天，陈建云天天带着白粉天天见不到他们。

这一天，陈建云卖完红薯粉收拾箩筐回家，遇上暴雨，他提着箩筐跑到一间茅棚躲雨。雨越下越大，无休无止，望着雨人有些倦怠，他把头靠到墙上不知不觉中睡着了，再醒来，脑袋空落落有些百无聊赖，他头靠在墙上，双手伸进口袋，那小袋白粉就碰着他的手，他掏出来，眼睛一亮，身体里有个声音促使他嗅嗅，可心里坚决抗拒，肉体终于被心理战胜，他重新放进口袋。

雨还在下，肚子感到有些饿，陈建云走到隔壁餐馆要了一碗面，正准备吃面时却看到那个卖西瓜的人。陈建云赶快坐到他身边悄声说，前几天你是不是遗忘了个小纸包？

卖西瓜的怔怔望着他，像是不认识他，一会儿，像是终于记起，你是那个卖红薯粉条的？

陈建云点点头，从口袋掏出那个小纸包，悄悄递给他。回到自己桌前继续吃面。

卖西瓜的把陈建云面碗端到他桌上，说，一块吃吧，你看我点了这么多菜，一个人吃不了。卖西瓜的给他倒了小杯酒，喝点试试。

陈建云连连摆手，说不行。

男人还是要学会喝点酒。

那就喝一点点。陈建云喝了一点，又埋头吃面。

卖西瓜的在陈建云面前点燃一支烟，深深吸一口，又吐出一个个烟圈。陈建云感到有一种熟悉味道飘来，荡起他心中一股快意。他舒服地吸着鼻子。

抽一支吧！很特别的烟。

陈建云端起面碗，悻悻然回到自己的餐桌前。

卖西瓜的走到他桌前，把烟往他鼻子下放。嗅嗅！

陈建云没有理他，埋头吃面。

卖西瓜的美滋滋地抽烟，吸一口望他一眼。

陈建云别过身，手指把自己胳膊掐得青一块紫一块。

何必呢？卖西瓜的又给陈建云递上一支烟。

陈建云没有接，提起背篓就走。

卖西瓜的说，你会再来找我的。

永远不要见到你。

你喝的那口酒里有白粉。

陈建云怔住了，他想吐出来，干号了几声却吐不出东西来，这时，人已有了飘的感觉，就这种感觉让他的肉体轰然倒塌。

十五

建云，你在干什么？张腊梅下班回家，发现陈建云躲在杂屋里。

陈建云慢慢转过头，鼻子嘴巴粘着白色的东西，一副正在吃得津津有味的样子，捏着的小纸片还粘着白粉。张腊梅惊愕，一脚踢过去，白粉散到地上。陈建云像是从腾云驾雾中坠落下来，他冲到张腊梅跟前，你，赔我白粉。

看到陈建云瞳孔散大又突然缩小，眼神飘忽，冷汗不止。张腊梅只感到天崩地裂。

你赔不赔？陈建云抓起地上一瓶敌敌畏，你不赔我就喝进去。

张腊梅不光感到天崩地裂，还把自己砸得头破血流。

农药很难喝，不如掺点酒。

陈建云弄出一瓶酒，打开瓶盖往农药瓶里灌。张腊梅被儿子的举动气疯了，伸手夺过他的酒瓶，仰头喝下去。瞬间，脑袋像要爆炸，天旋地转，人站不稳。她用手扶着墙，头就触到墙上一把火药枪，当年丈夫打狼的火药枪。醉眼朦胧，她看到儿子就像一只狼。狼来了！她麻利地取下枪，填进火药，装上铁砂，枪口顶着儿子胸膛，借着酒劲开了一枪。儿子应声倒下。张腊梅看倒在地上的儿子，酒完全醒了。大喊：我杀人了！我杀人了。杀人坐牢，我要去自首。

张腊梅背起火药枪摇摇晃晃走进保卫科，李干事上前扶了张腊梅一把，问，张妈，发生什么事？张腊梅哆嗦着说不出话。李干事扶她坐下，给她倒了一杯水：来，慢慢说。

儿子，儿子。张腊梅身子抖动着。

你儿子怎么啦！

儿子被我打死了，我来坐牢。

你打死儿子了，拿什么打死的？

张腊梅把火药枪递给李干事。

你为什么拿枪打死儿子？

他又吸毒。

张妈，你在这里，我去你家调查。

李干事背起火药枪走进去张腊梅家，发现陈建云坐在草垫上，赤裸上身，用牙膏涂抹胸口。

你母亲不是把你打死了吗？你怎么还没有死？

胸口只是被火药烧焦了一块。

李干事觉得奇怪，取下枪，左看右看，终于找到原因。张腊梅没有放土把铁砂充实，她枪口向下时候铁砂从枪管跑掉了。开枪没有铁砂，只有火药喷出的火把儿子的胸口烧焦了。

你还吸毒吗？

你借我一个脑袋也不敢了。

李干事回到保卫科，对张腊梅说，你儿子没死。

这个孽种，命还真大。张腊梅拔腿往家跑。

陈建云看到从外面跑进来的母亲，摆手说，妈，你别过来，我不会再跑了。

张腊梅站住。

陈建云拿起一把斧头，双目紧闭，朝小腿上砍下去，一声惨叫，血喷涌而出，人倒在血泊里。

张腊梅抱起血泊里的儿子，失声说，你怎么这么傻呀！这么傻！你忍着，我去叫人抬你去医院。

妈，不要去医院，你叫队里刘医生来包扎一下，只要不发炎就行。

那怎么行，你这条腿会残废。

腿残废好。

妈不能看着你把这条腿废了。

妈，腿废了，行动不方便，才能把毒彻底戒了。妈，我再也不想让你为我伤心了，这样我对任何诱惑都没有了。

你忍着。张腊梅站起身，陈建云一把拉住她，不要去找人。妈，就以这条腿作代价吧！

不行，妈由不得你。

张腊梅擦着眼泪往门外跑，陈建云从地上艰难地拾起斧头，说，如果你送我去医院，我用这把斧头把另一条腿也砍了。

别，别。快放下斧头。陈建云眼睛透出一种阴冷而坚硬的东西，张腊梅不敢往他脸上看了，连声说，妈不送你去医院了。

十六

陈建云一大早去厨房，拄着拐杖，咚！咚！咚！早餐的稀饭他隔夜熬好了，只要放到锅里热一下，再炒个咸菜。早餐做好放到桌上，桃子和母亲起床，他同她们匆忙吃过早餐，她们去胶林上班，他拄着拐杖，咚！咚！咚！去猪牢喂食。猪食也是隔天煮好了的，不用热，牲畜可以冷吃。母猪下的一窝猪崽，在猪牢里奔跑。他喜欢看猪崽在猪牢里奔跑，这些都是母猪的功劳，煮猪食时他特意放一些米，给母猪吃了催奶。看到母猪喔喔吃食，小猪崽在它肚皮下唧唧吸奶，他赶快洗手，咚！咚！咚！回房，抱三岁儿子穿衣、起床、喂饭。儿子吃饱了像猪崽样满地跑，他看了一眼玩得欢快的儿子，起身去洗一盆衣服。大人和儿子衣服要分开洗，桃子短裤和儿子衣服分别要用温水泡一下。他洗完衣服，伸个懒腰，太阳就从木窗格溜进来，这时，他左手牵着儿子，右手拄起拐杖去菜园。他要把一天的菜摘回来，菜摘完顺便把菜地里的草拔了，再直起身时，他总要对着阳光明媚的世界说一句：戒毒真好，全身的血液就像换了新的一样。

太阳升到中空，他背上菜篮，牵着儿子“咚咚咚”回家。中餐只有他和儿子吃，他可以随便吃，儿子可不行。儿子是他的希望，生命的根基，他要给儿子蒸肉末做蛋糕。晚餐是一家人团聚的时候，马虎不得，他要精心制作。只有晚餐，一家人围在餐桌前，笑声从餐桌前飞出来。

原载《创作与评论》2017 年第 3 期

外　婆

一

外婆是我出生后第一眼见到的祖辈，也是我后来能见到的唯一祖辈。我的外公、祖父、祖母在我出生前相继去世。记得那是个腊月，窗外飘着鹅毛大雪，窗内炭火融融。我在母亲的腹壁里躁动起来。不知是不想出来，还是因为出生是一件很艰难的事情，直把母亲搅得死去活来我才磨磨蹭蹭地钻出那个生活了十个月的温馨海洋。我一落地外婆抱着我放声大哭，那副伤心的样子弄得在场的三亲六眷莫名其妙。我浑浑噩噩的什么也不知道，只是通灵似的同外婆一道哭起来。母亲便喊道："妈，你这是怎么了呢？"

外婆这才用手绢抹着眼泪说："我应该高兴才是，这外孙女命硬。"

"孩子她外婆一定是想起自己的出生了。"有一天，母亲对父亲说。其实谁也弄不清外婆为什么在全家人兴高采烈的时候号啕大哭。外婆这一辈子有很多事别人都弄不懂。

曾外婆生外婆时是第九胎，前八胎都像母鸡下蛋一样快，轮到生她时，她硬是赖在娘肚里不肯出来。折腾半天人出来了，却把胞衣丢在了娘肚里，一家人都慌得像天要塌下来。接生婆也没辙，只得把外婆撇一边，手忙脚乱地将自己一只手伸进肚里硬是把胞衣抓了出来。外婆娘总算没事了，再看那个小生命，已是面青嘴紫，屋里就只听得呜呜的哭声了。接生婆还算见过场面，她一声不吭，倒提着小东西，在屁股上用力拍了两巴掌。"哇——"小东西一哭，脸上立即泛起了血色。接生婆抱着外婆仔细端详，说：“这孩子命硬，今后会与众不同的，好好带着。”

外婆在兄弟姐妹中最小。她有六个姐姐两个哥哥，全家人像星星捧月亮似的呵护着她。外婆天生乖巧，嘴巴也甜，一天到晚喊着爸爸妈妈哥哥姐姐，全家人见了她就忍不住要捏她的脸蛋蛋。

哥哥下地干活。

姐姐下湖割苇。

外婆却在芦苇里捉蝴蝶。

外婆头上别着一朵栀子花，举着一根竹竿，竹竿前头拴了个纱布口袋，撞上的蝴蝶就网进她的纱布口袋。蝴蝶在芦苇里上下翻飞，外婆猫着腰一蹦一跳。一只黄蝴蝶贪恋她头上栀子花的芳香，在她头顶翩翩然然。好漂亮的蝴蝶啊！外婆兴奋得脸蛋红扑扑的，她连忙伸过竹竿。黄蝴蝶像是有意跟她捉迷藏，在她头上逗个圈往前飞，她向那团扑朔迷离的黄追去，追啊追，追过那片芦苇地，黄蝴蝶突然不见了。外婆噘着嘴四下里寻找，只发现前面有一栋漂亮的房子，外婆眼泪都要出来了。蝴蝶一定藏在房子里，外婆走近房子，身子闪在墙边上偏着头往里看。里面有几个姐姐在绣花，那丝线在姐姐手里嗞嗞作响，绣屏上有一只黄蝴蝶，蝴蝶翅膀上两个圆圆的花斑，像眼睛一样望着外婆。是刚才那只蝴蝶哩！外婆好奇地“呀”了一声。

“这是谁家的姑娘，长得这么漂亮？”绣庄老板娘问。

“东村徐家的七妹子秀梅。”有个绣女认得外婆。

老板娘说：“怪哩，徐家人都长得粗鄙，偏这七妹子生得这么水灵，是个美人胚子。”

后来外婆天天跑到绣庄，趴在门槛上看她们绣花。老板娘和绣女们就说这妹子真是长得好哩，长大了不得了！外婆脸就红了，躲了起来。过一会儿，外婆又趴在门槛上了。老板娘问：“你喜欢绣花？”

“喜欢。”

“叫你大人送你来学吧。”

外婆从那天起就不去绣庄了，她成天围着曾外婆转。曾外婆去菜园扯菜，她就提个篮子去菜园。曾外婆挑着小菜去赶集，她也拿着秤杆跟了去。那天菜卖完了，所得不多。曾外婆用这钱买了油、盐、火柴，还剩几个铜板。外婆鼓着眼睛瞪着那几个铜板就是不敢望她娘。

“给你买块糖吃吧！”曾外婆说。

外婆摇了摇头。

“要不给你扯块花布做衣裳？”

外婆还是摇头。

“那你要什么？”

“我要学绣花。”

曾外婆惊讶地望着外婆，说：“那哪是我们这种人家学得起的？”

外婆一下就眼泪汪汪了。

曾外婆抱住外婆：“以后再说吧。”

外婆长到十三岁那年走进绣庄。她学手艺的代价是全家人捆紧裤腰带省下的几升白米。

外婆案前摆着布绷子，绷上绣件。缎子上先由画师打好了图样，可那只是个轮廓，自己还得按小图配线绣出层次，绣上几针就得换线，粗的细的和各种颜色的丝线在外婆手里绣得得心应手。师傅随便给一个图案，外婆一绣就活，缎上绣的花，刺的朵，活灵活现，那些鸟呀、虫呀、鱼呀就像随时要从绣屏上跳出来。

老板娘是个有眼力的女人，很快发现了我外婆的天赋。她将我外婆放在自己身边，专绣那些高档绣品。

日子在外婆的针眼里一点点流逝的时候，外婆家乡正闹着湖区常有的“大肚子”病，她的六个姐姐都患上这病，先后走了五个，只剩下一个大姐姐。外婆娘赶紧托人在长沙找了个人家，将大姐嫁了。外婆在一家人惊慌中却长得一天比一天鲜艳，十四岁已出落成一朵水芙蓉的样子。

“我想接秀梅回去。”一天黄昏，曾外婆赶到绣庄说。

老板娘还没答话，外婆抢着说：“我不想回去。”

“秀梅回去也会得‘大肚子’病的。”老板娘望着外婆，很是惋惜。

曾外婆低下头，不停地搓着手，说：“我知道，秀梅在家从没下田做过事，可家里没人手。”其实曾外婆家已让几个“大肚子”病人弄得冷火秋烟了，再也拿不出一粒米来交给绣庄。曾外婆是个要强的女人，不想在人家面前说得可怜兮兮。

老板娘知道曾外婆的难处，也可怜外婆。叹息几声，猛然想起什么，眼睛一亮，说：“这样吧！我弟弟在长沙城里做事，那里有所不要交钱的学校，就让秀梅去读书吧，也好让她自己养活自己。”

曾外婆谢了老板娘，领着外婆回了家。那正是盛夏的黄昏，漫天萤火，遍地蛙鸣。

许多年后，母亲总是对我说，要是你外婆不出去读书，她的命运就说不准了。说不定也患上“大肚子”病夭折。这也许就是接生婆说的命硬吧！在以后生活中外婆走过的每个险境都证明了这点。

二

我四岁的时候，有天吃饭，吃到一半，母亲就把我拉到房里，把我梳洗打扮了一番，还让我换上了平时不常穿的红衬衫。记得衬衫的袖口上滚着嫩绿的花边，其实我知道那是补丁。只是为了好看，两边袖口上都滚了这花边。母亲就这样拉着我去了河边。我听到河面有汽笛鸣响，随即一条大洋船靠岸了，一个四十多岁的女人从船舱里出来，她穿一条暗绿色旗袍，布坨坨扣子排在左边，左胸还挂了一条红白相间的格子手帕。她取下手帕，揩了揩眼睛，又夹在左布扣子上，然后从一条窄窄的跳板上一晃一晃下来。母亲对我说，那是你外婆，你外婆从长沙坐船来了。我扬着小手，喊着外婆扑上去。我快扑到外婆跟前时，外婆并不像平时大人见我一样，赶紧蹲下身来抱我。她手臂轻轻将我一挡，只用几个手指拉住我，只是她看我时眉毛眼睛都在动：“哟！小外孙女多像她母亲！你看这眼这鼻子完全是一个模子倒出来的嘛！”外婆很开心地笑着。我也笑，只想笑得甜一点，好让外婆抱抱我，可一直到家，外婆只是用手指牵着我的小手。

母亲在县财政局工作，我们就住在机关大院里。外婆进门就问母亲：“你的办公室在哪里？”

母亲正忙着做饭，就说：“没多远，叫娟儿带你去吧。”

外婆把袋里的衣服全部倒出来，我发现外婆的衣服全是旗袍，各种颜色各种式样堆上一床。外婆重新叠好，小心地塞进袋子。我已走到门口了，问外婆去吗？外婆回头说声就好，提着袋子随我出了门。进了母亲办公室，外婆并不怎么在意这里的陈设，而是从袋子里取出旗袍，压在办公桌的玻璃台板下面。以后外婆每天晚饭后都不忘去压一条旗袍。

外婆走在街上，好多妇女回头叽叽喳喳，说我外婆的旗袍好看，那么熨帖。外婆的鞋袜在我家是专门用一条凳子搁着，谁也动不得，仿佛谁动了就会有雷电闪过。有时扫地不小心弄了点灰上去，外婆就取下用小手帕反复拍打，或者拿去洗了。外婆过分的讲究让父亲反感，但父亲也不作声，只冷眼看着。外婆在家里照样挺着身子走来走去，并不在意谁对她怎么样。外婆住在机关大院里格外亮眼，母亲的同事总说她漂亮、年轻，就像母亲的两姐妹，这些我全不懂。我在大院里很惹人喜欢，见人就叔叔伯伯爷爷奶奶地叫个不停，我这样真好，可以赚来好吃的好玩的，有些叔叔还会抱着我兜圈子。可外婆在我家的那些日子，不管我怎么叫她，她从来不抱我。记得有一次，我拿着铅笔在桌子上乱画一气，画坏了母亲的账本。母亲扇了我一巴掌，我放声大哭。外婆见我哭了，赶紧走过来。我越发撒娇，叫着外婆外婆扑了过去。外婆像是触电似的，身子一闪，用手臂挡住我。外婆没有抱我，只是用几根手指牵着我去了街上，买了一些好吃东西哄我不哭。

父亲暗自看着这些，总在母亲面前嘀咕。每次母亲想说说，又觉得说不清楚，脸涨得通红。

外婆回长沙的那天突然对父母说，你们工作忙，让我带走小外孙女吧！我喜欢这个小外孙女。父亲半天不作声。外婆急得泪眼婆娑，父亲才把哽在喉咙里的话咽了下去。父亲后来总是说起，一个连孩子也懒得抱的女人，怎么带得好小孩呢？

外婆牵着我上船，父母揪着心。

外婆家也是好玩的。未出嫁的小姨拉着我逛动物园，带着我满街买东西吃。上街前，外婆都要从一个红匣子里拿钱，让小姨买东西给我吃。我有吃有玩的，很快就忘记父母了。只是晚上睡觉的时候，我很想能够像家里一样躺在母亲怀里，听她讲着故事，不知不觉地进入梦乡。可躺在外婆身边，外婆总是一个背脊对着我。我老是在冥冥的黑夜里睁大眼睛，想象着狼外婆蹑手蹑脚走进来的样子。

我在外婆家住到五岁，父母亲来接我，父亲问我还想不想在这里过？我说："白天就在这里，晚上回家跟妈妈睡。"

父亲听了难过地对母亲说："叫你早点把孩子接回去，你硬是拖到今天。"

"孩子这不是很好吗？"母亲说。

"很好？"父亲从鼻孔里哼出一句话来。

母亲说："她外婆从小生活在绣庄里，养成了洁癖。后来嫁人，几个小孩都是奶妈帮着带的。"

父亲愤然地说："我说她是姨太太的德行！"

"你，你，你怎么这么说呢？"母亲憋出了眼泪。

那年，外婆提着个旧箱子，从长沙回到家乡。她并没有马上回家，却径直去了绣庄。老板娘见她大吃一惊，问："你怎么回来了呢？才一年呀！"

"学校出事了。"外婆低着头。

女子学校是洋人办的。学校的一切对外婆来说都那么新鲜，老师讲的都是些外婆从来没听过的东西，外婆学得很用心。外婆留着齐耳短发，穿条黑色裙子，在校园里走过，就像谁家的千金小姐，在无忧无虑地学习。可是好景不长，学校出事了。

事情其实很简单。学校一位年轻勤杂工打了老厨师一个耳光，老厨师感到很委屈。老厨师想到自己几十岁的人，还被一个年轻人欺负就想打他，但一想到那勤杂工牛高马大，又怕打不过他，可不打又不解心头之恨，厨师咬牙切齿，终日想着对付办法。于是，他晚上偷偷摸进勤杂工房，划燃一根火柴，想烧掉他的蚊帐。恰恰房间的窗子打开着，大风一刮，火舌马上舔着了旁边的床铺，风助火势，很快学校就是一片火海了。大火越燃越烈，烧掉了整整一条街。那就是当地有名的一场大火，老辈人说了几十年。就这样，学校没有了，学生只得回家。

老板娘摸着外婆的手，说："孩子你真是命苦啊！躲过了一难又是一难。"老板娘思忖片刻，说："这样吧，我店里正好缺个人，你就帮我看店吧！"

外婆一早打开店门，里里外外打扫。她那拖地长裙就响进响出。洒扫停当，外婆就捧着个绣屏，端坐在柜台前。

桃花江的水从绣庄前面缓缓流过，外婆的日子就像桃花江流过的水安静而从容。外婆已脱去了学生的那种稚气，身子不再单薄，脸蛋不再寡黄。她的胸脯、臂部好像是一夜间圆滚鲜嫩起来，她浓密而柔软的发丝一绺绺下倾，时而梳成两条辫子，时而结个巴巴，再夹上一个闪亮的蝴蝶夹。街上小伙子有事无事往绣庄跑。外婆以为他们是来送绣品或者卖绣品，总是灿烂一笑，脸上泛出两朵红晕、两个酒窝来。那两朵红晕两个酒窝把人都醉晕。可是外婆就像天上的月亮，对谁都有温情，可谁也难摘到手。

外婆那条拖地的黑裙子，散着米汤浆的清香，整日里咔咔咔地在店里响进响出。她那对黑醋栗子眼睛亮闪闪的，嘴里还时不时唱上几句学校里学的歌。小店因有了外婆，生意越来越好，老板娘总是一边数票子一边打哈哈。

这天外婆关店门时，发现门边还坐个后生。那后生长得文文静静，是个读书人模样。外婆曾听老板娘说起过这位少爷，姓詹，祖上当过大官，民国以后，家道衰落下去了。可瘦死的骆驼比马大，家里仍是富足。这条街上有一半的店铺是他家开的，有绸缎铺、南杂铺、当铺。他住在乡下，乡下还有一片良田。每天早晨，他骑一匹白马来，黄昏时再回乡下。

清早詹少爷骑马经过绣庄，总要慢慢跳下马，把马拴在门外一棵歪脖子树下，然后不紧不慢踱到绣铺门边，懒懒地倚门边，点上一支当时还算稀罕的纸烟，也不说话，只是望着外婆绣花，眼睛眨都不眨，直到有人送绣品来了，他才挪身子，转身解了马，办他的事去了。外婆慢慢地注意他了，这人不像有钱人那样的骄横或轻狂。外婆有时也客气地对他笑笑，请他进店坐坐。他总是摇摇头，说走就走了。

当夕阳从街口完全退去的时候，外婆的绣房还是通红明亮的。那扇窗户正在临街的转角上。外婆做事的时候，总是不止一次地抬头去看那扇什么也看不见的窗户。如果哪天早饭后不见他的影子，她就心神不定，做事老是出错，不是扎了手，就是用错了线。只有他来了又走了，她才能安静下来。要是下了雨，外婆就一边望着门外，一边在心里骂着老天爷。

一天，詹少爷的影子又出现在她的眼睛里。詹少爷没有去拴马，他牵着马径直走到外婆跟前。从不说话的詹少爷破天荒地邀请外婆到镇边的仙人岩去玩。那里风景美丽，是人们常去游玩的地方。外婆脸上飞起了红云。詹少爷把外婆抱上马，在满镇人惊愕的目光下，骑着马笃笃而去。

外婆就这样离开了绣庄。

外婆离开绣庄就再没有回来过。

外婆成了詹少爷的妻子。准确说，外婆只是他的小老婆，没有办喜事，也没有进他乡下的家门，过上了所谓的姨太太生活。

三

那一年，是我们家和外婆家最不顺心的日子。父亲被隔离审查，母亲则到了五七干校劳动，我们三兄妹成了无人管让人吐唾沫的对象。就在我们三兄妹孤苦无援的时候，外婆带了她三个孙子到了我家。母亲觉得外婆来得正是时候，我们三兄妹正好没人带。母亲和父亲一商量，决定让外婆带着我们去乡下父亲的老屋避避风。

记得那天是坐卡车去的乡下。外婆和我们都坐在后面的车斗里，母亲随车送我们。公路坑坑洼洼，外婆弓在车斗里，就像锅里炒着的豆子颠来簸去。外婆感到有些难受，就将一条大毛巾捆在头上，低着头，双手扶着车板。我叫了一声外婆，外婆回头懒懒地看了我一眼，并不应我。我很不高兴，嘴噘得老高。卡车走了差不多一天，把我们抛到一个小镇上。我们还得走十几公里山路才能到老家。父亲老家是桃江县一个比较偏僻的乡村。母亲牵着我交代："现在街上很乱，你和哥哥住在乡里，要听外婆话。"

父亲的老屋靠着山，屋前是条弯曲的小路。左右都连着人家。爷爷奶奶去世后，伯伯一家住过这屋子，后来伯伯家新修了屋子，这屋子就一直空着。外婆领我们来了，伯伯过来看我们，带了些吃的用的东西来。大人们说起城里乡里的事情总是叹息不止，我那会儿不懂事，便早早爬上床呼呼大睡了。

第二天一早，母亲收拾东西要回城里，外婆的眼睛红红地望着母亲，外婆一定是昨晚哭过。母亲一走，外婆冷冷地对我说："去，和你哥哥一块上学去。"她说完就进屋去了。望着外婆的背影，我感到很孤独。那年我才六岁。

晚上，我和小表弟跟外婆睡一张大床。外婆还没有睡下，坐在床头默不作声地抽烟。我弓着身子睡在外婆的脚边，一动也不敢动。小表弟吵着要母亲，外婆理也不理，只抬手拍了一下床板，小表弟就不吵了。油灯幽暗，只见烟头一闪一闪，我有一种凉瑟瑟的感觉。

礼拜天，大哥同村里伢儿一道上山玩去了，二哥带大表弟到小溪里去捉鱼虾。我在家陪着小表弟玩。到中午时分，外婆开始做饭。她将一块大格子手帕扎在头上，往灶里大把大把地塞柴。很快屋里烟雾弥漫，让人睁不开眼睛。我被呛得眼泪直流，赶紧往外面跑。外婆仍往灶里塞柴，拱着屁股吹火。这时隔壁的七姑妈过来了，接过外婆手中的火钳，往灶里拨了两下，灶里的柴马上燃起来了。火燃了，锅里却冒着烟。外婆一揭锅盖，嗬！忘记加水了！

外面的太阳很好，我带小表弟去晒谷坪晒太阳。刚满两岁的小表弟只知道哭，我便从口袋里摸出个纸做的毽子踢，哄他开心。村里一些光屁股拖鼻涕的伢子妹子走拢来围着我，拍着手为我数数，快数到二十时，毽子被鞋子咬住了。原来鞋底鞋面分了家，五个脚趾齐刷刷露了出来。小朋友们哄地笑了。我气得一屁股坐在地上，扒下鞋扔得老远。外婆颠着脚跑过来了，发现小表弟坐在草丛里一身泥水，手里还提着一条小菜花蛇。外婆一声惊叫，小表弟赶紧丢掉菜花蛇，外婆拉起小表弟就跑，边跑边骂："你这小法西斯！"又狠狠瞪我一眼，"回去！"

我想这一下完了，外婆肯定会打我的。想起外婆打人的样子，我就不敢回家。外婆打人的样子很吓人，她不是用竹篙打，而是拿着什么就是什么。有次她手里拿大洋瓷碗，大表弟惹她上火了，她就把洋瓷碗砸了过去，大表弟头上顿时鼓起了一个包。还有一次她正炒菜，二表弟让她生气了，她便一锅铲砍去，二表弟头上立即鲜血直流。

快吃晚饭时，我饿得不行了，硬着头皮往家里走，想象不出外婆这会儿手里拿着什么东西。我推开门，外婆正搬着一把椅子，完了，外婆那把椅子砸过来，我的头肯定会开花的。我倚门靠着，人都快站不稳了。"还不吃饭？你这小法西斯。"外婆对我喊了一声，又忙她的事去了。我这时才松了一口气。小表弟已换洗得干干净净，跑过来拖我。

外婆最喜欢骂的一句话是"你这个小法西斯"。我不明白，"法西斯"在外婆心目中是什么概念，她不止一次骂过我们，或许骂过别人大法西斯。到后来我才明白，法西斯不仅仅是一种诅咒，而是中国的一种灾难。

晚上，我和两个哥哥围着一盏油灯做作业。三个表弟围着我们看热闹。外婆就坐在不远处的门边守住，谁也不准从这里出去。我望一眼外婆心里都有些紧张。外婆坐在背亮处，嘴里抽着烟，一团黑影，一星点红火，一明一灭，很是孤独。

外婆每天都要换上一双绿色长筒靴，提个大竹篮，去伯伯菜园摘菜。伯伯说过，想吃什么菜就去菜园摘。其实那时候我们能吃到的菜也就是伯伯菜园里的小菜。外婆一路走过，就有女人指着她的背影笑，笑外婆大晴天也穿雨靴，乡下女人多半是打赤脚。女人们又说外婆这么大年纪了，还穿着双绿雨靴，太花哨了。可她们笑归笑心里却在羡慕。终于就有人问外婆的雨靴在哪里买的。外婆说："这双雨靴我跑遍长沙城才买到的。在长沙是柏油马路，用不上。这里我怕踩蛇怕踩牛屎，还真少不了它哩。"

外婆和村里人熟识了，也互相走走。村里习俗，来了客人，喜欢打擂茶喝。几片老木叶茶，一抓花生、绿豆、芝麻，混合在擂钵里擂，待擂钵里擂出白花花的浆来，再用新鲜井水一冲，一碗甘甜可口的擂茶就成了。村里人爱热闹，一家擂钵响，周围的人都会往这家跑。主人也不厌客，人多了就多加一碗凉水。

外婆不喜欢喝擂茶，但村里人只要有喝擂茶的机会，都会叫她去。外婆也总是高兴地去。外婆穿一双板鞋，白颜色的塑料底，黑色绒布面子，走起路来笃笃有声，别人老远就知道她来了。外婆一出现，别人就望着鞋，稀奇物一样。村里人出工都穿自己打的草鞋，在家就穿女人做的千层底布鞋。他们见外婆的鞋子不但好看，还可以踩水，发出好听的声音，很是羡慕。外婆就说："我写信回去，让我儿子买几双来。这鞋很便宜。"外婆说着接过主人递上的擂茶，喝上一口就皱起了眉头，她不习惯生绿豆苦味，不喜欢生花生腥味。外婆看着村里人要喝上三大碗才过瘾，而自己一碗擂茶都喝不完，但她照样很高兴。

突然一天，外婆也在家里弄擂茶了。她把擂钵擂得天响，村里的女人见外婆也打擂茶了，格外高兴。外婆的擂法自然不得法，她们就教她如何使暗劲。闲下来，外婆就给她说城里的高楼呀、火车呀、电灯呀、电话呀。村里女人连县城都少得进，何况是省城？听起来就像听神话一样，总是问个不停。说到奇处，女人们就摇头，说哪有这事！有时我放学回家，还见外婆讲得有声有色。

在村里当会计的王老头总爱到外婆这里坐，一坐就是老半天。外婆总是递过她抽的沅水牌香烟。这在那时算是贵重的香烟。他总舍不得抽，只是看看嗅嗅，然后夹到耳朵上，仍抽自己的水烟壶。他有时也让外婆尝尝他的水烟袋。那水烟壶像茶壶，金黄而锃亮。烟锅里装上烟，然后用一根黄麻秆子作点火的媒子去点烟，一抽，烟子闷过水壶，哗哗作响。外婆抽着水烟同王老头说着话。王老头就吸烟时，会呆呆地望着外婆。外婆也会羞涩地背过头去。我从前没有见过外婆这种情态，也从来没见外婆这么开心过。那一段，我见外婆脚上换了一双黄色花袜子，灰色的罩衣里面穿了件碎花衬衣，露着领口，很亮眼。

我发现每次要开饭的时候王老头才回去，外婆总是送他到门口。外婆望着他的背影，半天不回眼，身子微微前倾，好像整个人也要跟了去。我跑过去对外婆说："人家走都走了，还看什么？做饭吧，外婆！"

外婆愣了一下，骂道："吃饭吃饭，只知道吃饭，饿牢里放出来的。"

由于我的讨厌，王老头不再来了。外婆在家开始骂骂咧咧，不是骂小表弟不认真吃饭，就是骂大表弟不爱惜衣服，要不就是说我大哥不挑水。有时她洗碗，洗得心烦了就把一叠碗全掀在地上。我站在她面前，她恶狠狠地望着我，直到我消失在她眼前。

我开始怕外婆了。我还不懂外婆心头的淤积，外婆的压抑，外婆的苦难就是通过骂人、打人、摔东西一点点发泄出来，在当时也是外婆唯一的发泄方式。

有一天，我放学回家，正巧碰上灶上的饭开锅了，锅里的蒸气直往外冒。我一个劲喊外婆。外婆躺在床上说："你也该学着滤米汤了。"我丢下书包，学着外婆的样子，从碗橱里拖出一个木盆，将滤米汤的篾箕放在上面。可灶太高，锅又重，我踮起脚才把锅端起来。不料身子一歪，一锅饭全部撒了，翻滚的米汤烫得我哇哇叫。我拼命地跺脚，脚上的饭粒就是跺不掉。我忙去脱鞋袜，可袜子一掀，连脚皮都撕下来了，只见红红的一片没皮的肉冒着热气。

外婆跑了出来骂道："你硬是半点事都做不得！"外婆不停地嚷，满屋子找药水，把抽屉拉得天响。外婆找来药水胶布往我面前一放，就袖起了手。我痛得连哭都哭不出一句整的，只是呵呵哈哈地喘着粗气。我不敢看自己的脚，只把脚伸给外婆。外婆却冷冷地望了我一眼，并不给我上药。我颤着手自己去上药包扎，我像一下子长大了好几岁。

晚饭我不吃不喝，生气地爬到床上去睡。蒙眬中看见外婆的油灯移到我床头，她人坐在我旁边，眼睛却望着别处。我从心里恨着外婆。

第二天，外婆带来村里的一个哥哥，要他从今天起背我上学。我不想上学，也不要别人背。外婆拿眼睛瞪着我。我躲过外婆的眼睛，爬到那哥哥背上。看哥哥背我迈出门槛，外婆在我身后说：“女孩子要是小时候好好读书，说不定会有点别的出息的。”

外婆从骨子里看不起女人。那是因为她自己没有快快乐乐做过一个女人，也没有干过一番事业和实现过自己的抱负。她为生存压抑着自己，那是因为她的生活像汹涌的波涛从未平静过。

突然有一天，舅舅把外婆和三个表弟接走了。

那个冷漠、古怪的外婆走了。

四

读小学五年级那年的暑假，母亲打发我去长沙看外婆。

外婆住在一个居民院的二楼。那天我去的时候，她正在煤炉上烧辣椒。那煤炉是舅舅从厂里捡回的废铁桶改的。外婆一见我，赶紧把几个烧焦了的辣椒捡进碗里，拍拍身上的灰，关上炉门，再提壶水放在炉子上。外婆问了我几句家常话，就忙她自己的事去了。外婆看上去老了许多，头发白了一大半，背也开始驼了，两只眼睛陷了进去，像两个黑洞。一件灰白的衣服罩着她干瘦的身躯。

外婆家没有什么大变化。舅舅舅妈显得很忙，没工夫理我。我那叫伢伢子的大表弟读四年级了。他唱着歌回来时，我几乎认不出他了。在家里，他是外婆的帮手，帮外婆洗碗、打酱油，有时还给外婆捶捶背。外婆当他是心肝尖儿，什么好东西都给他留着。有时他贪玩老不回来，外婆就站在楼梯口张望，不停地唠叨：“怎么还不回来呢？”

有一天，伢伢子很晚还没有回来，舅舅说：“大概是和院子里的几个同学到哪里疯去了，不要等他了，吃饭吧。”于是大家吃起饭来。外婆端着碗又放下，我望着外婆那心慌的样子，就想起了自己小时候脚被烫伤的事。心想外婆从来没有这么关心我，内心很是嫉妒。那会儿我不知道一般老人都重男轻女，我只是为自己不平。突然，我把为伢伢子留的菜倒进自己的碗里，说："不要等了，伢伢子回不来了。"外婆狠狠瞥了我一眼，起身开门出去。望着外婆那生气的样子，我很得意，大口大口嚼着本是留给伢伢子的菜。

天黑下来好久了，外婆才领着伢伢子回家。伢伢子一身是泥，鼻子里淌着血，脸也肿着。外婆铁青着脸，一声不吭，给气呼呼的伢伢子洗脸洗手换衣服。舅舅舅妈见外婆这样子，也不敢问。将伢伢子收拾干净，外婆进里屋去了。舅舅这才问伢伢子到底是怎么回事。伢伢子就抽噎着讲了。原来伢伢子遇到几个烂仔被他们围住，骂他是地主的孝子贤孙。伢伢子是最爱奶奶的，听人家骂他奶奶就同他们吵起架来。他们人多势众，抓起伢伢子就打。后来见外婆去了才一哄而散。

舅舅半天不作声，只是沉重地叹息着，离开了饭桌。舅妈就说："只怪我们出身不好，今后你要灵活些，躲着他们，听见了吗？"

外婆每天清早就换上她那双绿雨鞋，吃力地提着一桶水，抓起一把扫帚，去冲扫公共厕所。那个公厕又脏又黑，臭气熏天，我每次进去都要捂着鼻子。外婆弓着腰，憋着气在里面一遍一遍地冲洗，遇到熟人上厕所，她还露出笑脸，好像很乐意干这事情。我知道外婆原是最怕脏的，就连小孩都懒得抱。她扫完厕所，还得扫街，从巷头扫到巷尾。舅舅从不去帮一下外婆，有时他远远地望见了外婆在扫街，就低头而过。只有伢伢子有时去帮一下外婆，但外婆也只是让他接接空桶、扫帚，不想真的累着他。望着外婆扫厕所扫街道的样子，我就觉得外婆的确已经老了。可我不明白，为什么要让这么一个老人干这种活呢？我不由得可怜起外婆来了。直到有一天，我无意间发现外婆扔在椅子上的衣服，我才恍然大悟。那件衣服上别着一个白布符号牌：地主分子。

我对外婆的感情有些复杂了，外婆发现了我的秘密，目光总是躲着我。

有一天，外婆准备出门，她细心地洗了脸，换上一条黑色旗袍，然后躲进里屋，打开柜子，抓起一坨手帕包着的东西，对着镜子往脸上轻轻扑。外婆走后，我偷偷溜进房，打开柜子，拿出外婆往脸上扑的那个小包闻了闻，有股绿豆的清香。我身上哄地一热：外婆在抹绿豆粉！外婆是涂脂抹粉的资产阶级！我很愤怒，我不能和资产阶级生活在一起，我得回去！

我突然说要回去，外婆感到很惊讶，她留我多住些日子。可我说什么也要回去，外婆也只得依了我：“明天让伢伢子排队买些香干子你带回去吧。”

那时候，熏制的香干子还是很紧俏的食品，凭票供应，每人每月十片。我和伢伢子一块去排队。每当我们轮到前面就有人插进来，把我们挤到后面。插队的人还恶狠狠地说：“土匪孙子，到后面去！”伢伢子捏起拳头回骂了一句。这下不得了啦，几个人劈头盖脸地朝他打来。外婆突然到了，她把伢伢子拉出队伍：“我是叫你来买香干子的，不是叫你惹祸的！给我回去！”一路上，我和伢伢子都不理外婆，外婆没有吱声，泪水悄悄从她眼角里流下来。

“外婆是土匪婆婆，地主分子。”回家后，我跟母亲说。

正是做晚饭的时候，母亲炒着菜问：“你说什么？”

我又重复了刚才的话。母亲脸一青，举着锅铲就朝我挖过去。我脸上立即剖开了一条两寸长的口子，鲜血汩汩而出。那天晚上全家人谁都没有吃饭。

五

“那个土匪就是你外公，但他并不是真正的土匪。”母亲对我说起了外公和外婆的故事。

詹少爷带走外婆后就成了我的外公。外公让外婆住在小镇西头的一栋新修的四合院里，没有带她回乡下。外婆倒是很想去乡下拜一拜公公婆婆，也好有个名分。可是每一开口，外公总是神色黯然地摇头。外婆是个乖巧人，知道其中必有难言之隐，讲过几次之后，就不再提起。外婆是读过洋书的人，她脑子里想的事情同别的女人不一样，对外公也格外理解。

外公从此不再朝来暮归了。要不是外婆常提醒他要回家看看，他几乎忘记了乡下还有老有小。

外婆每天都去洗那匹本是很干净的白马，洗过了还要用梳子梳。外婆还用白缎子绣了几个吉祥物配在马背上，白马更俊了。她做这些事的时候，外公总是搬把竹椅，躺在上面望着外婆。

一天，外婆对外公说：“你是个男子汉，在外头有你自己的事情要做，不要天天守着女人。”

外公说：“我舍不得把你一个人放在家里。”

“这样吧，我们一起去照顾那些生意。”外婆说。

第二天，外公就带着外婆出了门。街上人来人往好热闹。外公引着外婆挨个儿去了自家的店铺，叫过那些伙计来认识外婆。外公让外婆见那些人之后，就私下告诉她，这些人当中谁对詹家不忠，谁偷懒，谁吃里爬外。外婆听了不以为然，只说：“这年月，生活要相安，相安才无事。”

詹家的当铺场面很大，又是老字号，远近闻名。门面两边立着一对威风凛凛的石狮子，大门用红漆漆得发亮。见了这气象，外婆就问：“当铺里面一定很宽敞吧？”外公却说：“当铺女人家弄不懂，就不要进去了。”外婆平生上过绸缎铺，进过南杂铺，就是没见识过当铺，还真的想去看一看。可外公硬是不想带她去，她也不好勉强了。她随着男人往前走，却忍不住回头望一眼那片气派的当铺。

外婆再出门时，外公总得让她仔细打扮一番，免得让人看轻了。外婆坐在梳妆台前绾发髻，外公站在旁边傻看。外公突然拿出一枚玉佩给外婆戴上。玉佩是鸡血色，状如蟠桃，很是爱人。外婆捧着玉佩问：“这么漂亮，哪里买的？”

“在我当铺里买的。”外公望着光彩照人的外婆得意地说。

“当铺？你家当铺里尽是好东西？”外婆又想起了当铺来。

“收拾好了我们就出去吧！”外公像没有听见外婆的问话。

外婆倚着外公走在街上，外公的头昂得更高了。外婆身段儿好，蛋黄色旗袍穿在身上，富贵、高雅。外婆做过绣女，读过洋书，见识不一般。外公进绸缎货，都得同她商量。什么花色的料子好销，她一说就准。她还常写信给长沙的同学，打听绸缎行情和衣着款式。每新到一批料子，外婆就先做一套穿上，好像亮出了一块活招牌。她要么一件玫瑰色缎面旗袍，外披一件乳白无领衫；要么一件碎花绸子旗袍，外配羊毛马夹。她就这么在店里一亮，惹得镇上的女人都来扯布，有的人还会找外婆讨衣样子。外公的生意更加红火起来。

外公对外婆百依百顺，可他对外人脾气并不好。看到店铺里不顺眼的事，他总把伙计骂得狗血淋头，甚至把人家赶走。外婆见了，总要在旁边转弯子，为伙计说几句好话，留给人家一个饭碗。有时遇上要饭的，外公就说人家是懒鬼，要伙计轰人家走。外婆总是拦住伙计，从柜子里拿出几个铜角子舍给人家。外婆总是这么处处替人家着想，外公的脾气也好起来了。后来外婆怀了孩子，外公在房里走路都轻手轻脚了，生怕惊动了外婆肚子里的孩子。那些日子，外公每天晚上总是轻轻抚摸着外婆的肚子，猜着里面是男孩还是女孩，说不论是男是女，都要送这孩子好好读书，让孩子长大了有出息。日子就这么在满怀期待中美美地过着。

外婆想得多的则是这孩子生下来像谁。她希望这孩子不论是男是女，都得像她的男人。她相信只要像她的男人，是男就伟岸，是女就俊俏。

外婆满心甜蜜地怀着孩子，却突然发现外公好像心神不宁了。这一段外公显得特别忙，每天清早匆匆出门，晚上很晚才回家。进屋后又不认真同外婆说说话，总是烦躁不安，踱来踱去，外婆挺着大肚子坐在一边，望着外公着急的样子，心里也发慌。

外公踱到窗前站住了，外婆上前抚摸着他的腰背，说："有什么大事，让你这么不好过？说出来，让我为你分分忧吧。"

"没什么事。"外公说。

外婆望着外公一副不放心的样子，外公就说："我准备关掉城里的一些铺子，带你去长沙过安稳日子去。"

外婆感到意外："俗话说，家有千财万富，不抵一个烂铺。这么好的铺子，说关就关？你一定是有事瞒着我。"

外公就笑笑："没有事。只是同几个生意上的朋友有些'麻纱'。我会扯清的。你安心把肚里的孩子养好，我就放心了。"

从这个晚上开始，外婆心里就不踏实了。白天显得格外地长，只巴望天快些黑下来，好等外公回家。天黑了，她的心更是悬了起来，听着门外的每一个动静。那天半夜，外婆终于听到了白马的叮当声。外公回来了。外婆挺着大肚子去开门。门一开，外公就像被抽了筋似的倚在门框上，脸色惨白，嘴里喷着酒气。外婆很惊慌，忙扶了外公进屋。还没来得及问是怎么回事，有人扔了石子进来。外公一惊，从坐凳上蹦起，就想往外冲。外婆堵在门边，不让他出去。外公说："没事的，我去和他们了断一下。"

外公硬是要出去，外婆拦也拦不住，就帮他把帽子扶正，掸了掸他身上的灰尘，望着外公消失在夜幕里。

外婆坐在床上一个通宵，没有等到外公回来。

第二天，外婆在家再也坐不住了，她挺着肚子，一步一挪地去了街上。见外公家的几个店面都关着门，她越发害怕了，一定出大事了。她拐了个弯，来到当铺，当铺门也紧关着。她上前敲开了当铺门，管家伸出头来，吃了一惊，问："太太你怎么来了？"

"告诉我，出了什么事？"外婆问。

"没什么事。"管家说着，神色分明有些紧张。

外婆进了门说："你不告诉我，我今天就不走了。"

管家支吾一阵，说："少爷被几个土匪捆走了。"

"土匪？"外婆脸色顿时白了。

"少爷不让我告诉你，现在麻烦来了不告诉你也是枉然。"管家无可奈何的样子，"一年前，少爷被这伙土匪搁了。他们见少爷是个读书人，留住他当师爷。他不肯，土匪就说要杀了他全家。没有办法，他只得同意自家的当铺帮他们销赃。从那以后，这伙土匪抢来的东西就都从这个当铺过路，再变成响当当的元宝。"

外婆一阵晕眩，管家扶住了她。

"少爷虽然同意了，也只是躲避当即的杀身之祸，他叫我无论花什么代价都要摆平这件事，日后金盆洗手。我上山去了好几回，好话说尽，也不知花了多少钱财，这伙土匪太难对付。少爷见你要生孩子了，更是急着要了结这事，说一定要在孩子出生之前把事情搞得干干净净。昨天我和少爷同山上派来的人在酒馆里谈了一上午都没谈好。少爷说可以让出家产的四分之一以后两不相干。他们说你那家产能供我们几十号人马吃喝多久？还是同我们合伙吧！这样才是细水长流。少爷说让我家产的三分之一吧！他们说做不了主回去问李大头了。我就陪少爷在酒馆喝闷酒一直喝到大半夜我才牵着马送他回家。"

"难怪少爷回家就有人扔石头进来。"

"可是少爷一出门就被请上山去跟李大头谈。少爷知道此去凶多吉少，但没有办法只得听天由命。"

"后来呢？快说。"

"我陪少爷去了山寨，李大头生得高大，进门总得弓腰，免得门框碰了头。他不用对你怎么的，只需望你一眼就会让你全身发麻。他对我们哈哈一笑说杨兄你好大的架子!同我们兄弟合作好好的干吗反悔?反悔你就告官嘛。李大头的笑声让人发冷。少爷说李大哥，我也做了你几年老弟，说什么告官不告官的话?我只是和兄弟不同，你们赤条条来去无牵挂，我是上有老下有小，过不得这种脖子上扛刀的日子啊!李大头说:你们读书人就是歪点子多。你知道我们是不可能下山去安安逸逸享受一份家业的，就拿你的家产来哄我们。我们只能要白花花的银子。你还是好好地为我们开当铺吧。少爷说我就把当铺让给你们，你们派人去经管，这样还省事些。李大头这下不笑了，脸一横:你哄小孩?莫说我们的人露不得脸，就算露了脸，谁保证我们兄弟不出事?你是读书人，一方绅士，有头有脸。别人总不会想到你万贯家财是个土匪吧!少爷再次让步，让出一半家产，今后就谁也不找谁。李大头想了想说，我们兄弟一场就依你的吧。不过我们只要票子不要房子和田产。你就把你家产折成票子给我们吧。李大头闲着眼睛琢磨了半天，算出一个账来。少爷一听，这哪是自己的一半家产?全部家当变卖干净也凑不上这个数字。李大头来火了:又不是我要你的家产。我只是让你做我们的兄弟，可你自己不干。现在有三条路，一是你回去照样经管我们的当铺;二是你就按这个数付钱给我们;三是我们不做兄弟了。少爷吓出了冷汗。前两条做不到，后一条就是让他死。所谓不做兄弟了就是要杀人的行话。少爷一直担心的就是这一条。少爷只好要我下山带你走。

外婆知道了事情的来龙去脉，一下子变得镇定和刚强:“给我备一顶轿子，带我去找他。”

管家眼睛瞪得老大:“怎么?你好大胆啊!”

外婆变得执拗，连眼泪都没有一滴。她两眼望着窗外，像是望见外公在那里受难。管家见她这样，只得依了她，备了轿，随她一同去。外婆一行先坐船过河，再走旱路。走了一阵才到湖边，这时天黑了。他们找了好久才找到一条小船。船老板先是不肯划，说天黑风高，怕出事。外婆说尽好话，出了高价，才说动了船老板。深秋了，湖面的风冷飕飕的刺人。外婆缩在船的一角浑身抖动，感到腹中的胎儿使劲地踢蹬她。要是有外公在身边，胎儿在里面闹，她会娇娇地哎哟一声，外公就会拍她的脸蛋，摸摸她的肚子，说些心疼的话。可这会儿她浑身憋着一股劲，似乎天塌下来她只手撑起。好不容易上了岸，下面又是崎岖的山路。管家提着马灯在前面引路，轿夫只道慢点慢点，看不清路哩。

到了土匪的山寨，已是次日清早了。管家先让外婆在山下等着，他独自上去看看。一会儿，管家下来面色土灰。外婆知道出大事了，不顾一切地要上山去。客家拦也拦不住，只得跟在后面。

寨门紧闭着，只有几个汉子挎枪站在外面。

大门打开，他们把外公带到一个露天大灶前。灶的大铁锅上放着一个大蒸桶。这蒸桶是煮饭用的，山上几十号人马，只蒸个大半桶饭就够吃了。望着蒸桶里冒出的滚滚热浪，外公脚都软了。

一个汉子说："你摇摇头，我们就再商量一下。"

外公没有摇头。

几个汉子就上前一把抓住外公，将他五花大绑起来，塞进了蒸桶。他们把外公的头露在外面。

"一下死不了的。你要是受不住了，还可以摇摇头，我们放你下来，再商量。"

不一会儿，外公就受不了啦，厉声叫了起来。可他就是不摇头。深秋的天宁静得空洞、恐怖。外公的惨叫在大山里回荡。大蒸桶急剧地摇晃着，外公的惨叫慢慢微弱，消失，蒸桶却还在一阵一阵地摇晃。

"叫你们李大头出来！"外婆叉起手，挺着大肚子，两眼血红血红。几个汉子面面相觑，不去理她。

外婆大声骂："李大头，你这砍头的，枪打的，雷打火烧的！你出来，你给我出来！"

没有一个人应她，只有山谷发出阵阵回音。

"李大头，你只要出来，我咬都要咬你几口！我要吃了你，我要喝你的血！我就是报不了仇，我肚子里的孩子要向你报仇！我要教我的子孙来喝你的血！"

外婆直骂得喉头发哑，出不了声，两眼一黑，晕死过去了。苏醒过来，才让管家拉下了山。

李大头一直没有露面。这伙土匪什么事都做得出，却不敢面对一个怀孕的女人。寨里一扇门突然开了，一张门板推出来，随即寨门砰地关上了。

外婆叫轿夫把外公的尸体绑在轿上抬着，自己走下山来。他们在路上走了一天。外婆一路上再没想别的，只想着自己肚子里一定是个儿子。她要把这儿子养大成人，让他去亲手杀了李大头。

外婆请管家找来风水先生，选了一块好坟场，厚葬了外公，外公葬后的第三天，外婆提前生孩子了。那个早产的孩子就是你母亲。

“我的孩子，我的孩子。”外婆只叫着这句话，眼泪一坨坨下。外婆成天搂着孩子守着那栋房子，靠微薄的积蓄度日。曾外公来过几次，想接外婆回娘家过，好歹有个照应。外婆不肯回去，她舍不得离开这屋子。在这屋子里她随时都能听到男人白马的笃笃声。

外婆成天搂着孩子想外公。她想那天要是拼死拦着外公，不让他出门，可能就不会有事。要不就是她本来就不该嫁给外公的。是她让他改变了自己，不想再干那些黑良心的事情。要是就让他按原来的活法，外公也不会死的。外婆总以为外公的死是她造成的，晚上一挨床就做噩梦。从此以后，敢用蒸笼蒸饭，也见不得别人用蒸笼蒸饭。

外婆大门不出，终日待在这栋小屋里，她认为只有这间房子里装满了外公。外婆有时也会鬼使神差似的把头伸出大门，呆呆望着屋前的小路，总想着有那么一天，外公会突然骑白马回来。

要不是曾外婆病危，外婆的那栋小屋也许会成为她终身的牢笼。

六

读初中时，我对外婆的身世膨胀成一种愤怒。那是上初二，我在学校是品学兼优的学生，我的作文多次刊登在学校橱窗里。学校准备在我们班上发展第一批团员。我领到入团志愿表。我家的社会关系我弄不清，回去问母亲。母亲当时不作声，好半天她才说：“你外公是恶霸地主，解放初给镇压了。你外婆是你外公的小老婆。”我听了只觉得满脑子嗡嗡响，就像天要塌下来咧。我不明白，早几年母亲对我说过，我外公是被土匪害死的，她今天怎么又说外公是被镇压的呢？我想让母亲说个清楚，可母亲就是不肯说。我如实填了表，入团自然成了泡影。

团组织那扇神圣大门离我远去，外婆的身世像一块石头压在我身上，使我不堪重负，使我很不光彩。这年暑假，母亲叫我去长沙，我一听就火了：“打死我也不去长沙了。”

说这话时是晚上，正停电，母亲摸黑坐到我身边，拿着我的手说：“不入团就不入团吧。要紧的是你自己要知道自己是个好人。外婆和母亲一辈子就是这么过来的。”

那年，外婆抱着孩子匆匆赶回家，曾外婆已经咽气了。

为了给曾外婆治病，家里已欠了一屁股债。曾外公带着两个儿子佃着大户许家的几亩地种。外婆的这两个哥哥都还没成家。一家人的肚子都难得饱，哪有钱给他们娶媳妇？曾外公父子三人没日没夜地劳作，也没能让家里的日子好起来。一家人总是愁眉苦脸，唉声叹气。

外婆本想回镇上住，可看到家里这个样子又不忍心走了。她带着一岁多的孩子，在家帮着父亲照料家务。外婆一个人在家做事，有时就唱几句，就独自哼着，不太成曲调，只是随口咏叹。母亲有时听着曲子酣然睡去，有时听着曲子又哇哇大哭。

阳春三月的一天，许老爷坐着青缎棚子的轿子，正在自家的田里转悠。忽然听到女人哼曲子，不是他耳熟的山歌，好生奇怪，就循声而去。许老爷听说过徐家满女，知道这女人年轻时醉倒一条街，又在大城市上过洋学堂，还在街上跟大名鼎鼎的詹少爷享过清福，如今是新寡独居。只是不知这女子长得到底怎么个模样？

许老爷从轿里拱出来，推开外婆家门，问：“你是徐家满女吧，你爹呢？”

“下地去了。”见是生人，外婆头也没抬。

许老爷望了外婆一会儿笑道：“哦哦，你爹不在家啊，好吧！我走了。”

许老爷上了轿，一个人忍不住哈哈大笑。他这辈子还从来没见过这么漂亮的女人。同这女人比，自己的老婆简直不算女人了。那婆娘进门十多年了，屁股一拱就生个女儿，已连生了四个了。就连听她放屁都担心她会放出一个女儿来。这会儿他暗自得意，相信自己能把这女人娶到手，让她为自己生个胖儿子。

当天晚上，曾外公喝得醉醺醺回家，进屋就喜滋滋地叫道：“好了，好了，来运气了。”外婆问：“运气？”曾外公说：“是啊，运气来了。许老爷看上你了，要和我家攀亲。”

“不！我不去许家！”外婆将门一摔把自己关进了房里。那时外婆心里全装着詹少爷，只想早点把她和詹少爷的孩子养大成人。

曾外公老实巴交，一辈子待在乡下，没有见过世面。许老爷叫了他去，说要娶他的满女做小。要是同意了，今后就是亲戚了，欠的账就不要还，佃着的那几亩地就作聘礼相送。曾外公想自己女儿反正是寡居在家，迟早要找个人家。许老爷家大业大，女儿嫁了过去，生个一男半女的，日子会好。自己能有几亩地，两个儿子成家就有望了。这么一想，他便答应了。他哪会想到女儿不依呢？

曾外公突然老泪纵横起来，说：“你爹不中用啊！你两个哥哥还没成家，你这孩子也只这么大，今后怎么过？”

“你勿管我，我明天就带着女儿走！”外婆狠狠地跺着脚说。

曾外公长叹一声，不再说什么，就蜷在了女儿的门外。

外婆连夜清理好自己和女儿的衣服，打成两个小包袱，想带女儿离开这里。外婆一拉开门，就看见爹蹲在门边睡着了。外婆望着爹，爹才五十岁，头发就掉了一大半，一身骨头只剩一张薄薄的皮包着，就像门外那棵落了叶的酸刺树。外婆的泪水一滚而下，脚步再也挪不动了。

那天，曾外公和外婆一起走出家门。那天是下雨的早上，外婆打扮得好漂亮并不打伞，任雨水淋在身上。

那天，许老爷热热闹闹摆了几桌酒席，娶了我外婆。我母亲随了去，这许老爷也就成了我的又一位外公。

许家是当地最大的乡绅，方圆几十里内都是他家田土。许家大院是一片有三进天井的大瓦房，壁板用桐油刷得发红，几里路外都能看见。

许家外公倒是个上进的人，常常在外打点他的家业，一月下来没有几天时间在家里待着。外公不在家就苦了外婆。外公的大太太特别凶悍，清早往屋中一站，把佣人支来支去，骂个不停。她总是这个屋子骂到那个屋子，整个大院里就只听见她的叫骂声。外婆夹在中间大气不敢出，事事都小着心。有时候大太太也骂母亲，外婆要么装着没听见，要么火上加油为大太太帮腔，骂母亲就是不听话，惹大娘生气。母亲那会儿叫大太太作娘。吃饭时，外婆带母亲坐在一个角落里。外婆尖着筷子夹一点菜给母亲，还忍不住看看大太太的眼色。母亲自小吃东西很刁，可她进了许家以后，不管自己喜欢不喜欢的菜都得硬咽下去。母亲从来不敢自己去桌边夹菜。外婆平日里话也不多，对家里人总是笑，只有到了晚上才抱着女儿流泪。

外公还是喜欢外婆的。外公一回家就问："秀梅呢？"边问边往外婆房里跑。走进外婆的房间，外公感到暗香扑鼻，心旌摇荡。外公总感到这个女人身上有股天然幽香，让他待在外面总是心神不定，只巴望早点回来。外公每次回来都给外婆捎些东西，几件漂亮衣服呀，几个好看的发夹呀。外公出门看戏、串门子，都带上外婆。可是外公外面的生意总是做不完，在家待不了几天，又得出门。外公一走，外婆的日子又暗淡起来。

春日的一个难得的晴天，外婆在门边洗头发。头发太长，旗袍的领口给打湿了，腻腻的很不舒服。外婆就解开领口，脖子上挂着的那块桃形鸡血玉佩露了一半，在太阳下红艳艳的，大太太正从门边经过，一眼就看见了这块玉。外婆感觉到了什么，抬头望了望大太太。大太太却死死望着外婆胸口上的玉佩，目光冷冷地像生了刺。外婆下意识地捂住了胸口。

黄昏时，外婆去洗澡。她将玉佩取下，挂在澡堂壁上。望着闪闪发光的玉佩，就想到了詹少爷的话。他说过，这是一块活玉，与人的血脉相通。人生病玉就发黑，人健康玉就发亮。想着这些，她就取下玉佩，想洗澡也戴着它。这时大太太突然推门进来了。

"就是这块玉，是老爷送我的那块。"大太太惊叫着。

外婆把玉握得天紧。

大太太指着外婆的鼻子责问："这块玉是老爷家的传家宝，是我和老爷结婚时老爷送我的，怎么在你这里？"

外婆使劲摇头，说："不，这是我死去的丈夫送我的。"

"哦哦！我知道了！这块玉那年被强人抢了。想不到你男人原来是土匪！"大太太恶狠狠地说。

"不！不！他是好人！他是被山上土匪活活蒸死的！"外婆流着泪喊。

大太太逼近外婆："把玉还给我！"

"不！"外婆退到澡堂的角落里。

大太太发起泼来，啪地扇了外婆一耳光。外婆也恶了起来，双手去抓大太太。大太太的脸上马上就起了几道血痕。

"你们给我住手！"正在这时，外公出现在澡堂里。大太太仗着自己有理，偏着头向男人发脾气。外公一把提起大太太，掀过一巴掌。大太太顿时圆了眼，怔怔地望了男人一眼，边哭边走了。

外公低声对外婆说：“你起来吧。这块玉我早就发现了，的确是我家祖上传下来的。你就好好戴着它吧！”

这晚外公没有回外婆房里，只在她房门外走来走去。第二天，大太太病了，全家上下都有些慌乱。外婆望着对门大太太屋里进进出出的人，心里有些虚。她再也不敢戴那块玉佩了。

第二年，外婆给许家生了对双胞胎女儿。虽说也是女儿，却是外婆生的，外公也高兴。外公文墨不多，就给老大取名金枝，老二取名玉叶。有了许家骨肉，外婆觉得腰杆子硬些了。她想做些自己想做的事，也想理些家事。大太太却冷冷地瞟她一眼，说：“不要以为你生了许家人就站稳了脚跟，你没有生下个儿子，等于白费！”听了大太太这话，外婆仍旧直不起腰。

就在外婆进许家门槛的第四个年头，她生下一个儿子。许家顿时像开了一锅水，整个屋子里都冒着热气，全家上下都围着她转，外公给儿子取了个名字叫天国。外公回家回得更勤了，进屋就抱着儿子一边打哈哈一边对外婆说：“秀梅，你还生几个儿子吧！生他十个八个才好哩！”

也怪，自从外婆生了儿子，大太太脸色好多了，还经常同外婆说些体己话。大太太一直没有生出个儿子，外公对她越来越冷落，一个月很难进她房里一次，她变得憔悴而衰老，外婆变得鲜艳而光彩。

许老爷家大业大，佣人厨师一大批，大事小事被打理得井井有条，这都是大太太的功劳。可下人们最会看事的，如今见大太太在家里不行了，就有些不听她使唤。大太太不得不搬出外婆来管家。但大太太仍死死抓住家里的钱匣子，大小开支都得她说了算。外婆管的事，无非是给下人们排排工，看看几个孩子是不是打架，孩子们上学是不是按时回家。家里来了客人，外婆就出面陪陪。外婆是见过世面的人，给许家添了许多光彩。

一个春日的午后，外婆独自去了屋后的山坡，迎着阳光望着一棵树出神，那树上有一束茸茸的花在风中摇曳。外婆这么站了一会儿就觉得头晕，回家就躺下了，什么东西都吃不下。外公知道秀梅又怀上了，他请来算命先生一算，又是个儿子。外公连夜去县城为未来的儿子定做了一对银圈。

外公照样很忙，不过他再忙也得三天两头跑回来，看看外婆，摸摸外婆的肚子。眼见着外婆的肚子一天天大起来，外公成天哼着花鼓戏。一天，外公又要外出，外婆有些不安，她算着自己快到日子了。外公就说："我这次出去最多十来天，你在家好好养着。我这次回来就不出去了，一直守着你生孩子。"

外公走后的第二天上午，寒风吹得人脸上生生作痛。突然，轰的一声巨响，村里人吓得做鬼叫。

"日本鬼子来了！"村里人尖叫着，四处逃遁。

日本人的飞机低低地飞着，像是快铲着许家大院的屋檐了。炸弹在屋前的田垄里又一次响起，漫天烟雾和泥浆。外公不在家，全家老小就没了主心骨。大太太向来厉害，这下却吓得脚发软。她忙清理了所有首饰、古董，抱了钱匣，带着她生的四个女儿，租了一条船，回娘家躲难去了。

外婆身无分文，带着四个儿女、挺着大肚子，同村里人一道往山里躲。几天几夜，老老少少几百人，就那么抖抖索索地蹲在山上的林子里，不敢生火，也不敢走动半步。没吃的没喝的又冷又饿。外婆没有男人依靠，她死死搂住儿女躲在一棵大樟树下，树下有一块麻石板，晚上，外婆把匆忙带的一床薄棉絮垫在麻石板上，娘儿五口蜷在上面。

那天半夜，天上响起了尖厉的枪声。外婆肚子一阵剧痛，孩子早产了。一块儿逃难的人慌了神，山上就连剪刀也没有一把，她们硬是用指甲掐断了脐带。恭喜你，是个儿子！外婆听到儿子哭了几声就昏死过去了，等外婆苏醒过来，儿子死了。

日本鬼子走后，村里人才把外婆抬下山来。这时外婆瘦得只剩一张皮。外婆这辈子除了恨李大头，就是恨日本人。她后来骂，最歹毒的话就是"你这法西斯"!

外婆被人抬下山的第二天，外公才从外面回来。望着面黄肌瘦的外婆忍不住哭了起来，再摸摸外婆的肚子哭得更伤心了。

从此以后，外公不太出远门了，天天守在家里。可一家人的心情再也好不起来。大太太变得古怪，外公变得冷漠，外婆越来越感到孤独。

我母亲慢慢长大了，好像也在这时家里人才认真看一看我母亲。外婆见家里人看着我母亲，心里一阵难受，这孩子黄皮寡瘦，眼神躲躲闪闪，像受惊的小老鼠。外婆觉得对不起詹少爷，自己没有能力，让女儿跟着自己过着寄人篱下的生活。这孩子不是许家的骨肉，在这家里不会有出头之日的，得让她出去读书，詹少爷说过，要送孩子好好读书，让孩子长大了有出息。外婆坚定了信心，拼命也要让孩子读书，读多多的书，读得比自己有出息。外婆乘外公高兴的时候，第一次开口向外公要了几个钱，打发我母亲去了长沙。

全国解放了，外公被视为恶霸地主，第一批就镇压了。许家的田产分给了村里的农民。许家人被赶出了祖居的大院，住到宗祠的一角。

没有了外公的疼爱，也没有了家产，大太太还成天骂骂咧咧，摔东摔西。全家老小栖栖惶惶的，整个家庭笼罩着幻灭的气息。外婆带着金枝、玉叶和天国离开了许家，投奔长沙姐姐家。

那炸豆子一般的枪响，像梦魇一样留在外婆的心里，后来听到真的炸豆子的响声也心惊胆战。就是那啪啪的几声脆响。外婆再一次成为寡妇。

七

我再次去外婆家，是因为家里收到外婆的一封信。

外婆亲手给母亲写了封信，先是说她思念外孙女，再告诉我们一件喜事，她已经平了反，摘掉了地主帽子。街道上还为她开了个平反会。光这件喜事写了三页，把个老人新生的喜悦都倾泻在纸上。外婆还说，她现在很忙，居委会让她当卫生监督员，负责一条街的卫生检查。还说春节居委会要开联欢会，她参加了老年人的节目，合唱《没有共产党，就没有新中国》。信是外婆亲手用毛笔写的，蝇头小楷工工整整。我们这辈人毛笔字都缺乏修炼，因此我对外婆一下子景仰起来。我想象得出外婆那会儿的神气劲。戴着红袖章，提着撮箕，拿着扫把，在街上转悠。碰上随地吐痰的，乱扔纸屑的，她就上前去说人家几句；外婆十分严肃地批评人，我想，那个人一定无地自容。

母亲看着信，不知是高兴还是伤感，眼泪止不住往下流。母亲说，外婆当年在长沙读过书，肚子里还是有些墨水的。要不是学校起了火，她也就不会回老家了，也就没有这么多坎坷。后来外婆孤儿寡母的去长沙投奔她姐姐，娘儿四个住在一间九平方米的房间里，只图如何把孩子们嘴巴塞满，哪知道怎么带他们？

外婆去长沙以后，她姐姐给她在一家兵工厂找了份事做。那会儿正抗美援朝，外婆做的工作就是给志愿军缝被子。外婆一早就起床，把金枝、玉叶和天国锁在房间里匆匆赶去工厂。外婆走起路来，挺着胸，双腿笔直，碎密步子动得飞快。她再怎么背时倒运，走在外面也不愿是一副阿弥陀佛的样子。厂里给大家定了基本任务，一人一天缝五床，多缝的就另加报酬。外婆只想多赚几个钱，一天缝六床。

黄昏时分，外婆怀揣着刚拿到手的几个钱，直奔菜市场。她得计算着用钱，就选了最便宜的菜买了。提着菜往回走，她只差没倒下去了。她打开房门一看，傻了眼。金枝抱着弟弟天国，天国哭着要饭吃。玉叶软绵绵躲在床上，外婆伸手一摸，滚烫滚烫。玉叶病了，发着高烧。

外婆顾不得送玉叶去医院，马上打开炉门做饭。孩子们已一天没吃东西了。可她做出的饭半生不熟。外婆将煮好的饭放在一边，再去炒菜。做菜她也不是里手，只是把小菜掺水煮了，成了一锅汤。可等她端上菜，金枝和天国早吃了一碗光饭了。外婆吃过一碗饭，再去盛饭，锅里早只剩下个饭勺了。外婆记忆中佣人们做的饭那么香喷喷的、软酥酥的。外婆不由得留恋起许家来。虽然受大太太的气，孩子们还是能吃得好穿得体面，现在要靠自己填饱三个孩子是多么不容易！

吃了饭，外婆碗也没来得及洗，背上玉叶去医院，看了医生，拿了药，仍背着玉叶回家。

第二天一早，外婆又锁上门去军工厂。她打算今天一定再多缝两床被子，晚上买半斤肉回去。外婆在那里飞针走线，想着自己这些年经过的事情，想着锁在家里的孩子，叹息自己命苦。她想着这些，再没有多少伤感了，只是一遍又一遍地咬着牙。她想再怎么也得让孩子们长大成人。她满脑子心事，手脚却格外麻利。这都是当年做绣女的功底。一天下来，她竟缝了九床。她起身时，只觉两眼一黑，差点儿倒下。这时她才想起自己一天没有起过身，就连水都没喝上一口。她领了钱，扯扯衣角，挺胸出了工厂。

外婆飞快地赶到菜市场，买了半斤肉。回到家里，孩子们闻到了生肉的油腥味，馋得舔起了舌头。外婆早累得不行了，真想休息一会儿再做饭。孩子们望着她手里提着的肉，喉咙直咕噜。她顾不得自己劳累，马上做饭。

饭菜上桌了，金枝和天国盛饭时几乎要抢起来了。玉叶本已病得连水不想喝了，见炒了肉也勉强吃了一碗饭。孩子们夹了菜，边吃边望着桌上菜碗，生怕碗里的肉飞了。望着孩子们这吃相，外婆心尖尖都在痛。

玉叶的病没有马上好起来。外婆没有办法照顾她，只是买了药回来，让金枝在家照顾她吃。后来玉叶的病是怎么好起来的都不太清楚了，只是她慢慢能下床能吃些东西了。玉叶的病好了很长一段时间，外婆才发现她背有些驼了，这才想起玉叶的背是在床上睡驼的。

不久，志愿军凯旋，兵工厂不再需要缝被子了。外婆没有事做，她像只觅食的母狼成天在街上转悠。只要能挣钱，她什么活都干。

那天外婆从市政府宿舍提了满满一竹篮衣服，准备提回家去洗，走过宿舍大院门口，见有人围着看什么。她是不好看热闹的，只挺着身子走自己的路。她只想早点把这衣服洗完，再揽点别的事做。可她听人在叽叽喳喳，像是有什么大事，便忍不住回过头去看了一眼。原来墙上贴着毛纺厂招工的消息。她的胸口猛然跳了起来，心想总算有个机会了。她忙回家放下衣服，先去市政府报了名。这回只招十个女工，报名的人却黑压压一大片。外婆生怕录不上，面试过后就在家悬着过日子，还算老天有眼，过了十天，有人通知外婆，她被招进去了。后来外婆想，那天她幸好看了墙上贴的告示，要是依着自己性子，挺着身子走过去她的机会就没有了，那就不知要到哪年哪月才有个正式工作哩！

有了固定工作，外婆才猛然想到应该送天国上学。天国去学校报了名，编座位时把他编在最后排。因为他在班上年龄最大个头最高。天国整个小学阶段全是坐在最后排。后来他总是玩笑说，班上同学的脸相他不太清楚，但每个人后脑勺他几乎都画得出来。

外婆四十出头，仍然很风韵。她戴一顶纺织帽，额前不留一根刘海，显得很精神；穿一件灰色工作服很是精致。也许她那双做过绣工的手就是灵巧，学起纺织来也特别快。不出三个月，她的手艺在所有女工中就算出类拔萃的了。她织出的布又平整又匀称，看不到接头的浮纱。外婆很快被升为组长，后来又当了班长。

厂里有个干部姓刘，长得高大，个性开朗，喜欢说笑话，山东人，是个南下干部。大家平时都叫他刘干部，休息时，刘干部随口说个笑话，车间里就热闹喧天了。刘干部每次检查工作到外婆车间就不走了。有一次，他走过外婆身边，问："听说你儿子病了？我这官僚主义，今晚一定去看看。"

外婆忙说："没什么，孩子的病好多了。谢谢领导关心。"

晚上，刘干部提了两斤红糖，一斤蛋糕，敲了外婆家门，外婆一开门，这山东汉子平日的幽默劲儿全没了，嘴巴也不利索了，站在门口就说："和我结婚吧。"

外婆早猜到刘干部对她有心了，但没想到他说话连弯子都没转一下。外婆也不知道请人家进来坐，只转身去厨房倒茶。外婆端了茶出来，见刘干部已坐在她床上了。事实上屋里没地方让人家坐，屋里只有四张凳子，金枝、玉叶和天国在屋里做作业，占了三张，还有一张上面正放着个竹篮。外婆见男人坐在自己床上，心里有些慌，她递茶的手都有些发抖，差点烫着人家了。

"我拖儿带女的，不想连累你。"外婆低头绞着手。

刘干部的眼睛红红的像喷着火。他放下茶杯，握住外婆的手，说："我正没孩子，我喜欢孩子。"

"对不起刘干部，我，我有说不出的难处，我不能嫁给你。"外婆抽出手，结结巴巴地说。

刘干部面色讪讪的，搔耳抓腮，埋着头走了。外婆忙关了门，不敢去望刘干部那高大的背影。

晚上，外婆独自睡在床上，想着刘干部那火一样的眼睛，胸口怦怦直跳。外婆的感觉在夜里便虚幻、朦胧起来，刘干部和詹少爷两个人的影子总是叠在一起。她似乎觉得刘干部有点像詹少爷，那身板那脸相，只是詹少爷年轻多了，当时只有三十岁。而刘干部四十多了，他的老婆过世了，没有给他留下孩子。可外婆自己也说不清楚，她为什么不想同刘干部结婚。

八

走进外婆家，外婆的三个孙伢子都工作去了，只剩下外婆一个人。外婆发胖了点，高挑的身材显得很丰满，人也显得比当年精神多了。人一精神话也多，外面参加的活动也多了。外婆从外面回来总是平静安详地坐在我对面，拉着我的手微微笑着，表现出对我浓浓的爱意。有时她要我给她讲一些国际国内的新闻，她似懂非懂却听得有滋有味，有时还会插进几句没头没脑的话惹得我一阵大笑，外婆一点不恼。她毫不掩饰对那些事情的无知，她用爱的目光看着我，像看待一个极有见识、极有身份的人。嘴里还念着女人不比男人差，我的外孙女就是有出息。我最受不了的就是这个，外婆一生经历过无数艰难困苦，在我面前却变得那么渺小委琐，多少次我想大叫一声："外婆，我是你的外孙女呀！"

后来我调到长沙一家杂志社工作，我把一切办好后去外婆家。外婆正同几个老太太打麻将。外婆穿着一件乳白色真丝短衬衫，头上梳着发髻，乌黑而水亮。这年外婆已六十多了，不再戴着红袖章上街转悠。外婆见了我，高兴地笑了起来，说："啊呀！我的宝贝外孙女来了。"外婆笑的时候，露着整齐而雪白的牙齿。外婆这么大年纪了，牙齿还这么好，真让我暗暗吃惊。外婆让我先坐，她手上的牌没人替。外婆边打牌边介绍这几位老人，说这是张婆婆，这是李婆婆、吴婆婆。我就一一叫了婆婆好。这些婆婆就说徐婆婆的外孙女长得好也懂事。我对外婆说，我已经在长沙工作了，今后可以常来看您老了。

"那好啊，外婆老了，你是看一回是一回了。"外婆说这话时，脸上满是笑容。我觉得奇怪，是不是所有人到了老年，对死亡都如此豁达？

我说："外婆这么健旺，会长命百岁的。"

"活那么久干吗？要把世上的罪都受完了才去死？"外婆笑吟吟说着，双手将麻将轻轻一推，和了。几位老太太就摇头晃脑地掏票子。

洗牌时，外婆起身为我倒了茶，笑着说："怠慢我的外孙女了。"外婆拍拍我的头，又回到麻将桌上。她边抓牌边同我说话，问问我家里的事情。见她那从容的样子就知是老牌仙了，几个老太太其乐融融，场面很让我感动。外婆拿起手边的烟嘴，装上一支烟，点上。烟嘴是白色的，玉一样透明，有一支烟那么长。望着外婆嘴上高高翘起的香烟，我猛然想起她从前抽烟的样子。我印象中，外婆总是黑夜里坐在一个背亮的角落闷头抽烟，那烟头一明一灭，很伤感很孤独。

几位老太太见时间不早了，说明天再打。外婆却很不过瘾似的还要留住她们。张婆婆就伸个食指点着外婆道："你这个地主婆，谁陪得起你？"外婆乐呵呵地拍了张婆婆一板，说："你才是真的地主婆啊！你儿子月月给你那么多钱，就舍不得输一点给我？”

老太太们说笑着散了。

听她们开口闭口“地主婆”，我觉得很刺耳。这曾经是个多么可怕的字眼啊，如今却成了老太太们口中轻松的笑谈。可毕竟那是我们经历过的历史，就不能给我们留下半点沉重？也许这些老太太才是真正的历史学家吧，她们不再理会过去那貌似严肃的是与非、功与过，她们只关心麻将桌上抽象的输和赢。百姓就应该过得像个百姓，这样就好。可我外婆这辈子大多时候就连百姓一样的普通生活都过不了。

那年中秋，外婆让我去她那里过节。我一个人孤身长沙，过年过节都在外婆家。我去的时候是下午，舅舅和舅妈还没回来，外婆仍是在打麻将。我发现李婆婆和张婆婆没来，来的是两位我从没见过的婆婆。我随意问起，外婆就说：“李婆婆病了。”她还没来得及说张婆婆怎么了，吴婆婆就说：“真是病来如山倒啊。李婆婆前些日子在这里打麻将，还那么健旺，说倒就倒了，这老不上路的，如今是屎尿都在床上，儿媳一天骂到晚。”

老人们就感叹起来，说老了就不值钱了，气氛有些不对劲，连摔牌的声音都不那么响亮了。外婆就说：“我到了那日，决不拖累谁，我不想把这世上的嫌讨尽了才死。”

吴婆婆笑道：“你莫要嘴巴硬，人到了那一步，谁知道？”

“你看着吧。”外婆笑眯眯地说。

吴婆婆又感叹道：“还是张婆婆会想些，找个老头子，有个伴儿，小病小痛，也不要看儿子儿媳的脸色。”几位老人便笑起来，说张婆婆也真是的，七老八十的了，找了伴还像年轻人那样的形影不离，麻将也不来打了。

我无意间注意到，大伙儿说起张婆婆找老头子时外婆猛吸了口烟，一张脸立即就湮没在烟雾里，等烟幕散尽，我发现外婆的脸色不太好，似乎有些忧郁和怅惘。外婆已寡居三十多年了。一个守了大半辈子寡的女人，某方面的情感也许早已是一眼枯井，但偶尔有人丢块石头进去，枯井也会发出沉闷的声响吧。

舅舅舅妈下班回来了，老太太们说散就散了。我帮着舅妈做饭，外婆一个人在客厅里抽烟，烟嘴照样高高翘起，我总觉得这会儿她抽烟的样子同我过去印象中的一样，像是抽闷烟。

晚饭刚上桌，就听得隔壁张婆婆家吵吵闹闹。

舅妈说：“我过去劝劝。过节热热闹闹的吵什么？”

舅舅却说：“别去多事了。这也是张婆婆自讨的，年纪这么大了，找什么男人呢？丢人现眼的。”

外婆突然噎了一口饭，半天回不过气来。

“你怎么这么说？”舅妈说。

“不能这么说，难道年纪大了就没有爱的权力？莫说张婆婆，就是外婆也可以找个伴，寻找自己的幸福。”我不由得也发表自己的看法。

“你讲话怎么没礼节了，是不是书读多了没地方用？”舅舅不高兴了。

“这是封建礼教，不能束缚现代人。”我也不服气。

外婆阴着脸，像谁的话都没听见，悄悄放下碗进了里屋。

星期天休息我就去看外婆。慢慢地外婆家里没有麻将声了。据说自从张婆婆不来玩麻将外婆也不玩麻将了。外婆一个人坐在桌子边，好像在看桌上的台历，又好像在望窗外的人群，眼神呆呆的。我喊外婆她没有听见。我大声叫外婆外婆，她才回过神来，懒懒地对我说：“你也不小了，该找男朋友了，不要老是来陪外婆。”她没说几句就懒得理我了。有段时间编辑部忙，我没来得及去看外婆。外婆叫表弟去单位找我，说我谈男朋友就把外婆忘了。我赶紧带上我的男朋友小张去看外婆。外婆拉着小张的手，眼睛直直地望着小张，目光逼人又固执。虽是冬天小张却出汗了。我忙拉小张坐下，泡了茶来。我先给外婆递上一碗说：“外婆先喝。”外婆才将目光从小张身上拉回来，手抖得茶都满出来了。多年以后，我想起外婆那天的表情，让我很费琢磨。

以后我去看外婆，外婆不再坐在桌子旁而是躺在床上。床上被子叠得整整齐齐，她就和衣躺在上面，两眼望着天花板。后来外婆变得头也不梳，衣也不整，丢三落四了。街上有活动来邀她，哪怕是她最喜欢的她也不去参加。舅舅见这样子很着急，以为外婆患了老年痴呆症，买了药来。可外婆都没吃，全部丢在一个纸箱里。舅舅就有些生气了，背地里说外婆要是摸麻将，什么毛病都没有了。我总觉得舅舅不理解外婆，不理解外婆那枯井的眼睛里的内容。当然我也弄不懂外婆，可我又隐隐感到外婆那目光是幽怨而伤感的东西。外婆是在想我的外公詹少爷？还是在想我的舅舅的生父许老爷？以后这漫长的岁月她只能咀嚼过去。而过去哪怕是一星点儿甜蜜的东西，让她长年累月地咀嚼，都成苦涩的了。

九

外婆离开我们已有十四个春秋了。

又是清明节，外婆的晚辈们为她上坟。我们一家，舅舅一家，我的两位亲姨妈家，还有四位和我舅舅同父异母的四个姨妈家，一共八大家庭近百十号人，可谓浩浩荡荡。

外婆过世那会儿还兴土葬，她的墓在长沙城西的一座山上。这是一个大好的晴天，各家约好在山下乡政府门口会面。百多人往那里一站，弄得乡政府的干部虚惊一场，怕是群众集体上访来了。

平时各有各的事，亲戚们难得见面。每年为外婆上坟倒成了大家联络的好方式了。上山的路上，母亲他们八兄妹拉家常，我的表兄妹们也有说有笑，小一点的娃娃们就打打闹闹。倒是像一个旅游团。

我老远就见外婆的坟上长满了青绿的芭茅，很漂亮，我就想起外婆那水亮水亮的头发和她的音容笑貌。外婆就在这百十号人马中间望着我们笑。舅舅把纸幡放在外婆的坟头上，在坟前摆上供品，然后点香、烧纸、祭酒、放鞭炮。舅舅先跪下作了揖，然后大家挨次作揖。有跪的也有没跪的。祭奠还没结束，就有小孩跑来抢供品吃了。自然挨了大人的巴掌，便又有了小孩的哭闹声。我跪下了，向外婆长揖三次。

行过礼，大家像卸下了某种心理负担似的，在旁边的草地上吃带来的食品，晚辈人轻轻地谈论着家中大小变故。长辈们又用沉重的口气谈起外婆当年的死。

那是一个闷热的夏天，外婆感到心脏热得快要蹦出来了，就准备去医院。舅舅和舅妈都上班去了。外婆强撑着身子，把自己的几双鞋从床底下拿出来，洗得鞋面和鞋底都发白了，再晾在阳台上。然后又打了水，把桌子凳子擦得干干净净。她这才进了房，在梳妆台前端端正正坐下，屏息一下心跳，再来梳头，梳了一个发髻扣在脑后。又找了个发网套在头上，把额前掉下的几根头发细细地理上去，扎进发网里。然后再往脸上扑了薄薄一层粉。梳妆好了，拿出那件平时不太穿的白底蓝碎花旗袍换上。

外婆出了门感到更难受了，连下楼的力气都没有了。她扶着楼梯慢慢下了楼，再扶着街旁的墙壁，扶着人行道上的护栏，一步一挪地去了中医院。一位头发花白的老中医刚下班，已脱了白色工作服，接班的是位年轻医生。外婆固执地朝老中医招招手，要让他看病。老中医性子好，也没再穿上工作服，坐下为她号了脉，说是中暑了。他让护士给外婆打了一针。外婆感到胸口的难受并没有缓解，连站都站不起了。她想自己只怕真的不行了，马上回去躺在床上吧。她再次朝老中医招手。一位护士走了过来，问老人家要什么？外婆望也没望护士一眼，仍朝老中医招手。老中医已走到门口了，只得跑回来。外婆抓住他的手，指指门。老中医便扶着她站起来往外走。外婆紧紧抓住老中医的手再也不肯放了。正好老中医同外婆顺路，就一路扶着她走。外婆有些摇晃，老中医便扶着她的腰。外婆的神态便安详起来，脚步也平衡多了。走到自家楼下，邻居见外婆让一位很有风度的老先生扶着回来了很是惊讶。外婆脸上露着微笑，一级级上楼，一步步走进家门，进了家门，外婆没等老先生松手，就头一歪，倒在老中医怀里，去了。

临行时，舅舅拿出一把砍刀，噼里啪啦地砍着坟头上的芭茅。只一会儿工夫，坟头就光光的了。舅舅每年清明都要砍尽外婆坟头的芭茅，好让后辈们伤心的土堆看上去不至于荒凉。舅舅是外婆唯一的儿子，外婆撒手而去时他不在她身边，让外婆死在一个白发苍苍的陌生男医生怀里，这是他平生最遗憾最愧疚的事。舅舅那天从那男中医怀里抱过外婆时外婆还紧紧抓着老医生的手。也许外婆在生命的最后一刻，把自己的一丝希冀交付给了这位陌生的男人？父辈们说起这事总是不断叹息。

早春的风飕飕地掠过耳边，我分明听到外婆在遥远的世界里喃喃自语。

原载《芙蓉》1998 年第 4 期

图书在版编目（CIP）数据

无根芭蕉 / 薛媛媛著. -- 北京 : 中国文史出版社,
2021.10

（锐势力·名家小说集）

ISBN 978-7-5205-3283-9

Ⅰ. ①无… Ⅱ. ①薛… Ⅲ. ①中篇小说－小说集－中国－当代②短篇小说－小说集－中国－当代 Ⅳ. ①I247.7

中国版本图书馆 CIP 数据核字(2021)第 209122 号

责任编辑：全秋生

出版发行：中国文史出版社
地　　址：北京市海淀区西八里庄路 69 号　　邮编：100142
电　　话：010－81136602　　81136603　　81136606（发行部）
传　　真：010－81136655
印　　装：北京温林源印刷有限公司
经　　销：全国新华书店
开　　本：787×1092　　1/16
印　　张：15.25　　字数：240 千字
版　　次：2022 年 1 月北京第 1 版
印　　次：2022 年 1 月第 1 次印刷
定　　价：49.80 元